蜀山劍俠傳

第一部

9

魔宮虛實

還珠樓主——著

蜀山劍俠傳

目錄

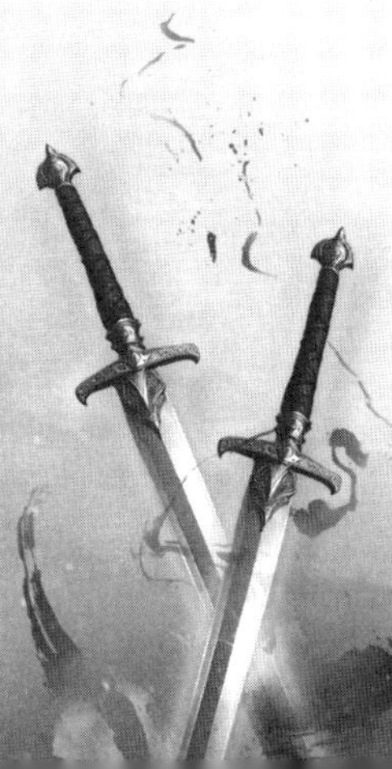

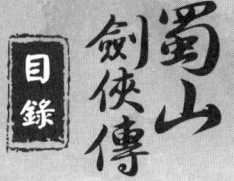

第一章　淫娃奼女

吳藩見楊鯉如此待他，越發憤恨，楊鯉一走，便罵道：「你這小狗賊！誰還不知你和姓陸的賤婢鬼鬼祟祟？卻在我面前大模大樣，這等欺人太甚。早晚犯在我手裡時，你兩個休想活命！」

罵了一陣，便去尋覓那淫藥「醉仙娥」。誰知此草自從移植島上，初鳳因把守迎仙島的都是宮中後輩，法力有限，萬一被外人知道，前來盜走，豈非不美？早用魔法禁閉。除首腦諸人和指名觀賞的仙侶外，莫說採了，看都休想看它一眼，吳藩如何能尋得到？

海島上不似宮中終年常晝，吳藩費盡心力，遍搜全島，哪有醉仙娥的影子。過了一會，天色向暮，一輪紅日，漸漸低及海面。平波萬里，一望無涯，只有無數飛魚、海鷗穿波飛翔，濤聲嘩嘩，更沒停歇。吳藩所求不遂，心裡煩悶，對著當前妙景，也無心腸欣賞。正在無聊，忽見西北方天空中似有一點霞影移動。就在這微一回顧之間，還沒轉過頭去，一幢五色彩雲疾如星飛電掣，已從來路上平空飛墜。剛在驚異，亭前彩雲歇處，現出兩個英姿俊美的仙童。一個年紀較長的，手中拿著一封書信，上前說道：「借問道友，這裡是通海底紫雲宮的仙島麼？」

吳藩卻也識貨，見這兩個仙童年紀雖輕，道行並非尋常，當是宮中首腦諸人的朋友，忙躬身答道：「此處迎仙島，正是紫雲宮的門戶。在下吳藩，奉了三位公主之命，在這延光亭內迎接仙賓。但不知二位上仙尊姓高名，仙鄉何處，要見哪位仙姑？請說出來，待在下朝前引路，先去見過金須道長，便可入內了。」

那為首仙童答道：「我名金蟬，這是我兄弟石生。家住峨嵋山凝碧崖太元洞內。現奉掌教師尊乾坤正氣妙一真人之命，帶了一封書信來見此地三位公主。如蒙接引，感謝不盡。」

石生方要張口詢問乃母蓉波可在宮內，金蟬忙使眼色止住。

吳藩一聽是峨嵋門下，正是以前殺死師父申鸞的仇敵，心中老大不願。無奈來得日淺，摸不清來人和三女交情厚薄，不敢過於怠慢。便說：「二位暫候，容我通稟。」說罷，走向亭中，也不知使了什麼法術，一團五色彩煙一閃，立時現出一條有十丈寬大，光華燦爛的道路，吳藩人卻不見。

石生問道：「我好久不見母親的面，便是醉師叔也說是到了宮中，請母親帶去引見三位公主，哥哥怎不許我問呢？」

金蟬道：「你真老實。行時李師叔曾命我等見機行事。你想伯母以前原是煉就嬰兒脫體飛昇，應是天仙之分。如今去給旁門散仙服役，其中必有原故。起先我也想先見伯母求她引見，適才見吳藩那廝帶著一身邪氣，以此看來，宮中決無好人。便是伯母，也如當年家母所說，成道元嬰，往往因為外功不曾圓滿，易受外魔侵害一樣，飛昇時節，被他們用邪法禁制也說不定。

「醉師叔原說，如能找著伯母，才托她代求。如今伯母未見，私話說不成了。先見這種旁門異類，豈可隨意出口？反正紫雲三女如看重師父情面，留異日餘地，允借天一真水，那時客客氣氣請見伯母多好。否則我們來去光明，她門下中人已知來意，也無從隱瞞，反不如不說出伯母，或許事到難時，多一助手。」

石生聞言，方始醒悟。只為母親飛昇，時縈孺慕，只說人間天上，後會無期，不想卻能在此相晤，恨不得早進宮去相見，才稱心意。偏偏吳藩一去好久，便不出來。

二人起初守著客禮，還不肯輕入。及至等到紅日匿影，平波日上，仍無動靜，二人俱是一般心急。

正商量用法寶隱身而入，忽見甬道內一道光華飛射出來，到了口外，現出一個比石生還矮的少女，滿身仙氣，神儀內瑩，比起剛才吳藩，大有天淵之別。

金蟬方詫異原來宮中也有正人，未及問詢，石生業已走上前去，抱著那女子，跪下痛哭起來。這才明白，來人乃是石生母親陸蓉波，無怪身材這般小法。忙也上前跪下行禮。

蓉波一見金蟬，又與石生同來，想起師祖極樂真人仙示，料是金蟬，連忙攙起說道：「你二人來意，我已盡知。如今宮中情勢大變，你二人此來成敗難測。所幸這時該我輪值，宮中首要諸人正在煉寶行法，不許驚動。那先前值班的吳藩找不著金鬚奴，因是初次，不知如何處置才好，和我商量。我一聽你二人來了，嚇了一大跳。

「這神沙甬道，何等厲害，連我算是他們自己人，其中變化也不過略知一二，豈是可以輕涉的？恰好輪值時辰將到，我便繞了過來。以前大公主初鳳未受許飛娘蠱惑，有峨嵋掌教真人書信，還可有望。如今她閉殿行法，許久不出。餘人除二鳳的丈夫金鬚奴略能分出邪正外，俱與許飛娘情感莫逆，怎肯隨便將宮中至寶送人？

「不過掌教真人既有飛劍傳書，想必成功終是應在你二人身上。我看險難仍不在少，決非容易到手，我們只好量力行事便了。這神沙甬道內，有四十九個陣圖，變化無窮。其中奧妙雖不盡知，不過魔由心生，因人起意，而起幻象。你二人萬一遇險，只把心神拿定，息慮定神，以阻內魔，一面用自己法寶以禦外魔，當能少受侵害。如今事機已迫，幾個宮中首要行法將完。我仍裝作不知，拿了這封書信，前去回稟，他們如願相見，再來喚你二人進去；事如不濟，還有一位道友名喚楊鯉的，也為助我，投身宮內，均作你二人內應。」

說罷，又將甬道中許多機密盡知道的詳說一遍，再三囑咐謹慎行事。然後拿了書信，匆匆往宮內飛去。蓉波去後，二人便在迎仙島延光亭內靜候回音。

頭一次吳藩入內時，暗將第一層陣法開動，以防二人入內，看去裡面光華亂閃。及至蓉波入內，因恐二人年幼無知，妄蹈危境，便就自己法力所及，將陣法止住。誰知這一來，反倒害了二人，幾乎葬身其內。

原來這神沙甬道中各種陣法奇正相生，互為反應。奉命把守的人，魔法操縱僅能個人自己出入。雖然初鳳為省事起見，略傳了眾人一些應用之法，以備尋常外敵侵入，可由眾人隨便發付，其中玄妙，大半茫然。蓉波、楊鯉因為本來道行深厚，所知較多，也不過十之二三，比起吳藩差勝一籌罷了。

起初金蟬、石生見甬道內光華亂閃，隨時變幻，連金蟬那一雙慧眼，都看它不真，還不敢輕易涉險。及至蓉波將陣法止住，看上去清清楚楚，只是一條其深莫測，五色金沙築成的甬道，看出去十餘里光景，目光便被彎曲處阻住，別無他物。加上蓉波也傳了出入之法，不由便存了僥倖之心。

這陣法是動實靜，是靜實動，一層層互為虛實。如將頭層陣法開動，至多不過闖不進去，即使誤入，也比較易於脫險。

這頭層陣法一經止住，從第二層起，俱能自為發動，有無限危機。此後越深入，越不易脫身。二人哪裡知道？那甬道雖然能縮能伸，畢竟長有千里，往返需時。第一次吳藩入內，二人在外面等了許多時候，已是不耐。這時蓉波一進去，又是好些時沒有回音。

金蟬首先說道：「目前掌教師尊快要回山，五府行將開闢，有不少新奇事兒發生。還有同門中許多新知舊好，也要來到。我們正是熱鬧有興的時候，偏巧我二人奉命來此取那天一真水，如取不回去，豈不叫眾同門看輕嗎？」

石生答道：「天下事不知底細，便覺厲害。我自幼隨家母修道，除日淺外，所有道法本領，俱都得了傳授。我母親既能打此出入，又說出其中玄妙，我想此行並非難事。好便好，不好，飛入宮中，盜了便走，愁它怎的？倒是取水還在其次，我母親禁閉石中，苦修多年，好容易脫體飛昇，無端被這三個魔女困陷在此，還壞了道行。她好好將水給了我們，還看在師尊金面，只將母親救了同走；否則我和她親仇不共戴天，饒她才怪呢！」

金蟬道：「話不是如此說。伯母已經脫體飛昇，忽遭此厄。雖說道家嬰兒將成之際，定有外魔阻撓，不過事前都有嚴防，受害者極少。這回被難，伯母匆匆沒有提到此事。旁門行為，陰毒險辣，以前綠袍老祖對待辛辰子，便是前車之鑑，你我不可造次。」

石生雖聽勸說，但念母情切，終是滿腹悲苦。又過了個把時辰。二人哪知蓉波因宮中諸首要仍在行法未完，不便擅動，漸漸越等越心煩起來。

石生道：「甬道機密，母親已說了大概，想必不過如此。我們有彌塵旛、天遁鏡、兩界牌這些寶物，我又能穿石飛行，即使不濟，難道這沙比石還堅固？我們何不悄悄下去，照母親所說走法，潛入宮中？她們如肯借水，就是我們擅自入內，必不會怪。還叫她們看看峨嵋門下本領，向她們借，乃是客氣。她們如不肯，此時入內，正可乘其無備。豈不是好？」

金蟬近來多經事故，雖較以前持重，一則石生之言不為無理；二則彌塵旛瞬息千里，所向無敵；又盼早些將天一真水取回，好與諸位久別同門聚首，略一尋思，便即應允。

二人先商量了一陣，彼此聯合一處，無論遇何阻隔，俱不離開一步，以便萬一遇變，便可脫身。一切準備停當，金蟬先打算駕著彌塵旛下去，又因那旛飛起來是一幢彩雲，疾如電逝，恐蓉波出來彼此錯過，誤了事機，仍同駕飛劍遁光入內。進有十餘里遠近，二人一路留神，見那甬道甚是寬大，除四壁金沙，彩色變幻不定，光華耀目以外，並無別的異況，俱猜蓉波入內時，已將陣法閉住，益發放心前進。遁光迅速，不一會穿過頭層陣圖。

二人正在加緊飛行之間，猛見前面彩雲瀲灩，冒起千百層光圈，流輝幻彩，阻住去路。因聽蓉波說過，那是頭層陣圖煞尾和二層陣圖交界之處，如遇這種現象，外人極難衝過。強自穿入，甬道神沙便會自然合攏，將人困住，不能脫身。只要穿過這一層難關，餘下諸層，每七層陣圖合為一體，首尾相應，奇正相生，另有宮中首要主持發動，又各有惡禽毒獸防守助威。如要不去驚動，逕照蓉波出入之法，照準甬道中心飛行穿入，如無別的深奧變化，便可直達宮中。

當下二人聯合，將劍光護住全身，直往彩光中穿去。二人飛劍俱是玄門至寶，那頭層神沙竟未將他們阻住。二人只微覺一陣周身沉重，似千萬斤東西壓上身來，忙即運用玄功，略一支持，便穿越過去。

身子剛覺一輕，便見前面又變了一番景象：上下四方，大有百丈，比起頭層，固是大出數倍。中間還按日月五星方位，挺立著七根玉柱，根根到頂。當中一根主柱，周圍大有丈許。其餘六根，大小不一，最小的也有兩抱粗細，看去甚是雄偉莊嚴。再襯著四外五色沙壁，光華變幻，更覺絢麗無比，耀目生花。

柱後面陰森森，望不到底，邪霧沉沉。這種景象，卻未聽蓉波說過。若照往日，金蟬早已穿柱而進。因為來時髯仙等諸前輩再三告誡宮中魔法厲害，尤其這神沙甬道，經紫雲三女費過無限心力而成，非同小可。

這七根玉柱，按七星位置設立，其中必有奧妙。適才蓉波雖略談陣中祕奧，只是盡其所知而言，以備萬一遇上，知所趨避，而她所知不過十之二三。行時又再三囑咐謹慎行事，不是萬不得已，不可妄入，不可造次。便止住石生，暫緩前進，躊躇起來。

原來這神沙甬道，自從築成以後，並無人來侵犯。縱有來賓到此，經人與第三層輪值的主持人一稟報，早將甬道全陣停止。因為從未出事，防守的人只知佩著穿行神符，照所傳尋常出入之法來往，不但沒有險阻，而且除全甬道許多奇景，什麼都看不見。這次蓉波因防二人誤入，特將陣法閉住，以為那頭二層交界處的沙障，可以阻住二人前進，到此便可知難而退，不料二人竟然衝進。

若照往日，這第三層原有一個首要人物在此防守主持。自從初鳳閉殿煉法以後，二鳳、三鳳往往擅改規章，許多事都不按預定方略。偏巧後兩日是紫雲三女降生之時，到時飛娘和幾個旁門中好友俱要前來慶祝。仗著甬道厲害，無須如此時時戒備。敵人越深入，越易被擒，縱任他進來，也不足為慮。特地先數日由三鳳發起，聚集宮中諸首要，各煉一種幻法，準備明日娛賓之用，就便人前顯耀，所以無人在此。也是二人命不該絕，才有這等巧遇。

可是那二層入口的沙障，乃全陣門戶，此障一破，全甬道四十九個陣圖，全都自然發動。二人哪知其中奧妙，商量了一陣，石生力主前進。

金蟬因蓉波一去不回，比吳藩去的時刻還久得多，說不定機密業已被人看破，不再放她出來。再退出去，又要經過那層彩障，白費許多心力。想了想，雄心頓起，決計涉險前進，不再反顧。

那七根玉柱，卻靜盪盪地立在那裡，不知敵人用意，恐有閃失，便將彌塵旛取出備用，與石生同駕劍光，試探前進。剛剛飛過第一根玉柱，忽見一片極強烈的銀光，從對面照將過來，射得石生眼花撩亂，耀目生光。

金蟬圓睜慧眼，定睛一看，頭一排參差列立的兩根玉柱，已經消失。一條虎面龍鬚似龍非龍的怪物，藉著光華隱身，從甬道下端張牙舞爪飛將上來，朝那最末一根玉柱撲去。龍爪起處，那根玉柱又閃出一片最強烈的紫光，不知去向。同時便覺身上一陣奇冷刺骨，連打了幾個寒噤。猛一眼瞥見石生被那紫光一照，竟成了個玻璃人兒，臟腑通明，身體只剩了一副骨架，與骷髏差不許多。才知道這七根玉柱幻化的光華，能夠銷形毀骨，不由大吃一驚。

說時遲，那時快，就這轉眼工夫，那怪物又朝餘下的幾根玉柱撲去。每根相隔約有數十丈遠近，怪物爪起處，又是一根玉柱化去，一道黃光一閃，二人便覺身上奇冷之中，雜以奇癢。

眼看危機已迫，金蟬暗忖：「這七根玉柱不破，進退都難。」索性一不作，二不休，把心一橫，忙取天遁鏡往前一照，回腕抱住石生，運用玄功，一口真氣噴將出去，霹靂雙劍化作一紅一紫兩道光華，一道直取怪物，一道逕往那巍立當中最大的一根玉柱飛去。同時左手彌塵旛展動，便要往前飛遁。

這時石生也將身帶法寶取出，許多奇珍異寶同時發動，百丈金霞中夾著彩雲劍光，虹飛電掣，休說龍鮫不是對手，便是那神沙煉成的七煞神柱，也禁受不住。

金光霞彩紛紛騰躍中，金蟬、石生二人剛剛飛起，還在驚慌，不知能否脫險，忽聽一聲怪嘯，前面怪物已往地下鑽去。當中那根玉柱吃二人飛劍相次繞到，立刻化成一堆五色散沙，倒坍下來。主柱一破，其餘六根被天遁鏡和二人的劍光亂照亂繞，也都失了功效，紛紛散落。

第二章　初探祕甬

此時金蟬、石生業已飛越過去，一見奏功，忙即收了法寶飛劍。停身一看，光華盡滅，身上寒癢立止，七根玉柱已變成了七堆五色金沙，怪物已鑽入地底逃走，地下卻斷著一截龍爪。一問石生，除先前和自己一樣，感覺周身疼癢外，別無異狀，才放了心。一看前途，盡是陰森森的，迥非來路光明景象，知道越往前進，其勢越險。但是已經破了人家陣法，傷了守陣異獸，勢成騎虎，欲罷不能，除了前進，更無後退之理。當下便和石生照蓉波所說，用法寶護身，照著中央的路往前深入。

二人不知陣勢業已發動，蓉波此時不奉命怎會出來？仍恐彼此途中錯過，不到萬分危急，不施展彌塵旛。雖然這一來有些失計，暗中卻因禍得福。這且不提。

二人過了第二層陣中，前行雖然漆黑，因為二人一個是生就慧眼，一個是自幼生長在石壁以內，能夠暗中觀物，近處仍是看得清楚。行了一陣，方覺這第三層陣中，四外空盪盪的，並無一物，忽聽前面風聲大作，甚是尖銳。二人原知敵人陣中如此黑暗，必定潛有埋伏，用天遁鏡反而驚敵，俱都隱著光華飛行。聽風聲來得奇怪，便按著遁法，準備抵禦。等了一會，前面的風只管在近處呼嘯，卻未吹上身來，也無別的動靜。老等不進也不是事，依舊留神向前。過去約有百丈左右，風聲依然不止，二人也不知是何用意。

正待前進，忽聽四外轟的一聲，眼前陡地一黑。二人忙各將飛劍施展開來，護住身體，以防不測。誰知四外俱是極沉重的力量擠壓上來。劍光運轉處，雖是空虛虛的，並未見什東西，可是那一種無質無形的力量，卻是越來越重如山嶽。不消片刻，把二人竟累了個力乏神疲，而且微一鬆懈，那力量便要加增許多。二人枉自著急，只管竭盡全力抵禦，連想另出別的法寶，俱難分神使用。知道這種無形無質的潛力，定是那魔沙作用，一個支持不住，被它壓倒，立時便要身死。幸虧二人俱能身劍合一，不然危機早迫。

又過了一會，金蟬急中生智，猛地大喝道：「石弟，我們在這裡死挨，不會衝到前面去麼？」一句話把石生提醒，雙雙運足玄功，拚命朝前衝去。這一下衝出去有十里遠近，雖然阻滯非常，比起頭二層交界處的神沙彩障還難透過，且喜衝出險地。二人俱都累得氣喘吁吁，打算稍微休息，身外又覺有些沉重。

這一次不敢疏忽，金蟬急不暇擇，左手天遁鏡首先照將出去。千百丈金光照處，才得看清那慧眼所看不到的東西，乃一團五色彩霧，正如雲湧一般，從身後捲將過來。吃金光一照，先似沸水沖雪般沖成一個大洞。再被金光四外一陣亂照，立刻紛紛自行飛散。身上便不再感到絲毫沉重。無形神沙一破，全甬道又現光明。

二人萬想不到天遁鏡竟有如此妙用，心中大喜，膽氣更壯。略一定神，再往前面一看，四壁俱如白玉。離身百餘丈遠處，正當中放著一個寶座，寶座前有一個大圓圈，圈中有許多尺許來長的大小玉柱。走近前去一看，那些玉柱高矮粗細俱不一般，合陰陽兩儀，五行八卦九宮之象。除當中有一小圓圈是個虛柱外，一數恰是四十九根。

金蟬生具三世宿根慧業，自幼長在玄門，耳濡目染，見聞也不在少。雖不明圈中奧妙，可是一見外形，便想起蓉波所說，甬道中陣圖共分四十九層。這圈中大小玉柱，也是四十九個，加上當中虛柱，分明大衍之數。不禁靈機一動，忙囑石生不要亂動。又仔細一看，那些玉柱根根光華閃閃，變幻莫測，只外層有一大一小兩根，毫無光彩。那根大的，柱頂還有七個細白點，宛然七星部位。不由恍然大悟，這圈果是全陣鎖鑰，每根玉柱應著一個陣圖。如能將它毀去，說不定全甬道許多陣法不攻自破。又想：「這般重要所在，卻沒個能人在此把守，任它顯露，莫非又是誘敵之計？」

金蟬盤算了一會，因為適才急於脫險，不但破了他的陣法，還將怪獸斷去一爪，善取終是不成，不如試探著毀他一下，如能成功更好，否則也不是沒有脫險之策。便命石生取出兩界牌，又將彌塵旛給他拿著備用，自己試著下手，如有不妙，急速逃遁。安排妥當，然後一手持著天遁鏡，先不施為，以備萬一。另一手指定劍光，去破那些玉柱。默察陣法，知道大衍之數五十，其用四十有九，虛實相生，那個虛柱定是其餘四十九陣之母。只是空空一個圈子，如何破法？試拿劍光點了一下，不見動靜。心想：「管它三七二十一，我把圈子這一塊給他削去，看看如何？」

其實這一圈玉柱，果是全甬道的外層樞機所在。除宮中還有一幅全圖外，以往均有主要人物在此輪流把守。無論哪一層陣中有什異常，俱可由此看出，發動行使，困陷敵人。每破一陣，便有一根光華消滅。

偏巧今日是三鳳接金鬚奴的班，因三女生日在即，忙於煉法娛賓，又因甬道陣法神奇，自來沒事，縱有人來，有那第一層的七煞魔柱和靈獸龍鮫把守，這三層陣中，更有無形神沙阻路，外人到此，非死不可，休想過去，所以擅離重地，沒有在意。便連金鬚奴素常持重，也沒料到這等巧法，今日偏有人來侵犯。

也是金蟬忽然過於聰明謹慎，如果一到便不問青紅皂白，用霹靂雙劍將那四十九根長短玉柱排頭砍去，雖然其中還藏有妙用不能斷完，到底斷一根便少一層阻力。這一小心，反倒誤事，雖將內中要陣毀去一半，仍然留著許多大阻力，幾乎送了性命。這且不提。

金蟬見那虛柱劍點上去沒有動靜，前後一遲疑，便耽誤了一些時候。及至第二次想將有虛柱那一塊剷起時，誰知這虛柱雖是全圈樞紐，卻與宮中那幅全圖相應，只供主持此圈的人發動陣勢之用，外人破它不得。劍光連轉，依然如故。

金蟬見劍光不能奏效，又見沒別的跡兆，一時興起，這才指定劍光，往那四十九根玉柱上繞去。頭兩根，劍光轉了幾下便斷，並無異兆。說時遲，那時快，及至斷到第三根上，才出了變化。劍光才繞上去，便有一蓬烈火從柱上湧起，其熱異常。如非二人早有戒備，幾乎受了大傷。幸而金蟬手快，一面飛身避開，左手天遁鏡早照了上去。

那火雖然猛烈，勢卻不大，只有丈許來高，數尺粗細的火頭，鏡光照上去，一會便行消散。火滅以後，那柱才被斬斷。第四根似乎易些，只冒了一股子彩煙，香氣撲鼻，聞了身軟欲眠，神思恍惚，也被鏡光照散，飛劍斬斷。餘下幾根，俱是有難有易，每根俱有異狀發現，至少也須劍光繞轉一陣，才行斷落下來，並非一遇劍光便折。

金蟬因這些玉柱各有妙用，雖然發作起來，具體而微，終是不可大意。斬斷三四根後，便學會破法，總是先用天遁鏡照住，再行下手。約有頓飯光景，居然被他斬了十幾根。末後一根，金蟬劍光斬上去，也不知觸動了圈中什麼奧妙。那根玉柱低才三寸，眼看劍光繞到上面，五彩霞光亂閃。適才斷的幾根中，臨將斷時，也有這等現象，沒有怎麼在意，以為也是將要斷落。算計自從動手，業已過了好些時候，圈中玉柱還未破完，倘被宮中諸首腦發覺，豈非功虧一簣？益發連用玄功，催動霹靂雙劍，加緊下手。轉眼之間，忽見眼前一亮，千萬點金星像正月裡的花炮一般爆散開來。

金蟬一上來就很順手，不由疏忽了些，眼見發生異狀，並未害怕後退，仍是一手持著天遁鏡，照定圈中，一手指揮兩道劍光，照舊行事。

誰知神獸龍鮫在第二層陣內受傷之後，已借神符之力，從地底逃回宮去，不特宮中諸首要得了信，連在黃精殿行法的初鳳也得了警兆，相繼用縮河行地之法追來。那千萬點黃星，乃是金鬚奴等到時，路上發現有幾層陣法俱都失了作用，知道敵人得了陣中祕奧，正毀那九宮圖內的大衍神柱，喊聲不好，連忙大家合力，運用天魔妙法，一面顛倒五行轉換陣勢，匆匆從地底九宮圖內追出，一到便想將金蟬霹靂雙劍收去。

金蟬正在得意施為，猛覺手上一沉，所運真氣幾乎被一種大力吸住，大吃一驚，連忙收劍。定睛看時，光霞斂處，面前那一個大玉圈，忽然自動疾轉，捷如風吹電逝，一連只幾旋，便沒入地底之內，頃刻合縫，地面齊平，不顯一絲痕跡。幸是雙劍出自仙傳，收得又快，差一點失去。忙用天遁鏡四面去照時，上下四壁，都是光彩閃閃，空無一物。再照前面，又復一片漆黑。二人知勢不妙，方才驚愕駭顧，猛聽連聲嬌叱，面前人影一晃，現出四女一男，個個俱是容顏俊美，羽衣霓裳，手中各持寶劍法寶，將金蟬、石生二人團團圍住，怒目相視。

金蟬、石生俱知不易善罷干休，仍打著先禮後兵的主意，躬身說道：「諸位道友中可有紫雲宮三位公主麼？」內中一個女子怒答道：「大膽妖童！既知你家公主大名，為何還敢來此侵犯？」說罷，便要動手。那男的一個卻攔道：「三公主且慢下手，反正如今全陣都已發動，釜中之魚，料他也走不脫，何必忙在一時？我們先問明了他們的來歷再說。」

金蟬見那男的口出不遜，大是不悅，便怒答道：「我二人乃是峨嵋掌教乾坤正氣妙一真人門下，今奉師命，帶了一封書信，來向三位公主取那天一真水一用。我二人到了迎仙島延光亭，先遇見貴宮的守者，名喚吳藩，託他持信代為通稟。他信也未拿，只囑我們在亭中暫候，便自先入甬道，半晌不見出來。等了幾個時辰，又來了一個女子，才將書信接去，仍囑我等暫候。又等過去好些時候，仍無回音。想我們兩家雖非一派，總算同在玄門，彼此均有相需之處，允否在你，怎便置之不理？

「又因峨嵋山凝碧崖五府開闢在即，各派群仙俱要來此赴會，門下弟子俱有職司，我二人事完之後，還要急於回山。又聞仙宮神沙甬道奧妙非常，想借便觀光，冒昧入內。初意原想到了宮門，再行通名拜謁。誰知甬道中主持人見我等入內，接連發動陣法，意欲將我二人置於死地。這才明白諸位道友是居心要我等自行投入，否則何以接信不出？而起初兩位防守延光亭司迎賓之責的門下，道行並不甚高深，何以竟能隨便出入呢？

「既是諸位道友意欲試探我二人是否有此本領涉險入宮，而陣中神沙又那般厲害，師命在身，義無反顧，為防身計，只得竭盡微力周旋。諸位道友有這種魔法妙術，就應該仍在暗中不出，指揮發動，看我等兩個峨嵋門下的末學後輩，是否有此能力，連破這四十九個大衍陣法，直達宮門才是，怎麼我二人才衝入第三層陣內，便惱羞成怒，倚仗人多勢眾，出來與我等為難？

「依我之見，群仙五百年大劫將臨，神沙甬道陣法雖然神妙，我二人微末道行尚能闖入，怎能抵禦最後末劫？莫如少贈真水，略留香火因緣，異日事到危急，本派各位尊長念在前情，必來援手，豈不甚好？如果執意當門欺人，勝之不武，不勝為笑，還不要去說它，萬一我二人憑了師尊些須傳授，取回真水，徒傷兩家和氣，悔之晚矣！」

二鳳姊妹和金鬚奴等，先在宮中各人煉成了一種幻術，正在殿中互相爭奇鬥勝，試為演習。冬秀因為道行較差，比不過眾人，好生無趣，不等看完，便走出殿來。見蓉波拿著一封書信，面帶焦急，侍立殿外，便問何事。蓉波知她與許飛娘近來最為莫逆，如先被她知道，必要壞事，想掩藏時，已被冬秀看見，問是何人書信？蓉波不敢再隱，只得雙手奉上。正看之間，恰值三鳳出來，冬秀恐信為金鬚奴、慧珠所見，連忙拖了三鳳，走向一旁，將信與她看了。

三鳳見書信上面僅寫派兩個門下前來取水，未說出來人姓名。況又有了飛娘先入之言，縱未疑心到南海雙童身上，也是不願。暗忖：「憑自己與飛娘交情，不出宮助她與峨嵋為難，已經背了朋友之義，怎還能將宮中聖水借給她的仇人？峨嵋派名頭高大，初鳳、金鬚奴如知此事，必允借水無疑。所幸初鳳現正閉殿行法，金鬚奴拗不過自己；再加對方是向自己取東西，允否之權在己，不能說所求不遂，便算開罪於他。莫如派人與來人回信，說天一真水乃宮中至寶，有許多用處，不能借與外人，將他打發，省得飛娘知道不快。」正和冬秀商議之間，殿中請人也相繼出來。

蓉波見三鳳拿了書信走向一邊，和冬秀密議，知她不懷好意。見眾人一出殿，拚著三鳳嗔怪，上前向二鳳稟道：「適才奉命防守延光亭，遇見峨嵋掌教真人派了兩個門下弟子，拿了致三位公主的書信，來索天一真水。因二位公主俱在殿中行法，不敢擅入，業已等候多時。現在書信被三公主索去，請示如何回覆人家？」

金鬚奴一聽，想起近來三女與飛娘交好情形，便知這事稍一不慎，必有差錯。正打算勸二鳳應允，日後多結一處厚援，忽見三鳳、冬秀從旁跑來說道：「二姊，你看龍鮫無故回宮，莫非甬道中發生什麼變故麼？」說時，已聞得龍鮫的嘯聲。眾人回身一看，那靈獸龍鮫正從神沙甬道的地竅中飛身出來，不住昂首悲嘯。把守後竅的龍力子面帶驚慌，奔將過來，高叫道：「啟稟諸位公主大仙，龍鮫被人斷去一爪，受傷逃回來了。」

眾人連忙飛身近前一看，龍鮫左爪果然被人斷去，疼得直抖，料定是兩個下書人所為。這一來，休說二鳳姊妹暴跳如雷，連金鬚奴也氣忿起來。眾人正要趕向甬道之中將敵人擒住，碎屍萬段，忽聽初鳳傳呼之聲。

那初鳳閉殿行法之對，原和眾人說好，不遇非常緊急之事發生，不許眾人入內。那全甬道四十九陣的總圖，正在她行法的黃精殿中，忽在此時傳呼，必有重大變故。俱以為神沙甬道中變化無窮，敵人既傷龍鮫，必已深入。第三層陣內，有那無形神沙阻隔，敵人縱不身遭慘死，也要困陷在內，休想走脫，便暫緩起身。三鳳匆匆吩咐龍力子，取了些丹藥，讓他給龍鮫敷治傷處；等到尋著那隻斷爪，再用宮中靈藥，與牠接上。說罷，一同往前宮黃精殿飛去。

蓉波知道亂子業已鬧大，不奉使命，怎敢妄出，啟人疑忌，萬一石生等被陷，更少一個救援；何況二人既然攻入二層，全甬道陣圖必已發動，自己去已無益。心念愛子，好生焦急。趁宮中諸首要不在面前，逕去尋找楊鯉商量。不提。

這裡二鳳等五人飛近黃精殿前，見殿中霞光騰耀，殿門業已大開。忙飛進去一看，初鳳正對著那總圖面帶愁容，行使魔法，眾人自是不便問詢。約有半盞茶時，初鳳方轉了怒容，回身問道：「今日外層主陣何人主值？怎便擅離職守？如今敵人已經深入重地，衝破無形沙障，直達三層主陣，將外層樞紐大衍圖內應生神柱，用法寶斷了十餘根，連破外層十七個陣圖。如非我事先謹慎，將內層總圖設此殿內，全陣被毀，俱無人知道，豈不枉費我們多年心血？總算中央主陣未破，還可重新整理復原。不過敵人上門欺人，如此猖獗，必有重大來頭。難道一路進來，你們就毫無覺察麼？」

金鬚奴便把峨嵋掌教真人派了兩個門下投書借水，恰值眾人為了慶賀三位公主壽誕，煉法娛賓，防守延光亭的人接信之後不敢妄入，想是來人等得不耐，便仗勢逞能，硬衝進來，不但衝破兩層無形毒沙神障，還將神鮫左爪斷去一隻等語，略說一遍。

初鳳先聽是峨嵋派來的，頗為驚訝。及要過書信一看，一則上面沒提來的兩個童子名字，未免心疑；二則來人先禮後兵，不等人回，即行動手，分明是預先得了師長之命，縱非妖童甄海餘孽，這般強橫，已是欺人太甚；又聽神鮫受傷，越覺來人可惡。不由勃然大怒道：

「無怪許飛娘說，峨嵋門下專一欺壓良善。我海底潛修，與他素無仇怨，竟敢縱容門下上門欺人。我此時已將陣法倒轉，敵人縱有異寶，也不能再行破壞，不消片刻，便被無極圈鎖住。此時必仍在大衍圖前賣弄玄虛，不知就裡，決難逃走。你五人先出去會他，無須匆忙。到了那裡，來人如仍未被陷，先問明了來歷姓名，是否妖童甄海餘孽，然後和他動手。我這裡自有妙用。暫時不可傷他性命，等將他生擒到此，一面盡情懲治，一面派人與峨嵋送信，叫他前來領人，羞辱他一場，看他有何話說？我不信憑仗我這神沙甬道，海底珠宮，他能把我怎樣！」說罷，二鳳等五人便領命出去迎敵。

這時大衍圖中陣法樞紐業經初鳳用了魔法，倒轉變化，金蟬劍光已是無能為力。只要再過些時，無極圈便要發動。偏巧三鳳因今日恰值自己輪值，連被敵人毀去十七個仙陣，忿恨到了極處，竟不等初鳳這裡妙用發動，匆匆催著眾人運用魔法，縮河行地，直從大衍圖中趕出。這法行使起來，滄海一粟，戶庭千里，何況神沙又是自己煉成之物，那消頃刻，便即到達。五人一現身，便將金蟬、石生團團圍住。

三鳳本來就急於動手，再一聽來人出言無理，更是怒不可遏。再一聽二人只說是峨嵋門下，仍未說出姓名，好像故意隱瞞一般；何況二人身量雖略有高低，卻都是仙風道骨，丰神俊朗，裝束打扮也差不多，看去頗與同胞弟兄相似，更以為是甄海之子南海雙童，越發加了仇恨。破口大罵道：「大膽妖童餘孽，竟敢擅入仙府，今日叫你等死無葬身之地！」言還未了，手一指，劍光先飛出手去。

三鳳這口仙劍雖是金庭玉柱藏珍，又經過她姊妹三人多年祭煉，畢竟旁門奧妙，哪裡是金蟬霹靂劍的對手。碧熒熒一道光華剛飛出去，才一交接，就差點被金蟬雙劍絞住。還算人多勢眾，二鳳、金鬚奴、慧珠、冬秀見三鳳業已動手。也相次將劍光放起。

金蟬、石生見敵人勢盛，暗打一個手勢，二人聯合一起，紅紫兩道光華，一溜銀雨，夾著殷殷雷電之聲，與敵人五道碧光鬥將起來，各自耀彩騰輝，不分上下。

第三章　異寶護身

金鬚奴原因初鳳有生擒來人之命，又因神鮫受傷，一時忿怒，隨眾出戰。這時一見敵人劍光神妙，變幻無窮，暗忖：「來人年紀俱都不大，不過峨嵋門下後輩新進之士，已有這般道力本領，掌教諸人可想而知。」

正在驚詫，猛又想起：「當年嵩山二老兩番相助，往月兒島取連山大師藏珍時，曾說異日如有峨嵋門下有事於紫雲宮時，務要看在他二老分上，少留香火情面。今日既已應驗，如果遽下毒手，不但二老分上交代不過，而且末劫未完，先樹強敵，將來豈不更多阻難？再者來的這兩小孩，俱都一身仙骨，宿根深厚。南海雙童僅是妖人餘孽，縱然學會道術，初入峨嵋幾天，哪有這等氣象？三鳳不問明來人姓名來歷，便自動手，萬一誤用厲害法寶傷害了他們，此事更難收拾。」

越想越怕，便不肯施展法寶，口中大喝道：「來人既是峨嵋門下，當非無名之輩，不肯通名，卻是為何？」

金蟬喝道：「小爺金蟬，這是我師弟石生。誰還怕你不成！」

金鬚奴還未聽人說過石生。卻知金蟬是峨嵋掌教真人愛子，幾次聽許飛娘講起。今日一見，果是話不虛傳，越發不敢冒昧。鬥了一會，三鳳連使眼色，催金鬚奴使用法寶。金鬚奴心已內怯，故作不解。

三鳳性情偏狹，貪功好勝，因今日敵人入陣，咎在自己擅離職守，不願由初鳳發動陣法去困敵人，居心要將敵人親手除去。再一聽來人道了姓名，雖非南海雙童，卻是飛娘大仇之子，更想討好飛娘，賣弄自己本領。見金鬚奴不肯下手，本有嫌隙，越以為他存心敷衍，不肯相助，不由忿恨到了極處。

那金蟬、石生的飛劍，各具玄門真傳，疾如電掣星流，稍一疏神，便要吃虧，逼得她勻不出下手工夫。好容易才借遁光縱開一邊，已是氣到極處。略一停頓，便將那柄璇光尺取將出來。

這尺自到三鳳手中，便知是一件異寶，當時只苦於不知運用之法。自從甄海侵犯紫雲宮，二鳳無意中用璇光尺解了初鳳之危。暗忖：「此尺不知用法，已有如此神妙，如再加一番苦功祭煉，豈不更是厲害？」索性不再研究原來用法，逕照天書副冊上煉寶之法，重新祭煉。不消多久工夫，居然被她煉成，專破敵人法寶飛劍。

此時剛一出手，便轉起數千百道五彩光圈。二鳳等四人知道厲害，忙各將劍光收回，退向一邊，以防有損。

金蟬、石生正鬥之間，忽見先前一道青光退出，接著便見先動手的那個女子從身邊取出一件法寶，飛出無數五彩光圈，餘下敵人也都紛紛退出。同時自己飛劍才只與那光圈接觸，便差一點被它捲上，幸是二人收轉得快。金蟬起先因敵人勢盛，恐防又有別的邪法，早取出天遁鏡備用。一見來勢不佳，一面疾收飛劍，一面早把天遁鏡照出手去。兩件至寶遇在一起，千丈金光霞彩，竟將那無數五彩光圈扭住，幻成奇觀。

三鳳先以為敵人手到擒來，誰知那璇光尺雖然厲害，到底只經過魔法祭煉，不是本來面目。那些大小光圈，只在金光紅霞影裡飈輪霞轉，消長不休，一面是轉不上前，一面是照不過去，倒也難分高下。

這時不但金鬚奴一人驚訝，便是二鳳等人，也覺峨嵋門人名下無虛，敵人竟有這樣寶物，把以前倚勢輕敵之心全都收起。三鳳見自己只管和敵人相持，餘人俱都袖手旁觀，料自己單人獨手不能成功，再也忍耐不住，不禁向著二鳳、冬秀、慧珠三人大喝道：「峨嵋小輩如此猖狂，眾姊妹還不施展法寶將他擒住，等待何時？」

這兩句話，除金鬚奴是故作癡呆外，早將二鳳等三人提醒，紛紛從法寶囊內各將法寶取出。正待施為，忽聽後面甬道深處隱隱有風雷之聲，知道陣法業已發動。回身一看，果見一團紅霞，擁著一個與太極圖相似的圈子，發出百丈紅光，疾如奔馬，飛將過來。除三鳳一人還在和來人對敵外，餘人俱各停手避開，站在一旁，靜候成功。

金鬚奴一見陣法被初鳳倒轉發動，敵人萬難逃走，心中想起二老前言，好生焦急，只得故意大聲喝道：「大公主已將陣法倒轉，敵人萬難逃走，三公主還盡自與他相持則甚？」

金蟬、石生見連天遁鏡都不能奏功，已知這裡敵人非同小可，自己身在重地，本就留意。猛見對面甬道深處，一團紅霞擁著太極圖飛來，忽又聽金鬚奴這麼一說，益發心驚。剛在躊躇進退，猛又覺身後一股奇熱，覺著適才進到第三層陣口所遇的那一種壓力，又從四外擠壓上來，才知再不逃走，勢便無及。

也是二人命不該絕，三鳳聽金鬚奴一喝，不知他是存著萬一之想，故意提醒來人。心想：「陣法倒轉，前後埋伏俱已發動，樂得坐觀敵人入網。」便將璇光尺收了回去。

金蟬、石生都機警非常，一見對面五彩光圈退去，心中大喜，更不戀戰。金蟬收轉寶鏡護身，石生早展動彌塵旛，化成一幢彩雲，由金蟬鏡光衝破無形神沙阻力，比電還疾，一晃眼，便衝出重圍，直往迎仙島甬道外面逃去。

三鳳等人眼看無形神沙與太極圖一齊發動，敵人轉眼入網，萬無逃走之理，萬不料敵人身邊會飛起一幢彩雲，將全身籠罩，往前衝去。金光影裡，照見彩幢所到之處，那些無形神沙都將原質顯現，數十百丈深厚的五彩金沙，竟被沖成了一個巨洞，宛如滾湯潑雪，立見冰消，再也包圍不上。

說時遲，那時快，金光彩幢只在眾人眼前閃了幾閃，便即沒入暗影之中，不知去向。縱有陣法寶物，也來不及施展，大家都駭了個目瞪口呆，面面相覷。一會工夫，初鳳也自趕到，見敵人一個也未擒到。問起眾人，金鬚奴便搶在頭裡，說了經過。

初鳳聞言，才知峨嵋果非易與，不由害怕起來。暗忖：「自己費了許多心力，煉成這一條長及千里的神沙甬道，只說不論仙凡，俱難擅越雷池。如今峨嵋首要並未前來，僅憑兩個後輩，就被他鬧了個馬仰人翻。雖仗自己防範周密，敵人並未得手。可是人家一到，便將外層陣法連破去了十六個，末後又被人家從容退去，一根毫髮俱未傷損。似這等任憑外人來去自如，異日怎生抵禦末劫？」

一面想到強敵的可慮，一面又想到異日切身的安危，好生憂急。深悔自己不該聽信飛娘之言，閉殿煉什法術，今日如果自己在場，得知此事，勢必早把來人延接進去，縱不借水，也用好言婉卻，怎會鬧得騎虎難下？

又一想：「錯已鑄成，敵人暫時雖然逃走，天一真水未曾取去，使命未完，必然再來。宮中神獸龍鮫已被敵人斷去一爪，如再將天一真水好好奉上，休說太傷了紫雲宮體面，眾人也必不答應，而在情理上也說不過去。」越想越難過，不知如何打算才好。

正在愁思，金鬚奴看出初鳳有些內怯，舉棋不定，便乘機進言道：「其實這兩個峨嵋門下也是性子太急，偏巧我們又都有事，守島的人不敢擅入殿中通稟，以致他們妄行撞入，傷了和氣。否則當初月兒島承嵩山二老相助取寶時，也曾托過我們，看在白、朱二位道友分上，也不見得吝而不與，怎會鬧成仇敵之勢？」

一句話把初鳳提醒，決計暫時仍是回宮，加緊防守。萬一來人再次侵入，便是擒到了手，也不傷他。只等白、朱二位出來轉圜，立刻賣個人情，將天一真水獻出，雖然有此委屈，還可兩全。想到這裡，覺著事情還未十分絕裂，心才略寬。便命金鬚奴專守外層主陣，不得擅離。其餘眾人回轉宮中，重將全甬道陣法整理復興，以防敵人捲土重來。

眾人先因初鳳陣法未收，前面有無形神沙阻路，無法追趕敵人，只得暫候。及見初鳳趕到，聽完經過，以為她必如眾人一般忿怒，必定隨後追趕。誰知她面帶憂疑，呆立了一陣，竟命眾人回轉。陣法被破，龍鮫受傷，吃了許多無理的虧，還不如初次聞警時那等著惱，俱都猜不出是何心意。

三鳳更是心中不服，怒問道：「大姊，我們就眼看兩個小輩上門欺了人逃走，就不管麼？」

初鳳知她在火頭上，難以理喻，便答道：「據你們說，敵人所用法寶如此神妙，逃時疾如電逝，我來已過些時，怎追得上，何必徒勞？來人天一真水不曾取去，焉有不來之理？我們只在宮中等他，加緊準備，到處都有埋伏，又不比先時是措手不及，事出倉促，難道還怕擒不到他麼？」

三鳳早從初鳳言語神色上看出是金鬚奴鬧的鬼，恨在心裡，當時也不說破，只冷笑了兩聲。初鳳去尋龍鮫那隻斷爪，已被來人飛劍絞碎，又經一場惡鬥之後，殘趾斷蹱，拼湊不全，心中也甚煩惱，只得拿了，悶悶地帶了眾人回轉宮中。

第四章　煉法中魔

三鳳料定金鬚奴素來不喜許飛娘，又受有嵩山二老囑託，初鳳命他把守外層主陣，到時必要賣弄人情，去見好於人。想起自己以前和冬秀在月兒島定計盜寶，結果弄巧成拙，反吃虧苦，只白便宜了金鬚奴一人，不禁勾起舊仇。打定主意，日後擒到來人，峨嵋派講理服輸便罷，如若不然，一不作，二不休，與五台、華山等派聯成一氣，去與峨嵋為難。自己姊妹三人，索性在各派群仙之外另樹一幟，有何不可？如說峨嵋勢盛，多樹強敵，於異日末劫有害，眼前峨嵋的大仇敵如飛娘等人，仍是好好的，也未見峨嵋派把她怎樣。經過這一番胡思亂想之後，便向初鳳討令，由冬秀去保護天一真水。

這時初鳳雖已略知輕重利害，無奈運數將盡，又不該聽信飛娘之言，閉殿行那狠毒不過的魔法，不料中途出事，法未煉成，人卻入了魔道，變了心性，舉棋不定，也沒尋思，便允了三鳳之請。三鳳暗中囑咐了冬秀幾句，一面先將天一真水把住，一面由自己專一留心，暗中監防金鬚奴。靜等許飛娘來慶壽時，再行合謀定計。不提。

且說金蟬、石生見勢不佳，飛劍和天遁鏡全無功效，四面的無形神沙二次擠壓上來，對面那個太極圖一般的圈子不知是什魔法異寶，不但前進不能，再不見機，還要陷身圈內，遭人毒手，雙雙不約而同，各將法寶揮動，一路將光華亂捲，直往陣外衝去。

這次神沙有初鳳主持，不比第一次是原設埋伏，自行發動，要厲害得多。二人雖仗著這許多異寶，運用玄功，拚命往前直衝，還被那神沙擠壓得氣喘吁吁。等到逃出甬道，到了迎仙島上，已累了個元氣耗損，力盡神疲了。料知後面敵人追趕不上，除迎仙島外，海天遼闊，洪濤萬里，無可落腳之處，只得暫在島上隱僻處歇息，如果敵人造來，再作道理。等了一會，敵人並未出現。喘息略定，石生想起乃母蓉波，自從入內送信，便未出來，不知機密是否被敵人看破，有無凶險，好生焦急。

金蟬勸道：「聽適才眾妖人之言，伯母的信必然遞到，我們機密決未看破，定在宮中無疑。現時妖人雖未追來，亭內少不得還要派人輪值，只不知有無妖法隱蔽。只等元氣稍復，往那亭內探視，如遇有人，且先不進甬道，擒到無人之處，當可問出底細。伯母如有什災劫，來時各位前輩師尊早就提起。等天一真水取到了手，我們問明伯母能否脫身，再行設法，此時只管憂愁則甚？」

石生道：「甬道千里，魔法厲害，如今敵人又有了準備，我二人再想進去，恐非易事哩。」

金蟬道：「不經一事，不長一智。魔法雖厲害，我二人業已經過，使命未完，怎好回去？我們頭次下甬道，因為怕和伯母相左，又還打著先禮後兵的主意，順著路途入內，經過一層，又是一層，我們不知陣中奧妙，只能胡亂相機應付，容易驚動敵人，阻隔甚多。這一來，已看出我們這幾件法寶的妙用。二次入內時，只須我二人將所有法寶同時施展，如能闖過這條甬道，到了宮中，便有望了。不過那兩層無形沙障卻真厲害。頭一次無人主持，還覺好些。末後一次竟跟定人擠壓，直到甬道口方止，真費盡無窮的氣力，歇了這麼一會，我身上還覺著有些痠痛。最好能先將防守的人擒來一個，問出一點機密，下手便較易了。」

石生道：「我們來時，李師伯早料定善取不易，曾說派兩位有本領的同門隨後相助。縱然彌塵旛飛行迅速，差不多也出來了一日一夜，怎地還未到來？」

正說之間，忽見一道銀光從延光亭那面飛起，沿島盤旋低飛，似在尋找敵人蹤跡。二人存身的地方，在島邊一塊凹進去的礁石之內，極為隱蔽，便是宮中諸人也從無到過，一時不易為人發現。那銀光先時飛行較緩，後來越飛越疾，時高時低，從全島連飛繞了六七匝。有時也飛近二人藏身的近處，卻未落下，銀流飛瀉，一瞥即逝。

二人正要準備出去相會，那銀光倏地升高數十百丈，又在空中盤飛起來。金蟬方覺那道銀光，與石生飛劍家數有些相似，忽見青紫白三道光華如長虹經天，銀光便感不支，撥轉頭，流星飛瀉一般，直往延光亭中落去。

金蟬認出來的是英瓊和輕雲，好生歡喜，不等下落，便即迎上前去，接了下來。那與輕雲、英瓊同來的，是一個女子，看去舉動雖然老到，身材卻極矮小，頗似七八歲的幼女，相貌也極清秀。穿著一身青色衣服，腰繫紫條，提著一個長約七八寸的紫荷包，背插一口尺多長的短劍。一雙星眼，威光顯露，迥非尋常新進可比。大家相見之後，互道姓名，才知那女子乃雲南昆明府大鼓浪山摩耳崖千屍洞一真上人最心愛的弟子、神尼優曇的姪甥——「女神嬰」易靜。

金蟬在九華山學劍時，曾聽妙一夫人說過，此女生具慧質仙根，不但劍法高強，還精於七禽五遁，道術通玄，本領高強，已經得道多年，身材卻異常矮小，所以有女神嬰的稱號。當她劍術初成時，因為性情剛烈，嫉惡如仇，屢次在外惹事結仇，專與異派作對。有一次惹翻了赤身教主鳩盤婆，幾乎被敵人用倒轉乾坤大法「九鬼啖生魂」送了性命。多虧乾坤正氣妙一真人走過，硬向鳩盤婆討情，才得免難。一賭氣逃回山去，立誓不能報復前仇，決不在人前露面，由此再未聽人提起她的蹤跡。自己聞名已久，不想在此不期而遇，好生心喜。便向英瓊問道：「你和周師姊為何這久時候才來，莫非今早才動身麼？」

英瓊道：「哪裡，你們一走，我二人沒待多時，便動身了。」正要往下說時，輕雲攔道：「這裡密邇紫雲宮，我們在路上已知天一真水還未到手，與紫雲三女動了干戈，適才還有一個敵人，一照面，便被他逃走，大家急於見面，也未追趕，此時必入宮中報信邀人。這些話，且等事完再說。還是先問二位師弟，怎樣與人動手，宮中情形如何，以便相機下手為是。」

金蟬道：「說起來話長。我二人元氣都略受了點傷，周身還在酸痛，需要略微歇息些時。況且此時神沙甬道內防備甚緊，去了未必成功。我們正打算打坐片刻，運轉玄功，將真氣復原，再去擒來一個防守甬道的敵黨，拷問一些虛實，再行入內。恰值那道銀光升起，好似四處搜尋我二人的蹤跡，我們正要上前擒他，便遇三位師姊到來，將他驚走。甬道中妖法神妙，甚是厲害。我們已知紫雲三女壽辰在即，一二日內必有異派中人前來慶壽，可以乘機下手。掌教師尊尚未回山，凝碧崖五府開闢，群仙盛會，還得些日，無須急在這一兩天工夫。

「今天我們入內，遇險逃出，敵人未曾追趕。適才雖有一個敵黨出來探視，想是查看我們回山去未，或者是誘敵之意，也未可知。看這裡光景，定是仗著甬道厲害，多設埋伏，嚴陣待敵，以逸待勞。我們不去尋他，不致出來惹事。我二人已受了不少辛苦，正可趁此時機，略談片刻，打一回坐，等元氣康復之後，再行一鼓作氣，奮勇入內。再如不成，便等三女壽日，相機下手，忙它則甚？」

輕雲仍恐有人窺伺，用邪法暗算，不住朝四外留神查看。

女神嬰易靜見了不耐道：「我們原要尋他，還怕他來麼？我正想聽二位師兄說甬道中情形，周師姊無須過慮，我自有道理。」說罷，便將秀髮披散，拔出背後短劍，禹步行法。一陣清風過處，眾人只覺腳底下軟了一軟，別的也無甚動靜。易靜笑道：「我已用七禽遁法，敵人不暗算我們還好，否則即以其人之道，還治其人之身，叫他來得去不得。我們索性圍坐石上，暢談一陣，容他聽個清清楚楚，再拿他開刀吧。」

眾人還沒聽出言中還有別的深意，便依她同在礁石上坐下，互談經過。英瓊性急，先由金蟬說出與紫雲三女反臉動手之事，然後再由英瓊說來時經過。

原來輕雲、英瓊自金蟬、石生一走，便由髯仙李元化略說程途機宜，命她二人同駕仙鵰，隨後趕去接應。先時英瓊以為天一真水有妙一真人書信，還不手到取來，並不心急。及至起身空中，飛行了一會，輕雲笑對英瓊道：「你還不催佛奴快走，彌塵旛多快，莫要接應不上呢。」

英瓊道：「這次接應，不過李師伯為備萬一起見罷了，難道紫雲三女這般不知輕重，吝而不與麼？否則何必命我二人隨後起身，又騎著佛奴前去，不御劍飛行呢？」

輕雲道：「你哪裡知道。我們俱是末學後輩，皆因宿根深厚，時機太巧，才遇見這等曠世仙緣，入門不久，便到了今日地步。如按尋常道人，正不知要經受多少險阻艱難，災厄苦難呢，哪有這般容易？此次之行，如果事情容易，師尊選人時，必要挑災厄已滿的門下，也不會派我們兩個打接應。須知五府開闢，門下弟子賜服師祖所遺靈丹之後，我們雖離超凡入聖還遠，大半總有半仙之分。石生入門，功勞不多，聽玉清大師說，他異日所得甚厚，此次紫雲之行，對他必然含有深意。

「掌教真人那封書信，不過是先禮後兵之意。聞得天一真水乃地闕至寶，與峨嵋頗有淵源，三女何人，豈得據為私有？我看飛劍傳諭，既有便宜行事之言，這事不但運用全在我們，恐怕還要大動干戈，不只我們四人可了。你沒見我們行時，玉清大師曾拿著優曇大師一封手札，交與李師伯，又朝我二人含笑點頭麼？只不知命我們駕鵰前往，故將形跡示人，行又較緩，是何緣故罷了。」

英瓊聞言，也覺有理。正要催鵰快飛，那神鵰佛奴自從輕雲說牠飛行遲緩，早展動鐵羽鋼翎，疾如箭射般往前飛駛。二人在鵰背上憑凌蒼宇，迎著劈面罡風，御虛飛行，頃刻千里，比起駕著飛劍飛遁，也慢不了多少。知道神鵰道行日益猛進，甚是代牠高興。飛行了兩三個時辰過去，遙望前面，山峰刺天，碧海前橫，已抵海隅，再有數千里遠近，便可到達。正自快意，猛覺神鵰身子往下一沉，還未及看清下面，神鵰一聲長鳴，重又往上升起。剛飛到原來高處，倏又往下沉落，這一次竟落有數十百丈高下。

英瓊本已聽出神鵰報警，不由又驚又怒。忙向下面一看，腳底下三面皆是山巒雜沓，一面臨海，展現出一個大約數百頃的平原。當中建了一所宮殿，瓊宇金闕，玉階朱柱，迴廊曲檻，華表撐天，看去甚是莊嚴華麗。大殿階前有一大平台，廣約百畝。先時目光被山擋住，這時剛剛飛過一條高嶺，正臨殿宇上空，由高下視，一目了然，看得極其清楚。偌大宮殿，竟不見一個人影。可是神鵰雙翼，已是吃什麼絕大的力量吸住，只管奮力騰撲，不能前進，漸漸還有下沉之勢。

二人知道定有妖人藏在殿中作祟。眼看神鵰飛落越低，鳴聲越疾，先沒看出神鵰雙爪已吃人法寶套住。及至二人離了鵰背，剛要往下飛落，去尋殿中妖人，英瓊慧眼猛然看見神鵰腳下似有一股青氣，顏色極淡，看得甚真，時隱時現。因見神鵰鳴聲淒涼，飛騰不起，一時情急，顧不得先尋妖人，將手一指，紫郢劍化成一道紫虹，脫匣飛出，不問三七二十一，便往神鵰腳下繞去。

起初英瓊心理，不過姑試為之，那青氣看上去似有若無，並沒確定是敵人法寶。不想竟奏奇效，劍光才繞到神鵰雙爪之下，便聽無數裂帛之聲同時發作，那青氣由隱而現，嘩嘩連聲，全都變成萬千縷長短青絲，雨雪一般滿空飛灑，隨風飄落，斜陽影裡，頓成一片從未見的奇觀。

那神鵰本來拚命往上掙扎，腳底下束縛一去，鐵羽翻風，一聲長嘯，振翼便起。因為用力太猛，直似彈丸脫手，眨眼直上青冥。那些萬千縷的青絲，經了這兩翼的風力鼓蕩，益發似楊花亂飄，翻滾浮沉，半晌還未落到地上。

神鵰佛奴已有千年道行，何等通靈厲害，兩翼神力何止萬斤，豈能輕輕巧巧便被人套住，不能脫身？而且一脫網羅，便如驚弓之鳥，直沒雲空，不再飛回。殿中人的厲害，已可想見。

二人如果見機，自己又有使命在身，敵人既未出面，正好趕上神鵰，騎了飛去，豈不是好？及至破了敵人法術之後，不但英瓊因為神鵰吃了大虧，妖人無故尋釁，心中忿恨，便連輕雲也覺這般海濱荒寒之區，卻有這般華麗的一所宮殿，此中主人決非善類，不知便罷，既已遇上，又無故與人為難，豈能再容他在此猖獗？加上自從紫郢、青索合璧以來，到處縱橫，所向無敵，也未免略有驕意。還算是加了一分謹慎，下去時節，招呼英瓊，如果敵人厲害，須要合而為一，不可分開。英瓊氣憤填膺，聞言也沒在意。

說時遲，那時快，就在神鵰振羽高翔，青絲斷落，飛舞零亂之中，二人只略一招呼，早同往殿前平台之上飛去。

畢竟輕雲見聞較廣，又比英瓊持重，飛離平台還有數十丈高下，猛一眼看出那平台竟是一塊整玉所成，不但五方十色，暗藏六合陣法，而且光華隱隱，彩霞騰耀。想起昔日在黃山學劍時，餐霞大師曾經說過，如遇這等境地，定有能人主持，千萬不可妄入。忙將遁光一催，攔向英瓊前面，口中喝道：「瓊妹且慢！敵人無禮。我們須守教規，不問明是非，未奉師命，須要叩門而入，不可妄入人室。」

英瓊心想：「教規雖然如此，眼看敵人惡行已露，明明妖邪一流，還與他講什禮教？」正要答話，吃輕雲劍光一攔，再往前一逼，雙雙一同降落在平台之下。

英瓊原本想直入大殿，去尋敵人算帳。一落地正待張口相問，輕雲忙使眼色，將她止住。英瓊方在不解，輕雲已朝殿上喝道：「我二人奉了師命，騎鵰打此經過，並未打擾，爾等無故阻攔，是何道理？還不出來答話，我二人要無禮了。」言還未了，忽見一道青光，從大殿內直飛出來。

第五章　天外飛來

話說英瓊正要迎敵，來人好似早已知道，在離身十丈以外首先落地，現出全身，乃是一個二尺多高，生得奇形怪狀的小孩。輕雲看那小孩生得又胖又矮，一雙黃眼生在額上，鼻子高聳朝天，加上底下一張闊口和一個又大又圓的蛤蟆頭，越顯醜陋非常。不過小孩形狀雖似妖邪，那道青光來路又非旁門左道；而且小小年紀，便有這等道力。宮殿又這麼大，如非妖邪，其中能人必不在少。

正在尋思，那孩子如飛也似搖著雙手跑了過來，說道：「這裡是海仙灣玄龜殿。今日全殿的人都各在殿宇中做晨參，只我兄弟兩個輪值。起初看見這隻黑鵰神駿，這東西太大，飛行又高，我兄弟也沒看清上面有人，冒冒失失地打算放起青瑤鎖，去將牠捉住，收回養了玩。一見上面有人下來，知道惹禍，我正想命我兄弟快將法寶收回，已為你們飛劍所毀。好在你們坐騎未傷，我們也是事出無心，傷了一樣至寶，已經晦氣，悔之無及，何必得理不讓人，又尋上門來？你們走你們的，豈不甚好？」

輕雲見來人說話不亢不卑，未必好惹；又想起使命在身，急於上路，已有允意。見英瓊怒仍未息，正想借勢收篷，答言勸走，忽然大殿內又是一道青光飛出，落地現出一個相貌俊美，英氣勃勃，年約十六七歲的童子，一見便朝二人說道：「你們在此亂喊些什麼？我雖同你們開了個玩笑，我的青瑤鎖卻被你們飛劍斬斷。少時我祖父完了晨參，還不知想什麼法兒交代，我不尋你們，你們倒上門欺人。對你們說，省事的快走，我弟兄認晦氣，不與你們女流一般見識；再如遲延，我便把你二人擒住，做我殿中侍女，稍微做錯點事，便打你們五百海蟒鞭，叫你們吃罪不起。」

言還未了，英瓊一聽他出言強橫，比先來那個要不說理得多，不由勃然大怒，喝罵道：「大膽妖童，無故開釁，還敢出言無狀！」說罷，手一指，劍光便飛上前去。

先來那個見英瓊動手，口中罵他妖童，也怒罵道：「好個不知趣的丫頭，放你生路不走，誰還怕你們不成！」

一面說，弟兄兩個的飛劍早先後放起迎敵。二童劍光哪是紫郢劍敵手，輕雲青索劍還未放出，兩下略一交接，已感不支。

英瓊滿心氣恨，哪肯放鬆，一道紫虹如龍飛電掣，把二童的飛劍壓得光芒漸減，勢頗不支。輕雲也惱那後來童子無禮，不過已從來人言談動作和飛劍家數上，看出來人不是妖邪左道，知是海外散仙一流，而且「玄龜」兩字，又好似在以前聽人說過，故不肯輕易動手。無奈雙方已成僵局，無法和緩，只得靜以觀變，相機處置。

三道劍光在空中鬥了不多一會，這兩弟兄萬不料敵人飛劍如此厲害，本想引敵人到那平台之上，無奈劍光被人逼緊，撤不回去，只急得滿面通紅，無計可施。

輕雲見雙方雖相持不下，敵人業已勢敗，便勸英瓊道：「我們還有事在身，饒了他們吧。」話才出口，內中一道劍光已吃紫光絞住，立時紛碎，青芒飛落如雨。另一道勢子略鬆，被一童收了回去，喊一聲，直往大殿中飛逃。

英瓊得了勝，怒氣稍解，又聽輕雲催走，本未想追。抬頭一看，神鵰佛奴仍在空中極高之處往來飛翔。正要飛身上去，猛聽大殿內一聲嬌叱，又是兩道青光，一個全身縞素的淡妝少婦，後面跟著先前那兩弟兄，一同飛身出來。一照面便喝道：「何方賤婢，敢毀吾兒飛劍？速速通名納命！」

英瓊聽她一見面就罵人，哪裡容得，也不容輕雲答話，早將紫郢劍飛將出來。那少婦見了英瓊劍光，好似有些吃驚，忙對二子喝道：「讓我獨擒這兩個賤婢，爾等不可動手。」二童會意，逕自閃開，袖手旁觀。

輕雲見那少婦劍光雖非紫郢劍之敵，卻比起先前二童要強得多，英瓊一時半時取不了勝。暗忖：「紫郢仙劍，以前未合璧時，也曾敵過許多異派能人，並未遇上敵手，這少婦的飛劍，竟有如此功力，再若戀戰下去，萬一又勾出敵人的助手，脫身更是不易。自己忙著往紫雲宮去，無端遇見二童，業已耽延些時。莫如還是合力將她打敗，好早些上路，省得誤事。」想到這裡，剛把青索劍放起助戰，準備雙劍合璧，將敵人飛劍絞碎，只要她一敗走，立時便捨了她飛走。等紫雲宮事畢歸來，向師長問明這宮殿中人的來歷，再作計較。

誰知那少婦與英瓊剛一交手，便知自己飛劍不是敵手，一面喝退二童，暗中早在那裡準備擒敵之法。也是該當英瓊、輕雲二人要結這場想不到的閒怨。就在少婦法術未及施為出來之際，輕雲的青索劍已經飛起。先前輕雲敵那二童，因見既不是妖邪一流，殿中人必然不好惹，只想略加儆戒，使其知難而退，還留了點情面。這時急於脫身，一出手，便將本門心傳施展出來。

那少婦單打獨鬥，尚非對手，如何經得起雙劍合璧。二道光華在空中只一絞，少婦便知不妙。一面又在暗中行法，哪裡收轉得及，立時斷虹也似墜將下來。

英瓊劍光欲要跟著下去傷那少婦，輕雲忙喝：「瓊妹勿傷敵人，我們且走，由她去吧。」說時，青光剛將英瓊的紫光攔住，忽聽少婦身旁二童拍手笑道：「無知丫頭，今番看你們往哪裡走？」

一言未了，英瓊、輕雲猛覺天昏地暗，陰風四起，黑影中千萬道紅光像箭雨一般，夾著風雷之聲，四面射來。喊聲不好，忙和英瓊一聲招呼，二人連在一起，身劍合一，想要衝出去時，敵人陣法業已發動，將二人困住。

二人剛被陷時，不知敵人早暗用顛倒乾坤五行移轉大法，將殿前石台上預先設好的大須彌正反九宮仙陣移向對敵之處，將自己困入陣內，還以為敵人左不過使什麼五行遁法而已。憑紫郢、青索兩口仙劍，當年華山、五台派史南溪等一干妖人暗襲凝碧仙府，設下都天烈火大陣，有萬丈烈火，無量風霜，何等厲害，尚經不起雙劍合璧，不消頃刻，全都消滅，在這裡豈有衝它不出之理？誰知在黑暗中飛行了一陣，雖然暫時沒有別的動作，可是老飛不出去，連神鵰鳴聲也聽不見。

正在驚訝，忽聽先見那兩個童子中，後來的一個發話道：「兩個丫頭，休得逞能，想要逃走才是作夢呢。你們已被我母親暗用仙法困入大須彌正反九宮仙陣之內。只因你們還算運氣，我祖父早參靈空仙闕，神遊太清，歸途又要往星宿海去看望我大師叔，尚未回殿，我母親雖將你們困住，未奉法諭，不便傷害你們罷了。依我金石良言相勸，快快將你們所用兩口仙劍獻出，賠還我母子，我母親念你二人年幼無知，必能手下留情，饒你們乘鵰逃命；否則明日我祖父回來，得知你們上門欺人，必將陣中真假五行發動，叫你們形神消滅，那時後悔就來不及了。」

英瓊聞言，只是加了幾分忿怒。輕雲卻因童子之言，猛想起昔日在黃山曾聽師父餐霞大師說起，天下群仙首腦源流，正邪各派群仙中，最著名厲害的，除了神駝乙休夫婦之外，在南海邊上還有一家散仙。為首的是一個白髮朱顏老者，姓易名周。

此人在明初成道，因逢意外仙緣，拔宅飛昇。只有一個兒子，無此仙福，在他成道前一年，為仇人所害，當時沒有成仙外，還有他妻室楊姑婆，女兒易靜，側室林明淑、芳淑兩姊妹，以及歷劫六世的兒子易晟，兒媳綠鬢仙娘韋青青，孫童易鼎、易震，個個俱精通劍法，自成一家，先在崑崙山星宿海飛鯨島上修煉，後來將島宮讓給乃子易晟的師叔無咎上人居住，才舉家移居南海。曾在那裡用千年玄龜、海底珊瑚和那許多異寶，蓋了一所宮殿。

易周因知過於炫奇，難保不有能人前去尋隙，又在殿前設了一座大須彌正反九宮仙陣。其中神妙莫測，變化無窮，不知箇中三昧的人陷身其中，除了死活由人處治外，休想脫身一步。雖還比不上長眉真人在凝碧崖靈翠峰所設生死幻滅晦明六門兩儀四象微塵陣的玄奧，卻也厲害非常。

適才聽童子說了殿名，聽去耳熟，這才忽然想起。如果是他，只恐難以脫身。不由焦急起來。正打不出主意，又聽那童子發話道：「大哥，母親命我們在此運用陣法，這兩個丫頭兀自不肯服輸。她們毀去我們的法寶，釁自我開，情有可原，但不該又將我們的飛劍連毀兩口，分明欺人太甚。依我之見，母親已將陣法發動，祖父回來，好壞都隱瞞不過，左右只有一個不是，不如將這兩個丫頭處死，得她們這兩口好劍，賠我們也是好的。」

說罷，那另一個好似不以為然，在那裡低聲攔阻，兩人爭執了一會。但輕雲、英瓊仍然衝不出去，也未見什動靜。二人在黑暗中亂闖又有好多一會，不時聞得二童談話聲音，就在近側不遠，只是用盡方法，看不見人。幾次暗運玄功，飛劍合璧，朝發聲之處橫捲過去，總是撲空，反遭二童訕笑。只得悶聲不語，照著一個方向往前衝。好些時辰過去，忽見四處黑影中有千萬道紅影，似金蛇一般亂閃。

二人不知敵人弄什玄虛，又想不出脫身之計，心中惦記紫雲宮之行，焦急萬狀。幸而紫郢、青索雙劍神妙，那千萬道紅光雖亂射如雨，一近身前，便自消滅，沒有受著傷害。可是無論二人怎樣上天下地，橫衝直撞，總被黑暗包圍，用盡方法，也難衝出陣去。

後來輕雲因聽二童說話聲不離前後左右，知道敵人陣法厲害，自己雖是飛行老遠，其實身子仍未離卻陣內方圓數十丈之內，枉費許多心力。便招呼英瓊，停了飛行，聚在一處，只將劍光運轉，護住全身，伺隙觀變。身才停飛，又聽敵人在那裡喁喁私語。

英瓊氣他不過，暗忖：「適才幾次循聲飛劍去斬敵人，俱未得手，反受了人家許多冷嘲熱諷，因為屢擊不中，便停下了手。如今已有兩三個時辰，敵人必料自己不會再去徒勞，說不定此時已疏了防範。再者，前幾次飛劍循聲斬敵，因恐失事，俱是和輕雲做一起，事前彼此示意，容易為人警覺。這口紫郢，乃通靈異寶，昔日自己初得到手，劍術未成，尚能隨心所欲，來去自如，何況又經煉過？

「日前聽玉清大師說，因為這劍乃長眉師祖煉魔之寶，萬分神奇，妙用無窮。自己雖受峨嵋心法，能以飛行絕跡，畢竟年時尚淺，功時還差，尚未將此劍的本能發揮一半。今日困入妖陣，歷久不出，似這樣相持，挨到何時方可脫身？何不和從先一樣，心中默祝，冒著奇險，乘敵人一個冷不防，將劍發出，任它自去尋找敵人。反正仇已結成，縱難逃脫，傷他一個主體，也可略消氣忿。」

想到這裡，把心一橫，心中默祝：「師祖保佑，仙劍大顯靈異，為我斬敵奏功。」倏地暗用玄功，分開劍光，直朝二童發聲之處飛去。

那易氏弟兄因乃母綠鬢仙娘韋青青本在殿中有事，抽空出來會敵，一將敵人困住，便即回殿，行時再三叮囑，只可生擒，奪她們雙劍，賠還失劍，不可遽將陣法一齊發動，加以傷害。以為敵人已成網中之魚，不久自會暈倒遭擒。誰知敵人雖被困入陣內，那兩道劍光卻是神妙莫測，護住敵人身體，恰似紅紫兩道光華團成一個綵球，芒彩四射，在陣中電轉星馳，滾來滾去，竟不能傷她們分毫。

後來易震等了一會，實是不耐，與易鼎爭論一番，拚著受責，將離宮上陰陽火箭發動，去射敵人。不料才一挨近敵人，箭光便即消滅，這才不敢大意。又恐乃祖明日回殿，不知嗔怪與否，想再發動陣法，又恐一樣無功，反傷異寶，也是在那裡著急。

頭兩次輕雲二人飛劍去傷易氏弟兄，一則劍未離身，由著二女指揮；二則易氏弟兄人在明處，一見敵人劍光飛來，即將陣法略一倒轉，便即避開，二人也忙著收回。及至屢擊不中，二人停手，易氏弟兄果如英瓊所料，以為不會再來，敵暗我明，未免略疏防範，再加英瓊此次是以意靈運用，由紫郢劍本身靈妙前去尋敵，比較迅速得多。

易氏弟兄正在陣中心打算擒敵之策，忽見敵人分出一道紫光飛來，才一看見，便已臨頭，喊聲：「不好！」忙將陣法倒轉，危機瞬息，剛得避開，那紫光竟是靈異非常，已是隨後追到，逼得易氏弟兄走投無路，只得連將陣法倒轉，苟延喘息，仗著陣法，變幻不停。英瓊、輕雲只見紫光在近身不遠上下縱橫，電射不停，不知敵人如此狼狽。否則輕雲青索劍也照樣飛起，兩下夾攻，易氏弟兄休想活命。

輕雲先時頗恐英瓊鹵莽，及見劍光近側飛繞，卻未聞敵人訕笑，也未見有什別的動作，猜知不甚失利。這一來，一方受著紫光迫逼，一方又恐有別的失利，彼此都不知如何才好，兩下裡又經過好些時候。

英瓊因自己紫郢劍只管在黑影中飛掣，知道此劍靈異，一放出去，如不奏功，非經自己收回，決不回轉。時間已很久，也恐閃失，正想收回，忽然一道白光在黑暗中出現，與紫光只略一交接，便聽一個女子聲音喝道：「鼎、震二姪，還不快收陣法，真要找死麼？」

一言甫畢，眼前倏見一亮，依舊天清日朗。二人的身子不知何時已移在殿前石台之上。面前不遠，站定一個身材極其矮小的少女，手指一道白光，將空中紫光攔住，還在互相糾結。先見那兩個童子，滿臉忿恨，卻在那女子的身後一言不發。

輕雲一見這般情勢，便知那少女定是解圍之人，恐英瓊飛劍厲害，又出差錯，剛喊：「瓊妹且慢！」

那少女已含笑說道：「峨嵋道友果是不凡，便連我這口阿難劍，也非敵手呢。我們俱是一家人，二位道友快請停手相見，免傷兩家和氣。」說時，英瓊得了輕雲招呼，又看出來人之意，便各自將飛劍收回，彼此相見敘談。

果不出輕雲所料，後來的這一個少女，便是易氏弟兄的姑姑、雲南昆明府大鼓浪山摩耳崖千屍洞一真上人心愛弟子、神尼優曇的姪甥女神嬰易靜。自從被赤身教主鳩盤婆用魔法困住，「九鬼啖生魂」吃了大虧，負氣回山以後，除了每隔三年到玄龜殿省一次親外，多年不曾出世。

這次出山，一則因接了神尼優曇的飛劍傳書，說峨嵋教祖在峨嵋山凝碧崖開闢洞府，群仙盛會，命她到日前去赴約；一則因自己所煉法寶已成，不久要去尋鳩盤婆算那舊帳。故此在往峨嵋赴約之前，回殿省親，就便取一些靈丹和賀禮帶去。行近玄龜殿上空，忽見殿前面九宮台上陣法發動。先以為父親兄嫂定在陣中主持，暗忖：「何人大膽，竟敢來此侵犯？」及至入陣一看，僅是兩個姪子易鼎、易震在內，已被一道紫光迫得走投無路，又認出那紫光的來歷。

易靜知道易震素來逞強，慣好生事，峨嵋門下決不至無故侵犯，定是他兄弟兩個趁著祖父、父母入定晨參之際，惹出亂子。陣法運用，又不能全知，雖將敵人困入陣內，反吃人家迫得這等狼狽。久聞峨嵋門下用紫色劍光的只有兩人，內中有一口紫郢劍，更是冠冕群倫，現為峨嵋三英中一個名叫李英瓊的女弟子所有。這被困的也是兩個女子，想必是她無疑。又想起昔日乾坤正氣妙一真人救命之恩，無論來人是否有理，也須放她出陣才對。

想到這裡，一面喝止住易氏兄弟，命他們將陣法收去；一面飛出劍光，去試試紫郢劍到底如何，果然厲害非常，好生讚羨。互相收手，一問起釁原因，才知其咎不在二人。剛想喚易氏弟兄上前見禮，回身一看，只有易鼎一人尚躬身立在自己身後，易震已在雙方說話時溜走。

易靜猛想起嫂嫂素常溺愛護短，與自己頗有嫌隙，必以為是幫助外人，欺壓她的愛子，倘如聞信走出，決不干休。父親晨參，神遊未回，無人制服得了，當著外人，豈不面子難看？忙對英瓊、輕雲道：「二位姊姊既奉師尊之命，有事南海，想已在此耽誤些時。紫雲三女近來與許飛娘等各異派妖人交深莫逆，決不借水。愚妹原意也往峨嵋赴約，便道回家，取些禮物丹藥。不想舍姪如此無禮，阻滯雲程。現聽大舍姪說，家父神遊未歸，正好陪了二位姊姊前往紫雲宮，會那三鳳姊妹。事畢歸來，家父必已回轉，那時便道下來，取了應帶之物，隨了二位姊姊，同往峨嵋。豈非一舉兩得？」

輕雲道：「承蒙相助，感謝不盡。愚姊妹一時魯莽，誤傷尊嫂令姪飛劍，心實不安，意欲請出尊嫂，謝罪之後再走，如何？」

易靜道：「既是一家，事出誤會，相見何須在此片刻？南海之行，關係重要，還以速去為是。」

第六章　魔宮虛實

話說輕雲、英瓊已經耽擱了將近一日一夜，巴不得即刻動身。只因知道了人家底細，易靜又是那等謙和，覺得心中抱愧，不能不打個招呼罷了。一聽易靜這等說法，正合心意。正要道謝起程，易靜忽道：「二位姊姊先行一步，小妹對舍姪還有兩句話兒要說，少時自會隨後趕上同行的。」

輕雲一則急於上路，二則久聞女神嬰大名，想試試她的本領如何，便和英瓊一使眼色，各道一聲有僭，便破空飛去。神鵰佛奴本來隱身雲空相候，見主人飛起，迎了下來。二人因要和易靜比快，連鵰也不騎，只囑咐那鵰隨後跟去，到了迎仙島，聽命再行下落。說罷，回望下界，易靜還在殿前石台上與易鼎說話，殿中有一道青光剛剛飛出。二人也不及細看，彼此一招呼，雙劍合璧，化成一道紅紫兩色的彩虹，電閃星馳，直往迎仙島飛去。

飛行了一會，眼看下面波濤浩淼，水天相連處，隱隱有一座島嶼，浮萍般飄浮在水面，知離目的地不遠，易靜還未追來。正在心喜，想到了島的上空，再停著劍光等她到了，一同下去。就在這催著遁光飛行的當兒，倏地一道白光，如經天長虹一般，從後面直追上來，與自己會合。二人心中暗自驚異，女神嬰果是名不虛傳。

當下三道光華合在一起，同往前途進發。飛行迅速，頃刻之間到了迎仙島的上空。三人看見一道銀光盤島飛翔，上下不定，易靜性子最急，一問不是同道，便迎了上去。那道銀光卻也知機，先與白光接觸，已是微覺不支，再與紫光一碰，更知不是對手，哪敢遲延，一撥頭，便似隕星一般，往延光亭那一方飛落下去。

三人剛要跟蹤追趕，金蟬、石生已迎了上來，接下去彼此見禮。因金蟬、石生元氣還未康復，先由易靜行法，將存身之地封鎖，然後談說經過。彼此說完了緊要之言，金蟬、石生又在石上打坐。一個多時辰過去，二人先後運用玄功，復了元氣，跳下石來。

金蟬剛張口說，要往延光亭內，去偷擒一個輪值甬道的宮中徒黨，來盤問底細。女神嬰易靜攔道：「二位道友且慢。愚妹初來，寸功未立，情願代勞，擒一個妖黨作見面禮如何？」說罷，不俟金蟬還言，猛地一聲大喝，將手一指，面前不遠，現出一個長身玉立的白衣少年，站在當地，一言不發，滿臉俱是羞怒之色。易靜喝道：「你這廝苦未吃夠，還敢對我不服麼？再不細說魔宮虛實，看我用禁法制你，叫你求死不得！」

那少年也喝道：「俺楊鯉也是自幼修道，身經百難，死不皺眉，難道還怕你不成？我原是一番好意，被你錯認仇敵擒住，又用法術禁制，出聲不得罷了。」言還未了，金蟬、石生自那少年一現身，便看出他與蓉波所說內應好友楊鯉相似，聽他道出姓名，忙說：「這位楊鯉道友是自家人，因為彼此均是初見，所以容易誤會。」

易靜聞言，忙將禁法撤去，又向楊鯉致歉，才行分別就座，談說宮中之事。

原來先時那道銀光，便是楊鯉藉著擒敵為名，自告奮勇，出來通風報信。偏偏金蟬、石生藏得隱祕，沒有發現。三女一到，看出是外人，便動手，打又打不過，只得暫時逃將下去，意欲等來人落地，到了亭內，再現相見，相機行事。誰知下來時，又見兩道劍光迎了上來，一道恰似一溜銀雨，一道夾著風雷之聲，與蓉波所說相似，才知後來三道是峨嵋派來的接應。遙見五人聚在一起，便隱身過去，想聽完了來意出面。

誰知女神嬰易靜法術通玄，早已料到逃走的那一道銀光決不干休，暗中用法術下了埋伏，楊鯉身剛近前，便被困住。安靜點還好，越想掙脫，越吃苦頭，只得耐心等候。易靜原知有人被擒，仍然故作不知，不動聲色。直到把話說完，金蟬、石生元氣康復，要去擒人來問，才將他現出。這一存心取笑不要緊，從此易靜和楊鯉又結下仇怨，日後幾乎兩敗俱傷。不提。

楊鯉被釋以後，因為素來好勝，又關係著蓉波的重託，惱也不是，好也不是，只得忍怒對石生說道：「令堂入宮交信，因值敵人行法未完，候了些時。不想二位已闖入甬道，傷了神鮫，連破去外層十六個陣圖。雖然二位性急，不過不如此，紫雲三女受了許飛娘蠱惑，也決不將真水獻出。如讓她接書之後，好好款待，將二位迎請入宮，用善言婉謝，反倒不好翻臉，倒不如這樣硬做為妙。

「目前大公主初鳳正在重新佈置已毀陣法，各處均添了法寶和埋伏，益發不易攻進。那天一真水已交給三公主三鳳，此女心性狹隘，為人陰險狠毒，最是難惹。現由第三層主陣二公主二鳳的丈夫金鬚奴主持，此人曾受嵩山二老之助，在月兒島連山大師藏真火穴之內得了許多法寶，雖然人較善良，可是道法厲害。

「神沙甬道長有千里，陣法隨時變幻，妙用無窮。據我與令堂平時留心觀察刺探，他那陣法雖屬魔道，卻是參天象地，應物比事，暗合易理，虛實相生，有無相應。數共五十，用者只四十九，其一不用者，乃陣之母。全甬道陣圖，皆由此分化，虛陣不破，縱將四十九陣全陣破去，也無什大用。再加上各主要人的法寶，經我目睹過的，如煩惱圈、煉剛柔、兩儀針、璇光尺等，更是厲害非常，不可輕視。」

金蟬便問道：「此陣如此玄妙，我見先前有一輪值之人，並無什道行，但他往來無阻，莫非這些陣法俱不怕自己人誤蹈危機麼？」

楊鯉道：「此陣以海底千年珊瑚貝殼和許多惡毒水產生物的精血煉成一種神沙，再用魔法築就，名為神沙甬道，全以神沙為主。全甬道共有三十層，最厲害的是無形沙障，任是大羅神仙，也難隨意通過。我冒險洩機，也是為的此事而來。但凡宮中黨羽，大半都有初鳳給的一面護身通行的神簡。那在延光亭外輪值的人，除了這一面神簡以外，每人還有四十九粒沙母。這沙母乃當初煉沙時，從五色神沙中採煉出來的精華。得到手的，只有我與陸道友、龍力子、吳藩和宮中一個先來的妖道名叫于亨的。

「五個輪值延光亭的人。除吳、于二人外，我三人均甚莫逆。那龍力子只輪值了一次，因他生具異稟，心性好奇，第一次輪值，就故蹈危機，把沙母試去了好幾個。被那初鳳在宮中總圖中窺見陣法時動時止，猜出是他淘氣。恰巧我在旁侍立，便命我去替他，將他喚入宮去責罰。我知龍力子年紀尚幼，最得宮中諸首要歡心，罰必不重，當時略留了一點心，把他的沙母索取一半。初鳳問時，只說首次誤觸仙陣，一時害怕過甚，唯恐一粒無效，抓了一把撒去，及至二次又試，才知只用一兩粒，便可平息，悔已無及等語。

「初鳳果然被他瞞過。又經大家一求情，念其年幼無知，只訓斥了幾句。恐他又輪值生事，便將餘剩沙母追回，調了防守甬道入口的職司。事後一數，我共得了二十六粒。諸位有了這沙母，如在甬道中遇見神沙作怪，只須口誦所傳咒語，用一粒沙母向上一擲，立時便有一團五色霞光，由小而大，往四面分散出去，便將陣中神沙抵住。等到沙母與神沙相合，身已離了險地。只要把十三層沙障渡過，便可直達宮內了。不過話雖是如此，大陣口全有宮中一二首要人把守，便是尋常地方，也各有靈禽異獸盤踞。我二人所能助力者，僅此二十六粒沙母，仍是有限，全仗諸位道法施為罷了。」說時，看了女神嬰一眼，忿惱之色仍未減退。易靜知他餘忿未解，說話意思，似有點激將自己，故作不知，將臉往旁一側。

英瓊要過一粒沙母一看，大如雀卵，乍看透明，色如黃晶。再一細看，裡面光霞瀲灩，彩氣氤氳，變幻不定，也不知有多少層數，知是寶物。眾人傳觀之後，楊鯉便將從龍力子手中得來的二十多粒沙母，除自己留下兩粒以備萬一之需外，俱都交給金蟬去分配。又將用法咒語，一一口傳。然後起身作別道：「我楊鯉道淺力薄，所知止此，只為陸道友重託，冒險出來，略效綿薄。不料為人誤解，耽誤了這許多時候。宮中諸人個個靈敏非凡，前者五台妖婦許飛娘來此，已對三鳳說我行跡可疑，須加仔細，此番回宮，吉凶莫測。我原是自行投到，又加遇事留心，不似陸道友受有妖法禁制，就此脫身，本無不可。無奈丈夫作事，貴乎全始全終。

「想當初隨家師往莽蒼山兔兒巖訪友，與陸道友相遇，承她不棄，下交愚魯，心甚感激。不料後來鬧出許多事故，在石中禁閉了多少年，方得成道飛昇，又遇惡魔劫持，強令服役。雖說前孽注定，我總是個起禍根苗，追念昔日傳我玄門道法盛情，不能自已，才投身到紫雲宮門下，本想助她脫難。過了些日，才知三女因她是已成道的仙嬰，恐她中途逃走，用魔法煉了一塊元命牌，將她真靈禁制。如不背叛三女，在宮中執事，永久可以相安；否則一有異志，只要被三女覺察，無論相隔千萬里，三女略施禁法，用魔火魔刀去燒砍那面元命牌，陸道友立刻被烈焰燒身，利刃刺骨，不消兩個時辰，化為青煙，形神一齊消滅。我與她誓共生死患難，說不得仍然忍辱負重，冒險回宮，一切聽之命數。

「那龍力子生相醜矮，一望而知，此事我已與他明說，諸位如在宮中遇見，他能為力，必定相助。如不得已，為掩敵人耳目，與諸位交手，須要手下留情，留異日見面地步。明日許飛娘同了幾個妖黨前來祝壽，我等相見固難，見亦無用。諸位道法高強，又得了這些沙母，最好早些下手，要省卻許多障礙。天一真水到手之後，諸位既與石生同門，當能為急母難，千萬將那面元命牌盜走，將陸道友接返凝碧仙府，掌教真人自有救她之法。這機一失，陸道友更無超劫成仙之望了。

「我本擬助陸道友脫難，同入峨嵋，尋求正道。如今無端受了挫辱，無顏同往，此念已消。等諸位這兩件大事辦完，送走陸道友，便去覓地苦修，僥倖小有成就，再圖良晤。這數日內縱使相遇，也與仇敵無殊。此乃形勢所迫，不得不爾，還望原諒。前路珍重。」

說罷，又看了女神嬰易靜一眼，腳跟頓處，一道銀光，直往延光亭內飛去。輕雲知他記了易靜的仇，早晚定要報復，想勸說幾句，業已飛走。

易靜笑道：「不想這人性情如此褊狹。當初因他用隱身法前來窺探，形跡詭祕，哪裡料到是自己人？再加上他被我法術困住後，又不老實，屢次想用法寶飛劍暗算我，這才給了他許多難堪。雖怪我做得稍過，其咎也是由他自取，既是一家，何不早點出頭露面？他幾番朝我示意，我看諸位道友面上，沒有理他，誰還懼他報復不成？」

輕雲笑道：「這人倒也滿臉正氣，只是修道人不該如此恩怨太分明罷了。」英瓊、金蟬齊聲催道：「這些閒事，管它呢，我們快辦正經事吧。」

輕雲也覺許飛娘一來，事更棘手，便命金蟬取出沙母，分與眾人，以備緩急。只女神嬰易靜，因為適才楊鯉詞色不善，嫌怨未解，不便借助於他贈的東西，再三不要。輕雲苦勸不從，知她道法高深，既然執意不取，必有所恃，只得罷了。一數那沙母，共是二十四粒，除易靜外，四人恰好每人六粒。分配定後，便由金蟬在前引路，由島濱暗礁上往島心延光亭中飛去。

到了一看，那圓形甬道中，現出一條直通下面的大路，看去氛煙盡掃，迥不似頭一次入內，霞光亂轉，彩霧蒸騰之象，便和眾人說了。輕雲等俱猜敵人門戶洞開，藩籬盡撤，必是誘敵之計。

易靜道：「此事不然。紫雲三女已知我等此來，奉有師長之命，取那天一真水，不到手，怎肯回去？頭一次雖遇伏敗走，可是使命未完，無論多麼艱難，也須捲土重來，何必再用誘敵之計？其中定然另有文章。小妹當初曾受掌教真人救命之恩，無以為報，此時正應勉效微勞，為諸位道友前驅，一查就裡。」說罷，便要越眾進去。

輕雲忙攔道：「姊姊且慢。此次前來，重在那天一真水，並非掃滅敵巢，仙府盛會不遠，事情以速為妙。楊道友所贈之物，不過留備萬一。金蟬師弟攜有寶相夫人彌塵旛，心靈所及，瞬息可達，捷於形影。我等還是會合一處，同駕彌塵旛下去。如能穿越甬道，同抵宮中，豈不省事？如真不能通過，再請姊姊當先，施展法力，破他陣勢，也不為晚。」

易靜道：「彌塵旛妙用，小妹久有耳聞，不過紫雲三女這大衍陣法，出之天魔袛笈，委實變化無窮，除了精通地行妙術，在他甬道以外循著地脈穿行入宮，不能進去。昨日金蟬二道友僥倖入內，連破了外層十六陣，乃是出其不意，尚且那般煩難。今日敵人已是時刻留意，防備周密。昨日二位道友退出時，必被他看出是彌塵旛妙用，他只須等我深入以後，在內層主陣總圖中將陣法顛倒，參伍錯縱，隨時變化，我等縱仗法寶護身，不致失陷，要想脫身，卻是萬難。轉不如明張旗鼓，按照五行生剋，一層層破將進去，試探前進，雖然較遲緩，要穩妥得多。

「其實天魔袛笈諸陣法，小妹也只聞前輩師長們述說，並不能盡曉其中微奧。不過家君在玄龜殿前所設陣法，運用發揮，卻所深知。雖然其中施為各有不同，一樣也是參天象地，根據陰陽生剋五行，倒轉八卦，有無相循，虛實相應，本乎數定於一，一生萬物之妙，渺乾坤看一粟，縮萬類看咫尺。否則以二位姊姊道行那等深厚，又有紫郢、青索雙劍合璧，何等厲害，怎會在陣中飛行了半日，依然未離石台數畝之內呢？

「小妹愚見，以為道家妙用，邪正雖殊，其理則一。莫如仍由小妹先驅，相機前進，先將他外層陣法破完，他等忿恐交集，勢必只留初鳳一人看守黃精殿中主圖，餘者傾巢出戰。那時諸位只管應戰，由小妹一人用法寶護身，借隱身遁法直入宮中，偷偷尋著陸、龍等內應，問明藏水所在，盜了出來。先分出一位，帶了真水，回山覆命。二次再去盜他的元命牌，連陸、龍二位一齊救走。豈非絕妙？」

輕雲雖然素聞女神嬰之名，來時玄龜殿只是初遇，不知她道法深淺。一聽她說得這般容易，雖是半信半疑，但是論理，也不為無見，只得暫且依允，到了裡面，再作計較。

當下便由女神嬰易靜為首；金蟬、石生一持彌塵旛，一持天遁鏡，為易靜之佐；自己與英瓊為殿。表面上是讓易靜做先鋒，其實無殊五人同進，以防萬一有事，仍可借彌塵旛、天遁鏡護身退卻。

易靜知道輕雲持重，信不過自己的能力，又不好意思違人善意，所以這等佈置，暗中好笑。仗著深明諸般陣法玄妙，愈要賣弄本領，使輕雲等心服，當時並未說破。一路觀察形勢，仔細試探前進，順著甬道飛行了幾十里地，沿路平潔，除壁上神沙彩光照耀外，絲毫沒有動靜，心中好生奇怪，只想不出是什麼原故。又飛行了十餘里，一問金蟬，已快到達昨日金、石二人幾乎失陷的第一層陣。正在懸揣，忽見前下面一道光華飛了上來。

易靜剛要迎敵，光華斂處，現出一個羽衣星冠，面如白玉，丰神俊秀的少年道人，見了眾人，也不說話，只將手連搖不止。金蟬認出是昨日會戰的金鬚奴，剛想飛劍動手，金鬚奴忽又借遁光往甬道下隱去，同時便有一片東西飛來。

石生看出似一封柬帖，伸手接過一看，果然是一片海藻寫成的書信。連忙止住眾人，大家聚攏一看，大意說陣法玄妙厲害，羅網密佈，峨嵋諸道友不可深入。他本人受過嵩山二老大德，又承重託，理應稍效綿薄。無奈此時雙方已成仇敵，不便面敘，他一人又難以拗眾，故將前三層陣法開放，等諸人入內，面交此柬，以當晤談。此時有兩人作梗，諸多不便，請即回轉峨嵋，等過了三女壽日，定取真水，前往獻上，決不失信。否則此水現為三鳳保管，藏在金庭玉柱之中，有魔法封鎖，即使能達宮中，也恐不能到手等語。眾人剛一看完，那片海藻忽然化成一股青煙而散。

眾人看完那海藻上所寫的字，略一悄聲計議。女神嬰易靜首先以為金鬚奴言之稍過，把神沙甬道形容得那般厲害，心中不服。輕雲等也覺奉命取水，畏難而退，不特不好交代，又值長幼同門、各派群仙聚集之時，這般回去，臉上無光。

石生更因母親為三女劫持，被妖法困在宮內，以前只當升了仙闕，每想慈恩，猶極悲慟。現在已知為妖人所劫，陷身魔宮，就此捨去，何以為子？一見輕雲等沉吟計議，心中一著急，便含淚跪到眾人面前，無論如何，要請眾人相助，將乃母救返峨嵋才罷。

金蟬忙一把拉起，輕雲已說道：「此事還用石師弟重託？休說我等同門之誼，勝於骨肉，便是外人有此苦境，我等見了，也難袖手。事已至此，義無反顧。我不過見那書信看完，便即化去，據我推測，投書人舉動如此縝密，顧忌必多。第三層主陣，又是他鎮守。他已打了我等招呼，存心不惡。少時到了裡面，他為形勢所迫，不得不極力攔阻前進。我等到時應該如何發付才好？」

石生聞言，轉憂為喜，正要稱謝。易靜道：「這有何難？他既不忘二老恩德，打算暗助我等，即使為妖黨所挾，力不從心，我等念他良心猶在，動手時節敗了不說，勝了也給他留一點生路，放他逃走，也就足矣。看前面黑影中，忽有光霞出現，陣勢已經發動，且待小妹上前試它一試。」說罷，便縱遁光往前飛去。石生、金蟬一見，正合心意，即同借遁光跟蹤而往。

輕雲原想與眾人商議，就著金鬚奴暗中相助機會，到了第三層陣內，用言語示意，表明自己奉命而來，絕無後退之理。金鬚奴如允相助，便交手一場，暗將出入之法點破；或者一面假裝敗退，由金鬚奴再用前法投書，說出盜水之策。自己看在他分上，也不傷害宮中之人，俟得了手，順便將陸蓉波救走。如果愛莫能助，再憑各人法力，相機行事。不料眾人這等心急，又不知易靜是否可操必勝，見英瓊也要相機追去，忙一把拉住，悄聲說道：「易道友與兩位師弟都甚性急，成敗難以預料。我二人如見情況不佳，便將雙劍合璧，百魔不侵。且莫急於動手，等他三人不濟，也好接應。魔陣厲害，須要慢進快退，方可萬全。」說罷，才一同往前追去。

五人劍光本都迅疾非常，就這說幾句話的瞬息時間，前行三人已衝入金霞之中。等到輕雲、英瓊飛到，已不知三人何往。二人便直往金光霞彩中衝去，紫郢、青索雙劍畢竟不凡，那麼厲害的沙障，竟不能擠壓上身，劍光所到之處，那千尋金霞，竟似彩浪一般，紛紛衝開，幻成無數五色光圈，分合不已。

二人在金霞中左衝右突，除互相看得見彼此的劍光外，四方上下，全是層層霞彩，氤氳燦爛，照眼生纈，哪裡看得出前行三人影子。惱得英瓊性起，便回身迎著輕雲的青光，運用玄功，將青紫光華合在一起，化成一道青紫混合的彩虹，冷森森發出數十丈寒芒，飛龍夭矯般一陣騰挪捲舞。

這一來果然有了效應，不消片刻，耳聽極輕微的散沙之聲，光霞逐漸稀少。忽聽一聲長笑過處，眼前一暗一明之間，所有光霞倏地隱去。近身不遠，有百丈金光白光一幢彩雲，及紅紫銀白四道劍光，正在往來衝突，剛剛收住，現出易靜等三人。二人剛要飛身過去相見，猛聽金蟬驚呼了一聲：「快追！」回頭一看，一團黃光白氣，大約畝許，簇擁著一團霞光隱隱的圓東西，星飛電掣般直往甬道前下面退去。

這裡金蟬為首，石生、易靜跟著駕遁光追去，前面一暗，現出一片黃牆，已將甬道去路堵死，哪裡追趕得上。輕雲已知陣法厲害，連忙止住眾人，暫且緩進，商量妥當，再行下手。

一問經過，才知三人在前，易靜自恃道法高強，金蟬、石生又因二次重來，知道那金霞是有形沙障，比無形的容易衝過，沒有十分留意。誰知剛一衝進數十丈左右，劍光稍一運轉遲緩，金霞便擠壓上來，看似光華，沒有東西，卻是挨著一點，痛便徹骨，而且壓力極大，迫得人氣都難透。

幸而三人俱是能手，發覺又早，只金蟬略受微傷。一見不妙，忙將彌塵旛取出應用，護住身體。雖然未受別的傷害，只是這次要厲害得多，敵人早有佈置，暗中運用不息，比不得上次陣中無人主持。

四面金霞像狂濤一般湧到，三人所經之處，層層彩浪。石生用天遁鏡去照，雖不時將近身金霞衝破，一轉眼間，依舊濃密，顧了前面，後面又起。

金蟬算計輕雲、英瓊早就該跟蹤而至，可是用盡目力，也看不見二人所在。還是易靜比較年長道深，因適才狂誇大口，地遁未成，自己反仗金、石二人的法寶護身，心中未免有些慚愧。只盤算怎麼動用法寶，出奇制勝，準備一出手，便即成功。

隨著金、石二人彩雲金光籠護之下，飛行了一會，才決定將多年苦功煉成用來尋鳩盤婆報仇的七件至寶當中的一件，名為滅魔彈月弩的，取出一試。

因為這七件專門克制魔教邪法的至寶，煉時固非容易，使用起來，除頭一件護身法寶兜率寶傘出手便可運用外，餘者大半都是由靜生動之寶，用起來頗費一點手腳。易靜為報前仇，煉成這七件至寶，大費心力，珍愛非常，今日使用，尚是初次。因恐用出來被仇人輾轉得去信息，有了防備，所以先時頗為遲疑。後見陣中沙障魔光委實厲害，決非別的寶物所能克破，再四躊躇，方行決定。

她煉成這滅魔彈月弩，採聚三百六十五兩西方太乙真金，在丹爐內煉了三百六十五日，先將它熔煉成了無色漿液。後用仙法，借巽天罡風吹了七日。吹得漸冷之後，方放入憑自己心意預先用五方真火煉成的模子以內，放入丹爐，再燒再煉。又是三百六十五日過去，才刺了自己一滴心血，去開爐結火，告成大功。

此寶形如弩筒，藏著五顆無色金丸，中有機簧，可以收發由心，專破魔火邪煙，妖光毒沙，神妙無比。只使用之時，須默用玄功，由本身三昧真火發動，方始有力。

易靜因知敵人用的是天魔邪法，格外慎重。剛剛取出，準備停妥，將本身三昧真火引入弩中，正要發動，恰值石生手中天遁鏡突破一條彩虹，長約十丈。

易靜原是行家，一眼望到面前光霞分合中，似有一個彩圈，現而復隱，看出敵人陣法是不時倒轉，大家枉自飛行了這多時候，一定還沒有離開原地。氣忿之餘，猛地心中一動，暗生巧計。忙將手中寶弩暫時停止不發，飛近石生跟前，說道：「石道友，寶鏡暫且借我一用。」

石生不知是何用意，遲疑了一下，才行交過。易靜接鏡在手，又對金蟬道：「道友，我們衝不上去，方向錯了，這邊走吧！」

金蟬因自己入陣始終不偏不倚，照直前進，除石生的寶鏡是四面亂照外，雖有時回顧英瓊、輕雲可曾追到，方向並不曾錯；而且自己是一雙慧眼，明明好幾次看出上次在第三層陣內所見圓形金柱和形如太極的圈子，在前面隱現閃動，怎會錯了方向？未免將信將疑，不肯回身。

易靜又不便說出敵人在那裡時時倒轉陣法，似這般一步也難上前；自己又看出金鬚奴只阻來人前進，不願傷害，故意往相反方向退去。等敵人陣法略停動轉，倏地乘其不備，回身一手用寶鏡衝破金霞，一手用彈月弩將五顆金丸相次發出，不但消滅敵人魔光，還可破去敵人外層陣圖。一見金蟬不肯回身，便說道：「道友但從我言，我自有破陣之法。」

金蟬只得依了。剛一回身，易靜知道彌塵旛飛行迅速，後退無阻，恐妨飛遠，猛喝道：「二位道友少停，看我破他魔光！」說罷，倏地回身，剛剛舉弩，發出一粒金丸。就在三人借回身略一遲疑之際，英瓊、輕雲已將雙劍合璧，化成一道青紫色長虹捲來。

對面金鬚奴見來人接了警告不去，仍行先後深入，好生焦急，使用全力抵禦，將陣法連連倒轉，一心只想來人知難而退。

誰想來人護身法寶厲害，一點也不怕那神沙侵體。相持了好一會，又見先來三人退去，後來二人的劍光忽然合在一起，所過之處，金霞紛紛消散。

金鬚奴知道不妙，正在著忙，那先來三人中，一個持鏡的幼女，倏地回身將手一揚，便有一點深紅奇亮的火星飛出。接著爆散開來，化成無量數針尖也似的微芒，光並不大，可是一經射入金霞層裡，所有放出去的神沙，立即逐漸消滅。這兩起法寶飛劍，有一起已受不了，何況雙管齊下。

金鬚奴知道這第三層外圈陣圖，當初煉成頗非容易，因想攔阻敵人，外層十四陣的神沙都被自己運來使用。萬不料敵人如此厲害，所有法寶飛劍，俱是神奇莫測。萬一陣圖玄機再被窺破，不特負了初鳳的重託，而且全陣俱受影響。

甬道一失，紫雲宮難免瓦解。本就打算暫且攜圖遁往內陣，再想禦敵之策。走時又想道起一切前因後果：

「三鳳、冬秀兩個實是惹禍根苗。即以這次而論，三層主陣，本是自己負著防守專責，偏生三鳳、冬秀執意要大家輪值。日前三鳳來代自己時，原是留著對棄一局。又是冬秀跑來，提起後日是三位公主降生逢百盛典，幾句話，把三鳳說高了興，一面行法請客，一面還要煉寶娛賓。自己不便違拗，也和眾人一樣無知，以為甬道中陣圖神妙，埋伏重重，無論仙凡，俱難飛入，自築成以來，從未出過些須事變。一時大意盲從，誰知惹出這麼大亂子！

「好端端樹下這麼一個並世無兩的強敵，不論眼前勝敗如何，異日俱不得了。否則自己如在三層陣內防守，先遇防守延光亭的報信，先知此事，必想起以前嵩山二老之託，哪怕冒著不是，也要暫時瞞著眾人，偷了天一真水，送與來使。即使是三鳳輪值，接了信去，也值一局未終，仍得先知此事。

「姑無論三鳳意思怎樣，此時來人候的時光不久，必不會擅行衝入，彼此未曾傷了和氣，仍可相機轉圜，勸說三鳳等人。答應給水更好，不然，自己也可藉著婉辭來人為名，出去相見，略說苦況，請來人先行回山；或在中途相候，自己等把人打發走，便和二鳳商量停妥，盜了天一真水，趕送了去。非但沒有這場大禍，有此一段香火因緣，日後還受益不淺。

「適才第一次來人遁走時，初鳳因被自己言語提醒，已有回心轉意之念。又是這兩個對頭作梗，用言相激。一個將真水要去，藏在極嚴密的所在，用天魔祕法封鎖，休說去盜，人一近前，她便驚覺。一個卻在內陣入口處坐鎮，一則意在監查自己，有無通敵舉動；二則因初鳳說來人法寶厲害，外陣有無形沙障，俱未必能阻擋得了，特地約了三鳳，除原有陣法中種種厲害設施外，又將二人近年所得所煉的法寶，全都帶在身旁，準備敵人破了外陣入內，好施辣手。

「紫雲三女應劫在即，二女不知避禍，還要如此倒行逆施，定為滅亡之兆。自己如不見機，初鳳、二鳳定然殃遭魚池，自己也難倖免。明知敵人有進無退，何不借了外人力量，能將二女除去更好，否則略施懲戒，使二女吃點苦頭，也免得她們事事一意孤行。」

金鬚奴想到這裡，便在第四層陣內，運用陣法，照計佈置，等來人攻將進來時，將一連十餘層的阻力私行撤去，引入三鳳、冬秀防地。反正來人該勝總是要勝，樂得假手除害。如來人真為二女所敗，至多不過被阻不前，單有那幾件法寶護身，也決不致有什傷害。

自己乘此機會，用縮沙行地之法急飛入宮，告知初鳳，說自己因連施陣法法寶，俱敵不過來人，恐外層諸陣被來人破完，只得將來人引入內陣。三公主和冬秀能否獲勝，實不可料。一面看初鳳詞色，相機進言力勸，痛陳一切利害。

初鳳只是近來朝夕祭煉那不可輕煉的魔法入了魔，一時心裡糊塗。只要說動，便由她自去取水，交與來人帶回，說明誤會之由。這時勝負尚未大分，又是來人等信不及，無知誤闖，傷了神獸，不特錯不在我，還可賣個人情與白、朱二老，一點也傷不著面子，豈非善策？

為了全宮存亡關係，倘如因此得罪二女，不肯干休，便偕了二鳳，離開這裡，去另尋名山修煉，也說不得了。

且不說金鬚奴獨自尋思，暗作準備。那英瓊、輕雲等五人，相次發現陣圖而不曾追上，會合到一處，彼此說明經過之後，女神嬰易靜便將寶鏡還了石生。

輕雲看出甬道陣法厲害，力主這次前去，五人同在一處，千萬不可分離，再有絲毫大意。適才下書人始終不曾出戰，頗有留情之意，遇上也須稍留情面。

商量定後，易靜細參陣法方向，看出前面正是入路。那片黃牆，不過敵人退走之時，用來略微遮阻，以防窺探他的底蘊而已，並無什過分深奧之處。雖不算是障眼法，卻也容易用法力攻破。眾人不測深淺，正好逞能。便請眾人少退，只準備遁光，等自己破去那面黃牆，即行入內。

眾人依言，任她施為。易靜禹步站好，暗運玄功，一口氣噴在手上。然後雙掌一合一搓，朝著那片黃牆只一揚，便有一團火光飛出，落到牆上，一聲小小的炸雷之音，那牆便化成一團濃煙四散。煙盡處，眼前又是一亮，那甬道變成了一條玉石築成的長路，兩旁盡是瑤草琪花，瓊林仙樹。

長路盡頭，有一座翠玉牌坊。坊後面，是一所高大殿閣。遠望霞光隱隱，真是金庭玉柱，瓊宇瑤階，莊嚴雄偉，絢麗非凡。

易靜、輕雲俱都看出是魔法幻景，也沒放在心上，照舊駕著遁光前進。五人遁光本極迅速，可是那一段里許長的玉路，卻老是飛不完。明明看見殿宇在前面，就是到達不了。一見五人不知金鬚奴一番好意，暗中行法，縮短甬道，將陣法掩過，引五人去直攻內陣。久無動靜，當是敵人誘己深入，好生猜疑。

又飛了一會，金蟬首先不耐，暗忖：「這道旁瓊樹花葉雖然燦爛，卻似寶玉裝成，並無生氣，說不定便是陣中門戶。左右與宮中諸人成了仇敵，不管三七二十一，且給他毀了，看看有無變動再說。」他也沒和眾人商量，逕自一指劍光，直往道旁兩排瓊樹上砍去。

第七章　霧困神嬰

金蟬想好了主意，也沒和眾人商量，逕自一指劍光，直往道旁兩排瓊樹上砍去。石生見金蟬動手，也跟著將劍光一指。英瓊近年道行精進，雖不似以往時那般性急，飛行這一會，也是有些難耐，見二人飛劍亂砍，也跟著指揮劍光動手。那些瓊林仙樹，原是每層陣圖的門戶和魔法的佈置，多係神沙煉成的神柱，雖然厲害，哪經得這三口仙劍同時發動，自然不消劍光連連幾繞，便即倒斷。三人砍得興起，準備挨排往前砍去，不問它是不是陣中的玄虛和甬道中的陳設點綴，不管三七二十一，給它來個全體毀壞，毀到盡頭，總會有人出來交手。

前面易靜聞聲回顧，剛剛轉過身來，後面兩排瓊樹已被三人同時施為，用飛劍砍倒了六七株，還在順路往前面砍去。金、石二人雙劍一起同施，砍那左邊的；英瓊單人用劍光砍那右邊的。先時瓊樹紛紛倒斷，並無動靜。砍到第八九株上，易靜、輕雲也想跟著下手。劍光剛飛出去，易靜忽然一眼看到，那邊瓊樹乍看分列兩行，不過略有高低大小；這時一經細看，方看出不但樹的形狀枝葉各自不同，連那生根之處也有參差。有的三五叢生，有的挺然獨秀，明明暗藏陰陽奇正。方覺有異，那第八、九兩株，正同時被金蟬、石生、英瓊三人相次砍斷。金、石砍的是末一株，樹是獨株，不似前幾株左奇右偶，幾株並在一起而生。樹剛砍斷，便見樹根斷處，射出絲絲暗碧火花。

易靜見多識廣，早已心動，一見便認出是魔法中極狠毒的陰火，後面必然還有別的厲害作用。昔日自己被赤身教主鳩盤婆用魔法困住，便是被這陰火所傷，通體寒噤，法寶全污，幾乎被她用「九鬼啖生魂」喪了性命，所以知道厲害。這時大家搜索前進，持著寶幡、寶鏡，準備將來施為，又加上一路無事，金蟬、石生、英瓊三人再一停步下手，先斷好幾株，並無異狀，未免分神，有些疏忽。一旦變出倉猝，再用法寶護身，必然無及。

幸而三人是先將陰火陣中的副柱全行砍斷，等到末一根主柱發動，效力要輕一些；再加金鬚奴走時，意在將人引入內陣，早將陣法封閉，更失了不少效力；那陰火只是本身之力，自行發動。有此三種原因，所以要輕得多。

易靜一見不妙，情知出聲示警，未必能保三人無傷。仗著自己煉有這種護身法寶，忙即將兜率寶傘取出，往發火處投去。口中喝道：「魔陣已經發動，妖火厲害，三位道友還不退向我等一處，合力破它！」

說時，一幢火雲剛剛罩向綠火之上。金蟬等三人也都聞警回身，忽聽樹根下面的地底下，一陣極輕微的爆音過處，一團碧熒熒的光華飛將出來。待要突起，吃火雲往下一壓，兩下交接，只三起三落之際，碧光倏地雨一般爆散往四面飛射。那團火雲，竟具有相剋之妙，也跟著綠光飛射處爆散開來，化成一團火網，將碧光包沒。眼看火雲中碧光亂掣，由大而小，由多而少，轉眼工夫，盡行消滅。火雲依舊成了一團整的，被易靜將手一招，飛將回來。眾人方在稱奇欲羡，忽然罡風大作，刺骨奇寒。頃刻之間，黃塵滾滾，兩排望不到底的仙樹瓊林，倏地疾如奔馬一般，此東彼西，隱現分合，錯綜變化，自行移動起來。

英瓊便招呼輕雲，將雙劍合璧，上前掃蕩。易靜忙攔道：「這是敵人因為我們破了他的魔火，必在那裡變化陣法，此時還測不透他的深淺。好在我們存身之處，妖法已破，不前進不會有什危險。索性用寶護身，小心準備，等他部署停當，看明了他的方向門戶，生剋之妙，再行下手，也還不遲。」眾人對易靜自是信心越堅，便即依言停手。

約有半個時辰過去，風勢忽止，稍現光明。大家運用慧眼一看，塵沙稍息，前面卻是黑沉沉的，所有先見的瓊林仙樹，俱都不知去向。稍微往前一探，那地卻是軟的。易靜仔細看了一陣，昏茫茫一片，休說其中玄妙，連門戶也分它不出。知道不撞上前，引陣勢發動，一時分它不出。未免心中有些慚愧，紅著臉，和眾人說了。輕雲聞言，仍主張和先前一樣，聯合前進，不要遠離，以防萬一。金蟬等三人俱都無話。只女神嬰易靜因適才初試兜率傘奏了奇效，暗忖：「自己平日在負盛名，與眾人俱是新交，出手並未怎樣獲勝。這神沙甬道中諸般魔陣，縱難識透玄妙，難道還比鳩盤婆的魔法厲害？隨了眾人，聯合前進，有他們那幾件至寶護身，固是穩妥，但是適才說了大話，沒什表現，到底不是意思。」想憑著身藏七寶與地行仙遁，單人當先破陣，試它一次。

便開言答道：「小妹常隨家父研討過正邪各派諸般陣法，像凝碧崖仙府所設兩儀微塵陣之類的先天妙道，玄門秘奧，固所難窺，若說各異派中用魔法妖術布成的邪陣，倒也略知一二。適見前面陣勢，竟分不出它的門戶，必是敵人知道我等厲害，恐被看破，另用什麼天魔大掩藏等類的蔽眼妖法，將陣隱起。諸位姊妹道友就此同進，自無一失。為求迅速成功，還是由小妹前驅引導，先相機設法，使他門戶現出，再行下手為妙。」

眾人對於甬道中的陣法，原無所知，俱把易靜當作識途之馬。只輕雲稍微有些顧慮。易靜道：「姊姊不須憂疑。適才所用法寶，名為兜率傘，專破魔火妖焰，乃小妹多年來費盡辛苦煉成的七寶之一。此去縱不能勝，有此一傘，足供護身之用了。」

說罷，將手一揚，逕駕遁光，往前飛去。輕雲等四人也各駕遁光追去。先時無什異狀，眼看易靜就在前面相隔不遠飛駛。忽然陣中起了沙沙之聲，四外一暗，前面易靜將適才那團火雲放起，知道陣勢業已發動。方在準備，一轉眼間，易靜便不知去向。同時上下四方，俱是一團團的黑影飛舞，朝四人身上打來。四人經歷過幾次，已有準備。金蟬、石生各將幡、鏡取出展動。英瓊、輕雲也忙運用玄功，將雙劍合一，掃蕩妖氣。天遁鏡金光照處，那一團團的黑影裡，還有許多奇形怪狀的鳥獸鬼怪之類，張牙舞爪，飛撲而來，勢雖凶惡，但聽不見叫囂之聲。這些黑影，吃金光一照，俱都化為輕煙而散。許多鳥獸鬼怪之類，也都眼看消滅。妖法雖破，陣中仍是黑沉沉的。四人也不管它，仍然照舊前進。不多一會，又和先前一般，陰風驟起，寒颶襲人。接著不是沙障圍壓，便是陰雲鬼怪齊至。話不煩絮，似這樣一連經過了八九次，俱被眾人用法寶飛劍破去。輕雲暗想：「全陣只有四十九個陣圖，日前已被金蟬、石生破了十幾處，縱使被紫雲三女用魔法修復，如都照這樣破法，至多三五日，必能將全甬道陣圖破去。只奇怪這半天工夫，始終未見一個敵人出戰，令人不解。」

正在尋思，忽聽四面起了轟隆之聲，不絕於耳。霎時間，那驚天動地般的大霹靂，夾著一團團的大小雷火，密如冰雹，從上下四方打來，聲勢甚是浩大。四人雖有彌塵幡護身，那一幢五色彩雲也時常被大雷火震動。因為此次比起適才諸陣來得厲害，不敢大意。在五色雲幢擁護之中，石生手持天遁鏡，放起百丈金霞，到處亂照。

英瓊、輕雲試了試，也退入彩雲裡面，只得運用玄功，將紫郢、青索雙劍聯合，化成一道青紫色的百丈長虹，放出去迎敵，一面仍往前衝進。劍光金霞到處，雖然奏功，成團雷火遇上便即消散，無奈這陣法乃是外層諸陣中最厲害的一處，那些雷火全是初鳳用天魔秘法，從神沙中提煉出來的精英，其多難以數計。況且這時金鬚奴業已退回黃精殿，見了初鳳，告知敵人如何厲害，憑外層諸陣決阻不住，恐全被破去，狂自損失許多異寶神沙，自己已特地縮沙掩陣，將來人引入內陣。依他之見，峨嵋門下僅派來幾個無名後輩，已有如此神奇的道法劍術，怎能與他結仇作對？莫如乘來人在內陣被困時，想一番說詞，兩方化嫌歸好，將天一真水交出，不特彼此臉面無傷，日後多一後援，還可稍報昔日嵩山二老贈寶之德。

初鳳聞言，方在為難躊躇，一眼望到全陣主圖上面起了變化，內中一陣又被破去，便對金鬚奴道：「此事非我固執，無奈三妹現在除去道行稍淺外，所有天魔秘法，已經十之八九學會，又有那柄璇光尺在手。這次峨嵋來人太已無禮，她昨日將水要去保管，立誓不與峨嵋甘休，此時令她交出，定然不允，徒傷姊妹和氣。」

說到這裡，總圖上又有一道光華閃了幾閃。初鳳驚道：「敵人竟有一人當先，已經衝入內陣，少時縱不死傷，難免被三妹等困住。一人後面還跟有四人，俱都不弱，也在繼續前進。目前敵我勝負尚屬難分，如被他等將全甬道陣火破去，休說三妹，連我也難就此罷手。來人如有傷亡，或全數困入陣內，三妹必下毒手。為今之計，只有用倒陣法，暫時將未入網的四人引出陣去。一面你急速趕往內陣，傳我的話，囑咐三妹，說如將敵人困住，只可生擒，不可傷害，擒來我處自有處治。」金鬚奴領命自去。

其時，正當輕雲等四人緊追易靜之際，再進須臾，便入內陣。吃初鳳陣法一倒轉，四人便與易靜背道而馳，只當是前進，誰知卻是後退。所經諸陣，均是金鬚奴退時掩蔽的陣圖。一則，末一陣被五人前進時，無心破去陣法，本身自起變化現了出來；二則，初鳳近來入魔益深，無什主見，雖聽了金鬚奴良言相勸，仗著自己所煉神沙取用無盡，只要內陣總圖不為人全數破去，外陣縱被敵人破去，也不難立時修復，想藉此看看敵人本領；三則，又想使敵人多嘗一點厲害，講和交水時，話好說些。

有此三種原因，不但未將陣法止住，反暗中行法，加了功效。誰知總圖上連起變化，敵人所到之處，竟是勢如破竹，所有沙障法術，全被破去。想起自己連費多年心力，好容易煉成這長及千里的神沙甬道，應用起來，連幾個不甚知名的峨嵋後輩都抵擋不住，不禁又驚又恨，又羞又惱。

這時正值輕雲等四人快破到末一陣，初鳳知道敵人所用幾件法寶厲害，便將內層諸陣中的大五行魔火神雷移向前面。如果這一陣再不成功，除了橫下心來一拚，再將敵人引入內陣外，別的更是無效。索性暫且從緩，將外層未被敵人攻破諸陣一撤，將敵人放出去，用神沙將門戶堵死，等會集全宮首要計議之後，再定和戰之策。主意打定，便即施為。

輕雲見陣中魔火太密，比起昔日史南溪所用烈火風雷，還要厲害得多，雖然近不了身，也震得大家頭昏目眩。知道再如衝不過去，時候一久，稍一疏虞，也有傷害。見眾人都在運用玄功，各施己力，合力抵禦，上下四方，都是一片砰嘆轟隆之聲，震耳欲聾。幾次大聲疾呼，俱為雷聲所掩。正在這危險之際，內中英瓊也是有些禁受不住，猛想起楊鯉所贈沙母，適才因為法寶盡足護身，尚未用過，這時無計可施，何不試它一試？她一取將出來，金蟬、輕雲也都先後想起。同時石生更是初經大敵，未免心驚，慌不迭地將兩界牌取將出來。大家一齊發動。

英瓊手腳最快，頭一個將沙母按照楊鯉所傳用法放出。這東西雖是一個大如雀卵之物，才一出手，便有栲栳般大小。起初是千百層透明五色光霞，熒熒流轉。轉瞬間遇上雷火，立即噗的一聲爆散，成了一團五色彩氣，分佈開來。千萬雷火遇上，便即消滅無聲，端的妙用非凡。

四人原在彌塵幡彩雲擁護之下聯合一處，這裡三人相次發出沙母，石生也將兩界牌施展，金蟬更是時時刻刻準備駕彌塵幡往前急衝。這般諸寶齊施，樣樣都是湊巧，等到輕雲想起那沙母，有一個已經足用。這東西每個只用一次，不比別的寶物能發能收，用了還在。當輕雲想到多用可惜時，自己和金蟬已同時跟著英瓊發將出去。緊接著雷火一消，前面無了阻攔。雲幢飛駛中，一道光華閃過，眼前修地風清日朗，身已出了甬道，落在島上。

眾人好生驚訝，連忙收了彌塵幡。仔細一看，那延光亭地底又起了飛雷之聲，一片五色煙光過處，那甬道入口忽然自行填沒。眾人忙再駕遁光，施展法寶飛劍，照原地方衝去時，光華疾轉中，只將那五色金沙沖得如雪雨一般飛灑。費了好些心力，才衝成一個長約數丈，大僅丈許的深坑。這般長約千里的甬道，縱使內中沒有魔法異寶，似這般開掘，何年何月，才能衝透？剛停手不多一會，沙又長滿，與地齊平。二次入陣，再也休想。又想那女神嬰易靜，自從下手，獨自一人向前攻陣，一直不曾再見，也不知她的生死存亡，料已失陷陣中，凶多吉少。

大家俱記得明明在甬道內，連破了許多陣法，往前衝進，忽然一轉眼間，竟然衝出陣外，好生不解。金蟬以為是誤用了兩界牌，便去埋怨石生。

英瓊道：「這事乃是敵人弄的玄虛，休怪石弟。適才雷火比雨雹還密，定是魔陣中最厲害的出入門戶，被我們誤打誤撞遇上。彌塵幡飛行迅速，敵人雷火被沙母一破，已無阻隔，我們只說前進，不想卻走了回頭路。敵人再用陣法來困我們，已來不及，只得將甬道暫行封閉，另想別的主意，與我們為難。否則我們用那許多的法寶飛劍，尚且不易收功，單憑一面兩界牌，怎能衝出？

「如今休說水未取到，人未救出，連易姊姊在中途相助我等，好意同來，單把她一人失陷陣內，也難袖手。目前甬道已封，攻不進去。聽楊道友說，明日便是三女生日，許飛娘和一些異派中妖邪俱要來此慶壽，難道她們就不派個人出來接引？我們除非埋伏在延光亭附近，守到他有人出來，想要攻將進去，恐非易事。還有一個最奇怪處，除小師兄和石弟頭一次入陣，遇見過一次敵人外，今日我等入內，攻破他許多處陣法，不但未遇一人，連退出時也無人追趕，不知是什緣故？」

輕雲道：「瓊妹之言雖是，只是敵人將甬道封閉，明明注重在守，所以陣中無人應戰，只在暗中運用。如說他要接引外來慶祝的賓客，她們以前原本就是海底出入，焉知沒有別的入口？我們守株待兔，殊非善策，還得另打主意才好。」

眾人想了一陣，仍然暫時依了英瓊，姑且埋伏亭外，守過一會再說，俱想不出別的好辦法。

正在焦急，忽聽遠遠天空中有人御劍飛行，破空前進，音聲甚是清脆，老遠俱聽得見。抬頭一看，兩道青光，如流星飛墜般，正從來路往島上飛瀉。方以為是來與三女祝壽賓客，細看家數，雖是旁門，但是正而不邪，又覺不類。眾人剛在猜疑，各自示意埋伏之際，那兩道青光已落向島上。

光斂處，現出一醜一俊兩個幼童，一到便往亭中飛去，好似胸中早有成竹。那醜的一個，從懷中取出一把東西，往地上一擲，立時滿庭俱起雲煙，青光連閃幾閃，轉眼之間，煙光不見。

再看亭中二童，俱無蹤影。輕雲認出來人正是昨日來時在玄龜殿殿前先遇見的那一雙弟兄、女神嬰易靜之侄易鼎、易震。眾人忙追過去一看，那甬道仍和先前一樣，不知他二人來此何事，憑著什麼法兒入內，連一點痕跡不顯。金蟬慧眼，也只看出易氏弟兄到時，取出一把光華燦爛的東西，圍繞著一道金光，只往地上一擲，身子便穿了進去，隨即不見。眾人猜詳了一陣。英瓊、輕雲因在玄龜殿易靜既請自己先行，又說她有幾句話要招呼她兩個侄子，也許易氏弟兄此來是與易靜約好；再不然是易靜被困陣中，難以脫身，行法向玄龜殿告急，召來的救兵。可惜適才沒有趕到前面，向他一問。

這末一猜，果然料中。眾人又候了一會，忽又聽破空之聲，好幾道青光黃光，比電還疾，從遠方飛來，直穿亭內。眾人看出是異派一流，滿以為到了甬道入口，三女如派人迎候，勢須出現，否則必然被阻，且看清來人是誰，再行下手不遲。誰知這幾道光華一落亭中，竟似輕車熟路，另有出入門戶一般，連人也未現出，逕自直入地底，不見蹤跡。

眾人一見大驚，入宮門戶不只這一處，只是外人不知入內之法，這一來簡直沒了主意。正在著急，猛覺地下又和適才初出時一般，轟隆作響，連全島也被震動。過了半盞茶時，一團約粗二尺的光華，圍繞著一股長有丈許的金光，從甬道入口處飛將出來。才一穿出地面，金蟬、石生疑心敵人又弄玄虛，剛要動手，光華斂處，現出兩俊一醜，一女二男，三個矮子。定睛一看，正是易靜和易氏弟兄。眾人一見大喜，忙上前去詢問經過。

易靜先給大家和易氏弟兄引見。然後說道：「陣中險遭失利，一言難盡。諸位道友姊妹且慢，大家先擇一僻靜所在，仍照先時行法隱蔽，容我看完家父的書信再說。」說罷，匆匆引了眾人同出亭外，仍往上次藏身的暗礁之下，先行法封鎖了藏身之處。從懷中取出一封書信，看完喜道：「諸位道友姊妹勿憂，據家父來信所說，此行不但天一真水可得，大家還要另得許多寶物，連小妹也可附驥，列入峨嵋門牆。神沙甬道雖然厲害，日內掌教師尊必命二位新入門的能手來此相助。除金鬚奴和陸、楊二位道友外，宮中諸人遭劫被難者頗不在少呢。」眾人聞言，自是心喜。易靜又談起怎生在陣內遇見敵人，被困脫險之事。

原來易靜一時好勝，獨自當先。誰知眾人無心中砍斷瓊樹，將陣破去。三鳳在內層陣中已有覺察，不由大怒，忙將陣法倒轉，迎上前去。猛又想起敵人護身法寶厲害，上次已要入網，仍是被他逃走，不如引他分散開來，縱不全數受擒，到底擒一個是一個。等易靜一入陣，便用魔法將陣分開。

輕雲等在陣中尋不見易靜，在追蹤之時，恰值初鳳那裡也同時發動，只剩易靜一人進了內陣。三鳳等她到了陣的中央，才同了二鳳、冬秀迎上前去。易靜原明陣法，正行之間，忽見暗雲高低中，千百根赤紅晶柱，從四方八面湧現出來，便知敵人陣勢發動，局勢看去甚為險惡。再一回顧後面，輕雲等所駕的那一幢彩雲竟無蹤影，眾人沒有跟來，必為敵人分開。自恃身藏七寶，並未放在心上，仍舊照直前進。正待施為，那千百根晶柱忽然發出熊熊烈火，齊往中央擠來。

易靜罵道：「無知妖孽！不敢公然出戰，專弄這些障眼妖法濟得甚事？」說時，先將兜率寶傘取出，化成一幢紅雲，護住全身。正在打算用何法寶取勝，那千百根晶柱已擠得離身只有數尺，連成了一團火牆。雖被寶傘紅雲阻住不能再進，那柱上面發出來的烈火，也是挨近紅雲便即消滅，可是那些晶柱不計其數，俱一齊往中心擠來。火聲風聲，轟轟發發，攪成一片，甚是浩大。前面的一被阻住，後面的又跟著擁了上來。等到圍成一圈，便互相擠軋排蕩，萬響齊發，如山崩地裂一般。

易靜所帶法寶雖然玄妙，無奈當初煉時，專為對付赤身教主鳩盤婆報仇之用。除護身法寶兜率寶傘外，其餘如用起來，頗為費手，不是當時便可出手。紫雲三女雖然無鳩盤婆道力高深，這內陣中的晶柱，卻是秉著天魔秘傳，用子母神沙煉成，生生不已，變化無窮，多少大小，分散聚合，無不如意，比起鳩盤婆的毒沙邪霧，陰風魔火，還要厲害十倍。易靜見四圍晶柱兀自不退，幾次想仗著寶傘衝將出去，無論衝向何方，僅將柱上所發魔火微微衝散了些，要想衝出重圍，哪裡能夠。

而且這面柱上火勢才減，其餘三面其勢又盛。相持了一陣，四面晶柱擠軋之聲，越來越密。到了後來，竟和除夕放的花炮一般，爆裂之聲，密如雨霰。易靜暗忖：「這些烈火晶柱，俱是神沙聚煉，能分能合，如若爆散，必有別的狠毒作用。想不到內陣竟有如此厲害，萬一寶傘抵禦不住，豈不身敗名裂？除了冒險運用法寶，怎能脫困？」想到這裡，眼看四圍火柱就要爆炸，忙向法寶囊中取寶，準備一拚時，忽聽暗中有人對話，似在爭論，為風火之聲所掩，聽不真切。轉眼之間，忽然奇光耀眼，那成千的烈火晶柱竟自行退去，立即火滅柱隱，無影無蹤。自身仍在甬道當中，面前站定三個仙衣霞裳的女子。

易靜原沒見過紫雲宮中諸人，方在猜疑，為首一個已發話道：「大膽女娃，竟敢擅闖仙陣！如非我大姊命人再三相勸，此時業已化成灰煙而滅。快快跪下就縛，由我姊妹三人向你那沒有家教的師長答話便罷，否則教你死無葬身之地！」

易靜笑罵道：「你這不識羞的丫頭，便是紫雲三女麼？只當你藏頭縮尾，不敢露面，居然還敢口出狂言。你仙姑乃女神嬰易靜，休要有眼不識泰山。有何本領，只管施展出來，誰還怕你不成！」

言還未了，側面一個黃綃女子大怒道：「二姊、三姊，還不動手，這等峨嵋後輩，與她有何話說？」說罷，手一指，便是一道青光飛來。

易靜笑罵道：「原來你們仗著人多為勝麼？」說時，一面先將飛劍放出抵敵，一面心中盤算：「來時曾聽楊鯉說起，初鳳專在黃精殿內防守總圖。除紫雲三女外，宮中有一妖女，名叫冬秀，最為可惡，必是此女無疑。何不先下手為強，暗中施展毒手，給此女嘗點厲害？」想到這裡，便從懷中取出昔年師父一真上人歸真時所賜煉魔之寶烏金芒。

此寶與寶相夫人的白眉針大同小異，專刺人的骨竅。雖沒白眉針狠毒，也是一真上人初成道時，用那兩道修眉煉成，放起來細如毫芒，僅有一絲極細的烏光，比起白眉針還要隱晦，事前如不深知預防，極難逃躲。易靜如非深知冬秀、三鳳二人最是可惡，也不輕易暗用此寶。合該冬秀有此一劫。

三鳳也是好勝心盛，因聽敵人說自己倚仗人多，仗著魚已入網，早晚受擒，見冬秀已先動手，便不上前。沒想到兩下裡正鬥之間，忽然敵人手指處，一絲極細的烏光閃了一下，便即不見。情覺有異，便聽冬秀「哎呀」一聲，身子幾乎跌倒。接著說道：「二姊、三姊，休教敵人逃走，我已中了她的暗算了。」說罷，便將劍光收回，退過一旁。

第八章　傳音告急

三鳳聞言大怒，忙即飛劍迎戰。二鳳因金鬚奴早有暗示，還在遲疑，經不起三鳳連聲催促，只得也將劍光放起。

冬秀中了烏金芒，正打在胯骨之間，痛癢難支，愈把來人恨入骨髓。見二鳳勉強應戰神氣，暗想：「金鬚奴心向外人，他夫妻是一條心。初鳳萬一再為所動，不特此仇難報，還負了許飛娘重托。幸而上次飛娘別時給有信香，三鳳又給過自己幾粒沙母，並傳了通行甬道之法。明日已是三女正壽，為何今日還不見她們同所約的人到來，難道中途有什事兒發生不成？且不管它，權用這信香將她催來，一則多一助手，二則可以由她挾持初鳳，合力與峨嵋為仇。」想到這裡，咬牙忍痛，自去行法點那信香。不提。

易靜獨戰二鳳、三鳳，始終不見眾人蹤影，料定凶多吉少，不敢大意，一面飛劍迎敵，一面仍用兜率寶傘護身，以防萬一。過了一陣，見敵人雖是異派中人，劍法卻非尋常，不另打別的主意，決難取勝。二次又將烏金芒取出，抽空暗中放出。

二鳳受了金鬚奴再三告誡，自無傷害來人之心。那三鳳雖也奉了初鳳之命，但是心性貪狠，縱不便把敵人置於死地，也要使她吃點大虧。又因以前常聽許飛娘說起，峨嵋門下多為末學新進，可是所用法寶飛劍，俱都出自仙傳，名貴非凡。先見易靜所用的寶傘，居然能將沙柱抵住，已是有些垂涎，還想看看有無別的法寶，當時未施辣手。後來又見易靜發出一絲烏光，只閃了一下，冬秀便即受了重傷，知是一件厲害法寶，越想得而甘心，時刻都在打算留神，怎樣才能奪到手內。見易靜把手一指，又是烏光一亮，忙將手中準備就的璇光尺施展出來。

易靜方以為烏金芒放出去，三鳳必和冬秀一般，受傷敗逃。誰知剛一脫手，便見敵人手揚處，飛起無數層的五色光圈，飆輪電轉，飛將過來。那一根烏金芒，只眨眼之間，竟如石投大海，捲入光圈之中，極清脆地微微響了一下，料已被它折斷。剛在驚異，敵人兩道劍光忽然先後收轉，那五色光圈竟朝自己劍光飛來。才一接觸，便似磁石引針，將自己劍光吸住，其力甚大。忙運玄功，奮力將劍光收回時，已驚出一身冷汗。

知道不妙，別的寶物不堪抵禦。便趁敵人陣勢沒有發動，寶傘神妙，尚足護身之際，匆匆伸手去寶囊內將七寶當中比較容易使用的牟尼散光丸取出一粒。潛神定慮，運用真元，把本身所煉先天太乙精氣，聚在左手中指之中。用大指托住那一粒黃豆大小，其紅如火，光明透亮的朱丸，口誦真訣，猛地一揚手，使中指彈了出去。便有一點溜圓火星，飛入光圈裡面，轉眼火星脹大有千百倍，只聽迅雷也似一聲爆炸，光華盡散，墜於地上。此寶專能分光破氣，異派魔教中所煉法寶本質不高，遇上便無倖理。還算璇光尺經三鳳用魔法祭煉而成，原是連山大師鎮山之寶，本是玄門奇珍，不像普通異派寶物，遇上便被炸成灰煙碎粉。日後歸到峨嵋門下，仍有大用，沒有糟蹋這件至寶。

那三鳳見璇光尺雖將烏光破去，並未到手，始終也沒看出那是什麼法寶。便和二鳳一打招呼，收回飛劍，打算再用璇光尺去收敵人的劍光和那一團護身的紅雲。誰知敵人警覺，才一接觸，便將劍光收去。

璇光尺的五彩光圈雖將紅雲圍住，卻吸它不動。敵人竟反攻為守，由遁光托住，盤膝坐在紅雲之下，閉目合睛，打起坐來。先只當是敵人知道難以脫身，想運用玄功和法寶護身，以待救兵，暗中好笑。正打算另使魔法奪寶，不想敵人倏地秀目一睜，大指和中指捏緊一粒赤紅透明的朱丸，打將出來。

心想：「我這璇光尺，也不知會過多少厲害法寶，這一粒小紅朱丸，還會怎樣？」就這微一尋思的當兒，剛覺紅光耀目，有些異樣，已經射入璇光尺光圈之中，暴脹開來。三鳳雖然有些驚異，還在遲疑，不知進退。那朱丸已經爆炸，把那無量數層的光圈全部震裂，分成一絲絲的彩雲飛散消滅。那璇光尺也還了原形，琤的一聲，落到地上。

這一來，三鳳不由怒發千丈，更不暇再顧到初鳳的告誡，決計非將敵人制死不可。二次忙又施展陣法，催動三千九百六十一根赤沙神柱，將易靜圍困了個風雨不透。易靜所煉朱丸，共只七粒，煉時煞費苦心，如非勢在緊急，也決不捨得妄用。先見璇光尺那般厲害，居然一發出去，便即奏功，心中大喜，不由膽子一壯。

剛剛定了定神，準備迎敵，忽然一陣罡風過去，眼前一黑，對面敵人早失蹤跡，那成千百根的透明火柱，又如亂潮一般飛湧上來。一到護身紅雲外，便即排成一個大圓圈，互相擠撞起來，聲勢比起以前還要猛烈得多。

易靜也是久經大敵，知道敵人至寶被自己毀壞，仇怨愈深，這次必用最狠辣的魔法來拚。經過了一次，只當兜率傘可以支持些時，依舊打定心思，盤膝坐在紅雲擁護之中。以為適才那些五彩光圈既被朱丸破去，這些發火的晶柱看似厲害，無非是陣中魔法煉成，必能奏功，便又伸手法寶囊中去取。

易靜這一番揣測，彷彿有理，卻沒想到，寶物法術妙用不同。那牟尼散光丸雖能分光散霧，慣破魔教中異寶，怎奈這些晶柱全是神沙煉成，又有陣法運轉，分合無端，不論分合，俱可應用；不比別的法寶，一經將光華煙霧炸裂分散，便即不能再用。當被寶傘紅雲阻住之際，依著陣法作用，自身本來就在怒擠強軋，準備自行炸裂，化成無量數的有質火星從上下四方湧來，將那團紅雲包住，連人帶寶，煉成灰煙，哪還再經得起用法寶去炸裂，豈不更促其速？

也是易靜不該遭劫。第二次伸手法寶囊中取那朱丸時，因見四圍火柱勢盛，護身紅雲大有擠壓得不能動轉之勢，心內一慌，恰巧摸著一根子母傳音針，正在囊中自行跳躍，不禁心中一動。

暗想：「來時匆忙，又值老父神遊靈空，不曾問過所行成敗。自己自從昔年在阿薩河畔吃了鳩盤婆大虧，回山煉寶報仇。父親知道後，特地費了五年工夫，煉成了兩件異寶，一件便是子母傳音針，所有易氏門中子女門人，各賜一根，以備異日遇見危難時求救之需，無論是被什麼天羅地網，鐵壁銅牆困住，只須將此寶往上下一擲，便即發出隱隱雷聲，飛回玄龜殿去，哪怕相隔萬里，瞬息可至。並且此寶經父親與使用諸人刺過心血祭煉，能預知警兆。

「如今在囊中跳動，必然有異。此針一到，老父即派自己人用那另一件法寶來救，萬無一失。自己多年不曾出山，尚未用過。今日同來諸人俱都失蹤，兩個大敵卻都在此，眼前形勢，越看越無把握，說不定凶多吉少。聽說鳩盤婆為了對付自己，也煉了不少邪法異寶。這內陣未破一處，已用去一粒朱丸，照此前進，怎堪設想？何不先行脫身，到了甬道外面，看看眾人是否逃出陣去，再作計較？如若不見他們，必已失陷陣內，那就急速回轉玄龜殿，見了父親，問明破陣之法，一面與峨嵋送信，再行會合前來，豈非事出萬全？」

想到這裡，還是求救快些，忙將針取出，朝上一比，又朝地下一擲。那針果然靈驗非凡，想是地下行較難，等易靜一離手，竟掉轉頭，往上飛去，一線金光一閃，便從火雲中飛逝。

易靜平素與長兄易晟之妻綠鬢仙娘韋青青本來姑嫂不和，所學道法宗派也各有不同，所以易靜除每隔三年回家省親外，輕易也不願在玄龜殿多住。

這日易氏弟兄闖了禍，韋青青正在殿中，得了警信出來，她也深知峨嵋派的厲害；況且曲在自己孩子，不該無故開釁。來人如有傷害，公婆神遊回來，必要怪罪。只因護犢情深，飛劍被毀，有些小忿。又知峨嵋門下異寶甚多，想給敵人一個儆戒，逼他討饒，答應賠償，再行放他上路。

當時雖將來人用陣法困住，也曾囑咐易氏弟兄謹慎行事，並未敢下毒手。誰知英瓊、輕雲二人劍光迥異尋常，陣法只能阻她們前進，不能損傷分毫。末後英瓊飛劍追敵，易氏弟兄還幾遭不測。恰值易靜趕來，解圍之後，易鼎自知把事作錯，還不怎樣。易震素來淘氣喜事，逕自逃回殿去，朝乃母訴苦。易靜猜有口舌，恐外人見笑，忙催英瓊、輕雲二人先走，自己暫留，與她理論。

韋青青二次聞報追出，因是易靜將來人放走，越發氣惱。易靜見她不知輕重利害，更成心嘔她道：「峨嵋掌教以下，與爹爹不少至交，優曇姑姑屢有仙諭，你不是不知道。適才你母子用陣法將人困住，我如來遲一步，鼎、震二侄豈不受了重傷？來的兩位道友，乃峨嵋小一輩中有名人物，今因奉命有事南海，說好的，紫雲宮法寶甚多，她二人得勝回來，自會看我情面賠你。你打量人家怕你麼？你也無須不服氣，如有本領，且待峨嵋五府開闢，群仙盛會之後，我自會陪了她們，瞞著爹爹母親，約了地方，與你見個高下如何？」兩下爭論了幾句，韋青青一怒回殿，易靜也自起身。

那易鼎、易震弟兄二人自從出世，就在玄龜殿隨著祖父母修道，從未出去和人交過手。今日與英瓊、輕雲二人爭鬥，尚是初次，巴不得有事才好。一聽易靜說起紫雲宮之事，僅只聽一些大概，已是眉飛色舞，巴不得隨了易靜前去，開開眼界；並相助峨嵋派破了紫雲宮，相機得他兩件法寶。無奈母親、姑姑俱在火頭上，不好啟齒，悶悶回轉殿去。正在想心事，乃祖易周忽然醒轉。再隔一會，便接了易靜告急的子母傳音針。

易周掐指一算，掀髯微笑道：「我雖舉家成了地仙，可惜家人根骨尚薄，只我一人可以得成正果。如今峨嵋門戶光大，靜兒不久便轉入峨嵋門下，連鼎、震二孫也可附帶同往，總算了我一番心願。如今靜兒在紫雲宮甬道內為神沙所困，不得脫身。三女陣法厲害，破陣的人尚未到齊，她們還有數日運數。鼎、震二孫可拿我柬帖，帶上九天十地辟魔神梭，即時飛往紫雲宮甬道之內，將你姑姑救出。先不回殿，脫難後便與峨嵋諸弟子相見，照柬行事，隨同破陣，取了天一真水，逕隨眾人同往峨嵋赴會。我到時前去，再向齊道友面托便了。」

說罷，又吩咐了易氏弟兄一番言語，和去紫雲宮的方向，與寶物升降之法，命即時起身。易氏弟兄聞言，自是喜出望外，匆匆領命，就在殿前接了九天十地辟魔神梭，拜辭起身。鼎、震二人駕起遁光，用催光穿雲法，將手一指，霹靂一聲，二人便起在空中，疾如閃電，往迎仙島延光亭飛去，頃刻之間，落到亭中。

二人受過乃祖指示，一切俱有步驟。一落地，便將神梭取出，施展用法，往地下一擲，立時化成一道光華，直往甬道之中穿去。這時易靜四周的火柱儘是一片爆音，眼前就要炸裂。正在危機一發，想不出脫身方法之際，忽然一道光華，其形如梭，從地底衝起，停在面前。有一面的火柱，竟被激盪開了些，爆音愈烈。

易靜以前並未用過這法寶，又在驚慌忙亂之中，以為敵人又鬧什麼玄虛。正待想法抵禦，忽見光華中間裂了一洞，探出兩個人頭。定睛一看，正是侄兒易鼎、易震，知道來了救星，心中大喜。

這時風火爆炸之聲密如連珠，語聲全為所掩。也不及再行答話，先將身縱入光華之中，回手一招，剛收了法寶，光洞立即閉上。耳聽光外天崩地陷，金鐵交鳴。易靜把寶傘一收，四圍火柱得了空，齊往中心擠軋，立即爆炸開來。等到化成一片毒沙火雲，包上來時，易靜姑侄三人業已駕了神梭，穿透沙層，由地底逃出陣去。

那九天十地辟魔神梭，乃易周採取海底千年精鐵，用北極萬載玄冰磨冶而成，沒有用過一點純陽之火，形如一根織布的梭。不用時，僅是九十八根與柳葉相似，長才數寸，紙樣薄的五色鋼片。一經使作，這些柳葉片便長有三丈，自行合攏，將人包住，密無縫隙，任憑使用人的驅使，隨意所之，上天下地，無不如意。如要中途救人，只須口誦真言，將中梭心七片較小的梭葉一推，便現出來一個小圓洞的門戶，將人納入，帶了便走。如再有敵人法寶飛劍追來，那七片梭葉便即旋轉，發出一片寒光，將它敵住，一轉眼，已是破空穿地而去。

易周自信這辟魔神梭縱不能冠絕群倫，高出各家法寶之上，如說用它避禍脫身，可稱並世無兩。雖然有些自誇，卻也真有許多妙用。這且不提。

易靜與眾人見面之後，說完前事，又把乃父易周的柬帖與大家同看。上面大意是說紫雲三女想避大劫，用天魔秘法煉那狠毒無比的子母如意神沙，傷害了成千成萬的生命，到頭不但劫運避不了，反因此上干天譴，受禍更速。金庭玉柱底下，有一冊此宮舊主遺留的天書，業已備載前後因果，三女運數將終，不久便要伏誅。只有金鬚奴和慧珠得免，初鳳也只暫時逃脫。其餘首要和幾個臨時相助的異派，將同遭慘戮。手下黨羽，逃脫的也沒幾個。昨日乾坤正氣妙一真人夫婦，先期回轉峨嵋凝碧仙府，便是為了此事。

那被困在靈翠峰兩儀微塵仙陣之內的南海雙童甄艮、甄兌，已為真人放出。如今服了真人所賜仙丹，修養一個對時，傳了穿沙破陣之法，便即前來，會合先到諸人，入宮破陣。來時必定帶有掌教真人仙喻，指示一切機宜。囑咐易靜與眾人不可輕易再行入陣，只管在島上守候。五台派的主幹萬妙仙姑許飛娘，已往宮中慶壽，得知此事。三女受了她的蠱惑，將在子時以前，命一妖尼同了三鳳、冬秀出戰。眾人如能將來人一齊除去更好，否則那妖尼決不要使她漏網，以免日後生事，於易靜尤其不利等語。

眾人看完易周的信，英瓊、輕雲因易靜年長道深，易鼎、易震又是她的侄子，便推她為首，發號施令。易靜也不推辭，仍以原藏身的暗礁作根據地，由金蟬、石生、易鼎、易震四人分兩班輪流在亭側守候，以引妖人入伏。自己同了英瓊、輕雲，用乃父易周所傳奇門遁甲，驅遣六丁，將全島封鎖，以防少時妖尼逃遁。

一切準備停當，天方交子時，正值天色陰晦，冰輪匿影。只聽海面上風狂浪洶，吼成一片。金蟬與易震值班，兩人坐在延光亭側一塊大石上，談得正在起勁，忽聽甬道入口的地底隱隱雷鳴，知道妖人將要出來。忙即站起身來準備時，一陣五色煙光散處，甬道忽然開放，和初來時所見一樣。二人守著易周之戒，也不去理它。待了一會，甬道中縱出來一個身材矮小，形容奇醜的幼童，逕往亭外跑來。

易震當是妖人，剛要上前迎敵，金蟬一看幼童模樣，便猜來的是楊鯉所說的龍力子，此來必有原故，連忙一把拉住易震，搶到前頭。正待喝問，那幼童也甚眼快心靈，一看見亭外飛來一高一矮兩個童子，早猜是峨嵋門下，自己身後有人，恐對方不知，說出話來，露了馬腳，忙使個眼色喝道：「我是龍力子，現奉紫雲宮中三位公主之命，將甬道開放。爾等如能通過甬道，到了宮中，便將天一真水奉上。」一面不住將手連搖，意思是不可入內。說完，回身就走。

金蟬何等機警，見龍力子張皇神氣，知有顧忌，便不再叫明，反喝道：「無知妖童，速速回去，傳話紫雲三女，有本領的快些出來納命，只管這般藏頭縮尾，躲在妖窟之中則甚？」說時，龍力子故作誘敵之狀，回身便逃。易震不知就裡，看出來人無什本領，還想去擒。

金蟬止住道：「小小妖魔，不值我等動手，早晚就要掃蕩魔窟，且由他多活一日。我們進陣，三女也不敢出戰，還不如在此等候各位道友到齊，再行一同動手，那時一舉成功，豈不省事得多？」

這時三鳳、冬秀已將萬妙仙姑許飛娘請來。初鳳劫運將至，入魔已深，舉棋不定，被飛娘一席話說動，已經改了初衷，變本加厲，惟恐雙方仇怨不深。因敵人從甬道中逃出，許久不見動靜，知道是在島上等候接應。許飛娘便慫恿出戰，約了三鳳、冬秀和同來的兩個妖人，走往甬道出口。先因恐敵逃走，故意將甬道開放，命龍力子出來誘敵，打算等人入內，再憑陣勢和妖法，將來人一網打盡。一聽敵人發話，果然是在陣中吃了虧，等候峨嵋的救兵。聽了龍力子挑戰之言，只叫罵兩句，竟不肯上當。三鳳首先忍耐不住，心想：

「外面只有幾個小輩，何必小題大做？」

萬妙仙姑許飛娘最近又受了一位不在正邪各派之中的前輩仙人的再三告誡，依然執迷不悟，來時除自己外，還約了雲南西昆山九還嶺的桃花仙尼李玉玉，江蘇崇明島的八眼金剛司空虎、三才尊者司空玄叔侄二人，清江浦枯竹庵的無形長老曹枯竹和他門下弟子姜渭、倪不疑等六人，借拜壽之名，前來蠱惑生事。明知紫雲三女未必能是峨嵋對手，不過慷他人之慨，仗著紫雲宮有神沙陣法甬道，能將敵人殺死幾個，少洩多年氣憤，豈非妙事？如果峨嵋諸首腦尋來，那時自己再見機行事。勝了固好，敗了，紫雲宮有險可守，或者攻不進；真要是看出不妙，便老早遠走高飛。吃虧的是別人，與自己無傷。

這次出戰，因聽三女說起，來的僅是幾個後輩，犯不著勞師動眾。又因峨嵋幾個新收的得意弟子，自己大半見過，想先看看來的都是何人。自信本領對付得了，便將兩個妖法厲害一點的同黨留在宮中，由初鳳、二鳳等去款待，先只自己同了三鳳、冬秀出戰。那桃花仙尼李玉玉，平時精於玄牝吞吐，攝神收精妖術，聽說來人俱是峨嵋門下幾個生具仙根仙骨的童男女，不由慾心大動，跟了出來。

許飛娘見三鳳要出戰，外面答話的是金蟬，心想：「此人乃峨嵋掌教真人之子，甚得乃母鍾愛。雖有幾世夙根，僅仗著乃母賜的一雙霹靂劍，功法並不甚深，這般厲害的紫雲宮，怎會令他涉險？外面定然還有不少同來的黨羽，藏在隱秘之處，做他的接應。既要做，索性就做得狠些，但能將此子除去，勝似別人千倍。」

念頭一轉，便準備先將金蟬一人置於死地。忙把三鳳拉住，暗中囑咐桃花仙尼李玉玉，一出去，便用全力獨自對付金蟬，攝他元陽。此外不問敵人有多少同黨，俱由自己和三鳳、冬秀抵擋。李玉玉聞言，正合心意，好生高興。許飛娘等四人計議好後，一起由甬道中往外飛出。

第九章　妖尼幻影

話說金蟬一見來人有許飛娘在內，便知是個硬敵，不敢怠慢，留神準備。喝罵道：「你這不知死的潑賤！我母親和餐霞師伯幾次三番饒你狗命，你卻屢屢興風作浪，蠱惑各異派中妖人，侵犯峨嵋。等到害得人家伏誅，你卻早已逃走，置身事外。真是喪盡天良，寡廉鮮恥之輩。今日我再饒你，不算是玄門弟子。」隨罵，隨將手一指，霹靂雙劍飛出手去，雖然迎敵，卻是暗中準備後退。

偏偏易震的飛劍已為英瓊的紫郢劍削斷，來時向祖姨母林明淑借了一對太皓鉤，比起自己以前所用飛劍強勝十倍，一見來了敵人，巴不得試它一試。及至金蟬動手，也跟著兩肩一搖，兩道形如新月，冷氣森森，白中透青的光芒，早飛上前去，一取冬秀，一取三鳳。

許飛娘初見金蟬帶了一個從未見過，又醜又矮的幼童，以為又是峨嵋新收弟子，未甚在意。及見這兩道流芒四射的寒光，以前見過易周，知是他當年煉魔之寶，不禁大驚！心想：「此人早已不問外事，如助峨嵋，不但又是勁敵，而且自己剛在天山博克大板雪獅崖黃耳洞約了一位能人，加入三次峨嵋鬥劍，敵人那面卻添了他的對頭剋星，處處都是制伏著自己。」不由又驚又恨。見三鳳、冬秀已迎著那醜童動手；桃花仙尼李玉玉也指揮著七道粉紅色的光華與金蟬霹靂雙劍鬥在一處，一面正在賣弄風騷，朝著金蟬做出許多蕩態。來人僅是兩個後輩小孩，目前已是三人對二，憑自己身份道力，不便再上前相助，只是四面察看還有敵人沒有。

那金蟬原想一交手便誘敵入網，一見易震指揮兩道寒光，與敵人殺了個難解難分，絲毫沒有準備退走之意，好似把易靜忘卻。許飛娘不曾動手，自己這面沒有不支之狀，又不便馬上敗走。再看對面那個妖尼，只管做那醜態，越往後越不堪，不禁由厭生恨。暗忖：「這個妖尼，易仙長來柬曾有勿令漏網，遺禍將來之言。看她這般淫賤，必有其他迷人妖術。易震又不肯退，自己不便單獨敗走，何不先除去此尼？許飛娘喪了同類，決不甘休，等她動手，再假敗誘敵，豈不是好？」

想到這裡，運用玄功，將劍一指，那霹靂雙劍威力大增，紅紫兩道光華夾著風雷之聲，電掣一般，與桃花仙尼李玉玉的劍光絞著一起。不消片刻，裂帛也似響了兩下，李玉玉的桃花七煞劍早絞斷了兩口。李玉玉起初一見金蟬如天上金童一般，真無愧是幾世童身，神光滿足，不禁喜出望外。先打算生擒回去，慢慢受用，沒有施展毒手。一面施展桃花七煞劍迎敵，一面用媚眼攝神，去蕩敵人心志。滿以為那桃花七煞劍曾由極穢七物祭煉，專污飛劍法寶；那攝神妖術一經使用，道行稍淺一點的人，只要彼此目光相觸，心便一蕩，接連幾次之後，定即心旌搖搖，不能自制。那時自己再故意敗逃，將敵人引到僻靜之處，裝作倒地，授人以隙。此時敵人已為所惑，便不忍下毒手。只要敵人的手微一沾著她的肌體，便即失魂喪志，任憑自己擺佈，至死方休。

不曾想到金蟬既是幾世童身，夙根深厚；再加上從九華山得了肉芝起，不特先後多服靈藥仙丹，那一雙慧眼，又常受芝仙舐潤，更是神光湛湛，迥異尋常。目為六賊之首，不見可欲，則心不亂。目既不為妖淫所動，心身怎會受害？霹靂劍又出自仙傳，不畏邪污，任她用了許多伎倆，不見生效，方在情急，那桃花七煞劍反為敵人劍光斷去兩三口。

想起當初背師盜寶逃走，被赤身教主鳩盤婆追回，重申五戒，逐出門牆時說：「你既不願在此苦修，此番離了我門下，成敗仗爾修為。異派中能躲去七劫，成了正果的人儘有。謹記著劍在人在，劍亡人亡。」不由又驚又恨。當下怒睜杏眼，倒豎柳眉，張著一個比血還紅的香口，朝金蟬大罵道：「不知死活的業障！竟敢毀去你仙姑的寶劍，叫你識得厲害！」一面說，隨即掐訣，施展妖法。金蟬見對面妖尼飛劍斷了兩口，心中大喜，益發催動劍光，如迅雷急電一般捲掣，眼看粉紅光華又斷了一道，化成滿天花雨，四散灑落。忽聽妖尼破口大罵，露出兩排森森的白牙，恨不得要咬自己兩口，甚是情急可笑。剛想回罵兩句，那妖尼倏地將殘餘四道劍光收了回去，一片桃色煙光升處，竟自衝霄逃走。金蟬一味嫉惡如仇，竟沒想到許飛娘在側尚未動手，即使妖尼劍光被斬也沒上前相助。也沒想到妖尼即使抵敵不過，也決不會就此逃走。卻一心記著易周柬帖所言，放走妖尼是異日的隱患，也跟著破空追去。

金蟬身剛起在空中，妖尼所化的五色煙光，已經由濃而淡，似有似無，如薄霧一般四散分開，轉瞬間沒了痕跡。金蟬心中一驚，猛想起易震尚在下面，眾人藏身的暗礁與延光亭相隔甚遠，萬一眾人還未得信，如何能是許飛娘等人對手？煙光全消，算計妖尼已用妖法逃遁，只得回身落地。及至低頭往下一看，並非適才飛起之地，也看不見下面對敵諸人的劍光，只見細草繁花，茂林如錦，地平似氈，景物甚是綺麗。剛略遲疑，一眼瞥見妖尼赤著全身掩藏在一株大樹後面，手中拿著一副小弓箭朝著自己，作勢欲放。

這時金蟬只當下面是迎仙島的另一角，妖尼先用幻影引自己追趕，一面隱身逃向別處，抽出空來，用妖法暗算。沒看出下面全都是魔境，逕自大喝一聲，追將下去。身未及地，便覺四外有一片極薄的五色輕煙往上合攏，轉瞬不見。立時便有一股子異香襲來，中人欲醉，猛地靈機一動，暗忖：「自己是一雙慧眼，這一片五色輕煙，比適才所見不同，不是尋常目力所能看見，這香也來得古怪。起初追趕妖尼，明明追出沒有多遠。迎仙島雖有數百里方圓，由上往下看，不過是大海中一個孤島，一目了然，並沒多大，憑自己眼力，怎會看不見原來的地方？定是妖尼弄鬼，莫要上她的當。」

恰巧彌塵幡帶在身旁，剛準備再找妖尼蹤跡，忽然不見。腳已落地，覺著地皮肉膩膩地往下一軟。若換以前，金蟬早已中伏入網。也是他大難已滿，福澤深厚，目光又與別人不同，真假易分，當此危機一發之際，竟在禍前動念。一經查出有異，再定睛一看，那些木石花草，遠望那麼繁縟華美，近看卻是了無生氣，和假設的差不許多，愈知不妙。先不求功，一面指揮劍光護身，想要飛走時，腳底似已黏住，同時全身陽脈僨興，一股熱氣正由足心往上升起，心便蕩了兩蕩。

喊聲：「不好！」忙把彌塵幡取出，剛剛展動，將身拔地而起。百忙中偶一低頭，看見下面哪有什麼草地花木，只是一片畝許大小彩雲般的錦茵，妖尼赤身露體，仰面朝天，臥在下面。金蟬恨到極處，一面駕著彌塵幡遁走，還想抽空飛劍下斬時，那妖尼一雙玉腿伸處，那五色煙霧蓬蓬勃勃，疾如飄風，往上激射。同時五色彩煙又由隱而現，從天空四外包罩下來，將金蟬所駕雲幢圍困在內，似有大力吸住，脫身不得。

且不說金蟬為妖尼元陰攝神妖法所困。只說那三鳳、冬秀戰易震，見敵人太皓鉤寒光閃耀，冷氣森森，兀自不能取勝，正待施展別的妖術法寶。恰巧礁底下潛伏的女神嬰易靜、英瓊等五人，因為時辰已到，不見金蟬、易震誘敵前來，相隔又遠，正在懸揣商議，派一人前往窺探，就便囑咐金蟬，如見敵人不可戀戰，略一照面，速速同了易震往暗礁這面逃來。忽聽金蟬霹靂劍風雷之聲大作，以為就要逃回，便止住去人緩行。又等了一會，仍不見至。英瓊、輕雲深知金蟬脾氣，恐有差池；易鼎也知乃弟急躁好事性情；石生與金蟬更是深交患難，故俱主張反守為攻，同時殺上前去。

易靜知道如不將來人誘入伏中，妖尼定然漏網。當時一則恐被人看破，失了功用；二則雙方俱在拚命死鬥之際，也來不及；三則又不便拗眾，又是客禮，只得隨了眾人，同駕劍光趕去。到了一看，金蟬不知何往。只離島不遠，有一團煙霧，和初散蜃氣相似，暫時也未想到金蟬困在其內。見易震獨鬥二女，會戰方酣。許飛娘背手觀望，狀甚閒暇，便知不妙。石生頭一個著急，因見飛娘一人袖手旁觀，以為金蟬已遭了她的毒手，大喝一聲道：「賊道姑，我的金蟬哥哥呢？」人到劍到，一溜銀雨早向飛娘飛去。

飛娘見桃花仙尼李玉王將金蟬用妖法困住，正在得意欣喜，忽聽破空之聲，五七道各色光華疾如電掣飛來。當先一個粉裝玉琢、如美金童的小孩，一照面便發出一片雨也似的銀光，忙先放起一道青光抵住。再看來人，果有玄龜殿易周之女女神嬰易靜在內。暗想：「峨嵋派真個厲害，怎麼這等根器極厚的男女，都被他收到門下？」不禁沉思起來。

易靜原本見過許飛娘，知道她不大好惹，石生未必能是對手，便喝道：「石道友且上那邊去，待我來除去這個潑賤！」

石生道：「姊姊且慢，我問她我金蟬哥哥呢。」

飛娘見石生純然一片天真稚氣，不知怎地一來，忽然動了憐愛之想，笑答道：「你問金蟬麼？我嫌他太頑皮，已由我一位道友將他擒入甬道之中去了。如今死活，全在我的掌握之中。你如懂事，快快投降，拜我為師，我便饒你；不然，連你也一同送死。」

石生聞言，益發大怒，一面運用玄功，將飛劍像暴雨一般殺上前去；一面把賊妖婦罵了個不絕於口。

易靜也甚喜他天真，見英瓊、輕雲、易鼎等三人已分頭去助易震，恐防石生有失，又攔他不住，只得將劍光飛出相助。許飛娘一見又飛起一道劍光，喝道：「易道友，我與你往日無冤，近日無仇，你又不是峨嵋門下，何苦也助紂為虐呢？」

易靜笑道：「許道友，不是我說你，自從你師父為三仙無形劍所斬，你逃隱黃山五雲步，如果苦心修煉，不但無人侵犯，像妙一夫人、餐霞大師二位前輩，還可隨時助你成道，何等美妙！你卻偏生執迷不悟，到處興風作浪，惹禍招災，到頭來總是害己害人，有何好處？即以此次而論，紫雲三女海底潛修，雖是旁門中人，並未為禍人間；就是她們修築神沙甬道，多殺生靈，上干天譴，也還未到遭劫時候。如無你蠱惑，將天一真水獻出，或者還能轉禍為福。如今鬧得勢成騎虎，禍在目前，都是害在你一人的身上。試仔細想想你一生所行所為，哪一件不是倒行逆施，天良喪盡？玄門中幾曾見有你這等敗類？還敢在此花言巧語，說我多管閒事麼？」

飛娘聞言大怒，喝罵道：「無知賤婢！我不過是看在你那老不死的易周老兒分上，不和你一般見識，你竟不知好歹，叫你知道我的厲害！」說罷，將手一指，空中飛劍倏地分化成了數十道青虹，光華滿天，頓增了許多威勢。饒是石生、易靜的飛劍不比尋常，只勉強敵住，休想佔得一分便宜。

且說英瓊、輕雲、易鼎等三人趕到時，正值易震一人獨戰兩個妖女。易鼎同胞關心，知道乃弟本領不濟，一時心急，忙喊：「周、李兩位仙姑，快幫舍弟一幫。」英瓊、輕雲也早看見許飛娘站在旁邊，只因想起來時，無心中將易震的飛劍斬斷，事後成了一家，還承人家遠道趕來相助，好生過意不去。再聽易鼎一說，二人俱是一般心理，意欲相助易震，將敵人飛劍奪來相贈。又見石生、易靜先後與飛娘動手，便各將飛劍一指，上前助戰。輕雲一面交手，一面飛近易震，悄問道：「易道友，你可見我金蟬師弟麼？」

易震曾見金蟬追趕妖尼，一去不回，自己又半晌不能取勝，正覺勢孤，恰值眾人趕來。聞言驚道：「金蟬道友先與一妖尼交手，後來那妖尼化了一片五色煙光逃走，金蟬道友也駕了遁光追去，便沒有見回來。我正想退走，諸位仙姑便同我姑姑、哥哥追來了。」

輕雲聞言，想起易周柬帖，曾說妖尼厲害淫凶，遇時須要小心，勿使漏網。如真是敗退，許飛娘就在眼前，萬無袖手之理。倘如中了妖尼道兒，回山覆命時，怎好意思與靈雲相見？所幸金蟬近來已多經事變，又有彌塵幡藏在身旁，想來不至於受害，但也須尋出一個著落才好。忙又問易震妖尼逃走時情形和金蟬追趕的方向。當時易震也是迎戰方酣，沒甚顧及，但方向還知道，便朝左側一指。輕雲順他指處一看，駭浪滔天，一望無涯，只來時所見離島不遠半空懸著的那一團煙霧仍未消散，聞言心中一動。

暗忖：「這團彩霧頗似海中常見新散不久的蜃氣，難道金蟬便被妖尼困在其內？」再一想：「金蟬見妖尼厲害，必用彌塵幡與劍光護身。這兩件法寶，一個是五彩雲幢，這海天空處，不比甬道魔陣，怎會看它不見？一個是用起來不特光同電閃，還帶著風雷之聲，相隔再遠，也不致聽不到一點聲息。」又覺有些不類，不禁十分愁急。

對面三鳳自從璇光尺為易靜所破，便將二鳳的煩惱圈強借了來。一見敵人雖是個小孩，那一對形如新月的光華，卻是件異寶，雖不知來歷名稱，估量必是飛劍一類的寶物，不禁又起了貪念。便和冬秀一使眼色，打算兩下合力，將那小孩困住，奪為己有，不使那法寶受傷。

誰知那太皓鉤不比尋常飛劍，只要知道用法，便無關使用人的道力深淺。一任三鳳、冬秀怎樣運轉飛劍壓迫，光芒毫不曾減退。引得三鳳兀自心愛，無計可施，後悔沒將慧珠借給的煉剛柔一試。末後心想：「桃花仙尼引走了一個敵人，未見回轉，許飛娘旁立微笑，必已成功。自己和冬秀兩人對付一個幼童，許久不勝，豈不叫飛娘恥笑？」

便對冬秀道：「小丑兒這般不知進退，我們打發他上路吧。」

冬秀自從上次紫雲宮分寶，得了龍雀環後，先也是和三鳳一般不知用法。後來見三鳳把璇光尺煉得那等神妙，便也跟著學樣，用魔法祭煉。二人居心，原是一般貪險陰毒，所煉法寶的用途大致相仿。

不過冬秀道行較淺，煉時既不如三鳳肯下苦功，那龍雀環原來用法又與璇光尺不同。璇光尺能夠敵住敵人法寶，也能收敵人法寶，使其無傷，成為己用。這龍雀環就不然，每一施為，只是一藍一黃，兩個連環光圈飛將起來，敵人法寶如被束住，便往小處收緊，斷成數截。冬秀曾自己煉了兩件尋常法寶，試過兩回，居然奏功，大是心滿意足。

她卻不知此環原是子母兩副，專為仙家成道時御魔之用，並非煉來破壞敵人法寶。那母環早已為嵩山二老初入月兒島火海時取去。第二次帶了金鬚奴重探火海，附帶也為尋找此寶，後來不見，一算才知在匆忙中，已為金鬚奴取走。子母合璧，尚非其時，便即任之。憑三鳳、冬秀福澤，焉能承受這兩件至寶？

三鳳在甬道中雖將璇光尺破去，還未受傷。冬秀竟在這次差點送了性命。當她得了三鳳招呼，正待施為，恰巧英瓊、輕雲等同時飛來。冬秀不知厲害，鬥了不多一會，見三鳳已將煉剛柔飛起，當時只想見功，也把龍雀環飛出手去。不知怎的，單會看出那道青光較易對付，竟然直取輕雲的青索劍。她卻不知對面這幾個敵人，不特紫郢、青索二劍冠絕群倫，便是易氏弟兄，一個是借了姨祖母的太皓鉤，已是不同凡響；尤其易鼎最得全家長輩歡心，人又純謹，這次初出茅廬，把他二姨祖母的斷金塊要了來，還帶了不少厲害法寶。

真是哪一個也不好惹。只因輕雲急於要知金蟬下落，正與易震談話，又看出敵人飛劍不過如此，沒有放在心上，所以劍光雖放出手，也未怎樣加功運用，看去好似弱些罷了。冬秀的龍雀環剛一出手，輕雲話已問完，正想主意，忽見敵人飛起一藍一黃兩個光圈，直朝自己飛劍迎來，才一交接，便將青光套住。輕雲不知對方法寶分倆，心裡未免一驚，不由小題大做，忙運玄功，朝青索劍一指，立時光華大耀，竟似蛟龍一般，反捲過來，也成了一環，互相糾結不開。

第十章　震退群魔

且說輕雲的青索劍光與冬秀的龍雀環光華絞在一起，輕雲方覺出敵人法寶不如自己。剛想將它絞成粉碎，旁邊易靜正鬥許飛娘，偶一眼看出便宜，忙高聲大喊道：「此乃玄門異寶，賤婢不知用法，周姊姊何不將它就勢收去呢？」

輕雲原因那兩個連環光圈來得異樣，一見飛劍絞住，恐敵人收回，只打算迅雷般將它破壞，沒有想到這一著。聞言醒悟，試將劍光往回一招，竟然帶了那兩個圈一同飛回。仍用劍光逼住，由大而小，緩緩收落。那龍雀環原有的法力，因為冬秀不知用法，無從發揮，僅憑魔法運轉，吃青索劍一絞，已經化為烏有，仍變成了一副金連環，輕輕巧巧落在輕雲手中。

冬秀仍是不知厲害，當三鳳收起煉剛柔，自己施展龍雀環之際，本想將先放出去的飛劍收回，以免誤傷己物。偏巧易鼎趕來，恐兄弟吃虧，一見英瓊直取三鳳，便將斷金塊放起助戰。冬秀飛劍敵易震的太皓鉤，也只平手，再加上一件斷金塊，劍光便被一鉤一塊絞住，一時難以收回。又見敵人法寶件件厲害，這才改了打算，先破了敵人這道青光，跟著再將初鳳所贈金庭玉柱中所藏的兩件法寶取出，看三鳳煉剛柔奏功與否，再行相機施展出去。不料龍雀環才一照面，便被輕雲收去，不由又驚又惜。百忙中再往三鳳那面一看，煉剛柔已為紫光所毀，越發心慌意亂起來。

易震先為二女所逼，有寶難施。這時來了生力軍，一面交手，暗中早將乃母綠鬢仙娘韋青青行時所給的火龍釵取在手內。易鼎與他同一心理，也在暗中將祖母給的一粒冷光珠取出。弟兄二人，不先不後，俱朝冬秀打去，冬秀怎能禁受。當此危機一髮之間，幸而許飛娘在側，看出形勢不妙，一聲呼叱，空中飛劍倏地化成一道經天長虹，阻住易靜、石生二人的飛劍。

自己忙縱遁光，飛將過去，手揚處，一道光華，剛把易震發出來的一溜火光敵住，一把將冬秀挾起時，易鼎發出來的一團白影，已打中冬秀身上。冬秀覺著一股奇寒之氣逼向胸頭，一個禁受不住，立時暈死過去。同時空中劍光也吃那斷金塊、太皓鉤雙雙夾住，一擰一絞，化成萬點光芒，墜落如雨。這且按過一邊。

那側面的三鳳見敵人忽添了三個幫手，忙把煉剛柔施展出來。因恐傷了自己飛劍，心中還在想那形如新月的法寶，所以單取英瓊。哪知英瓊紫郢劍不特是西方太乙精華所煉，又是峨嵋派數一數二的寶劍，休說煉剛柔，任何法寶也難損它絲毫。當英瓊正鬥之間，見敵人忽然放起軟綿綿、色彩鮮明的一團光華，雖然不知來歷，仗著自己紫郢劍是劍家至寶，會過了許多邪法異寶，從未失事，一毫也未放在心上。估量三鳳的劍光吃自己劍光略微交接，光華將頓減，易震盡可從容應戰。倒是這新出手的東西，一定比較厲害一些。不同青紅皂白，逕將空中紫光一指，捨了三鳳飛劍，直往那團光華射去。

剛一近前，三鳳方以為那煉剛柔必和從前一樣，射出煙霧法火，去破敵人飛劍。誰知道遇了剋星，晃眼工夫，敵人劍光已將煉剛柔圈住，劍光圈越來越往小裡縮緊，發出絲絲聲音。兩下相持不多一會，等到三鳳看出不妙，想要收轉，已是不及。耳聽崩的一聲極清脆的爆裂之音過處，那月兒島連山大師當年煉就的一件異寶，竟被英瓊紫郢劍所破，化為一片粉紅的淡煙，似霧縠輕綃一般，冉冉消逝。英瓊之意，原是想將三鳳那口飛劍奪來，贈與易震，又不願將飛劍毀損，所以一得手，仍指劍光上前相戰，一心只注重在那口劍上。否則捨劍取人，三鳳早已不死即傷，吃了大虧。

三鳳哪知進退，一見煉剛柔又被敵人毀去，少時回宮，見了慧珠，拿什相還？不由怒從心起，恨入切骨。一面指揮飛劍應戰，暗中口誦魔咒，披散秀髮，正待把初鳳從金庭玉柱中所得的地闕二十九件奇寶施展出來，制敵人於死命時，正值飛娘救起冬秀，見自己這一方連遭失利，也是怒發如雷，又知紫郢劍厲害，恐三鳳寡不敵眾，受了重傷，先忙向三鳳飛來。才一到達，便從法寶囊中把近年在黃山五雲步煉成的修羅網取將出來，倏地收回劍光，往空一灑，立時愁雲漠漠，慘霧霏霏，萬丈黑煙中，簇擁著無數大小惡鬼夜叉之類，猛從四面八方向英瓊、輕雲、易靜、石生、易鼎、易震等六人包圍上來。

這修羅網污穢狠毒，無與倫比。其中鬼魔夜叉全是幻影，敵人只把心神一分，立時便要為飛娘的六賊無形針所暗害。飛娘煉成此寶，原備三次峨嵋鬥劍之需。實因英瓊等年紀雖輕，法寶飛劍俱非尋常，又知三英二雲是峨嵋小輩門人中主要人物，所以才下此毒手，準備一網打盡，少解心頭之恨。這回使用，尚是初次，惟恐敵人覺察，下手甚速。除自己收回飛劍外，連三鳳都未及打個招呼。

一看黑雲妖霧已將對面六人一同蓋住，看不見自身所在，心中大喜。忙又從法寶囊內取出六賊無形針，剛待覷準敵人，乘隙發放，忽聽天際破空之聲甚疾。抬頭一看，長才尺許兩道金光，如流星電閃一般，從遙空中飛駛而來，快得異乎尋常。

就這聞聲昂首之際，眨眨眼，已經臨頭不遠。明知是敵人來的救星，只猜不出是哪一派中人物。就這麼一尋思的當兒，忽然一片光華自天直下，照得大地通明，連四面海水俱成金色，奇芒飛射，耀目難睜。才亮得一亮，緊跟著一個驚天動地的大霹靂，夾著百萬金鼓之聲，從雲空中直打下來，只打得妖氣四散，海水群飛，恍如山崩地裂一般。

飛娘一聞雷聲有異，猛地想起一人，不由大吃一驚，嚇得連來人面目也未及看清，慌不迭地收轉法寶，口喚：「三妹速退！」一手仍抱著冬秀，一手把三鳳一拖，逕往甬道之中遁去。不提。

這一面英瓊等六人正要得勝，忽見飛娘趕來，一照面，便將手一揚，似輕煙一般，激射起無數縷黑絲，轉瞬間起了愁雲慘霧，千萬惡鬼從四外潮湧而來。再看飛娘，已失所在。易靜姑侄三人知是妖法，雖用法寶護身，還不甚在意。輕雲卻識得飛娘厲害，忙喊眾人快聚在一處，將青索劍和紫郢劍會合一起。石生也忙將天遁鏡取出。正待合力迎敵，猛聽破空之聲，金光迅雷，接踵而至，島上妖氣盡掃，敵人不知何往，空中來人也降了下來。大家見來人是兩個頭梳丫髻的道童，心剛一動，未及出聲招呼。

石生聞得附近風雷之聲，猛一眼看見海面上適才所見的那股子蜃氣，已被迅雷震散，卻現出一幢彩雲，和金蟬所用一紅一紫兩道光華，在那裡上下飛舞。還有一團粉紅色的彩光剛剛飛起，還未飛遠。忙喊一聲：「那不是我金蟬哥哥！」腳一縱處，一溜銀雨，先自往前飛去。

餘人也都相繼看見。內中輕雲和易靜同時想起易周柬帖所言，知道適才海面蜃氣，乃是金蟬被困在內。那逃走的粉光，定是桃花妖尼李玉玉，因妖法為迅雷震散，又見飛娘遁走，心中害怕，抽身逃遁，哪裡肯捨。互喊一聲：「休放妖尼漏網！」雙雙跟蹤追去。英瓊和易氏弟兄、新來的兩個童子聞言，也都相率追去。到了一看，那桃色光華由濃而淡，轉眼間已無蹤跡。那彌塵幡所化的五色雲幢，仍在海面上升沉不定，也不他往，知道金蟬必然中邪。好在輕雲、石生俱知使用寶幡之法，忙將彌塵幡收起。再看金蟬，雖未受著傷害，已是目定神呆，有些昏迷之狀。忙由石生代他收了雙劍，扶著駕遁光同回島上。輕雲先取一粒丹藥與他服了，刻許工夫，才得復原。一問何故如此，才知就裡。

原來金蟬有彌塵幡和雙劍護身，本可無恙。只因看出幻境時，腳已踏在妖尼妙腿之間，幸是元陽堅定，至寶護身，飛起時又快，雖未被她元陰吸陽之法吸住，人已為妖法所中。總算元神還有主宰，彌塵幡決不離手。加上雙劍靈異，只管活躍。人雖逐漸昏迷，妖尼仍是無法近身，逞其所欲。後來邪雲被金光迅雷震散，妖尼回望，連飛娘都嚇得逃走，知道不妙，逕自遁走。她如就此逃回山去，也不至於就遭慘死。偏偏追她的是石生，又是一個特異純陽之資，再加上金蟬不曾到手，心終難捨，忙用換影移形之法，將身潛入海中，等眾人退去，依舊偷偷回轉甬道。不提。

眾人救治金蟬時，那來的兩個道童，早向前一一見禮，報了姓名，原來是南海雙童甄艮、甄兌。輕雲以前原見過他弟兄二人，餘人也早料到，俱都大喜。等金蟬復原，才坐到一處，談說此來使命。

原來南海雙童自從那日被困在凝碧崖靈翠峰峨嵋開山祖師長眉真人遺留的六合兩儀微塵陣內，當時人便昏昏沉沉，不省人事，和死了一般，不覺過了多少時日。那陣分生、死、幻、滅、晦、明六門，有無窮的奧妙。除掌教妙一真人夫婦和玄真子受過長眉真人遺命，能夠運用外，連其餘峨嵋諸長老，俱都不敢輕易進陣。在妙一真人未回山以前，一直也無人理會。靈雲、輕雲等各自走後，過了兩天，長幼兩輩仙俠來得越多，自有玉清大師、長人紀登等分頭接了進去。

那髯仙李元化正在太元洞內會集群仙，互談五府開闢之事，算計掌教真人夫婦還得些日才到。

玉清大師躬身向眾人道：「金蟬、石生兩個師弟和周、李兩位師妹，前往紫雲宮取那天一真水，數日不回，定然出了變故。李師伯易數通玄，何不算它一算？」

髯仙道：「我昨日本想卜他四人吉凶，後來一想，取水之事，掌教師兄既命人前去接應，必早知中途要生變化，連日未奉仙諭，料無凶險。又值恆山雲棲窩獅僧普化，托頑石大師來此借寶，談話耽擱。之後眾後輩門人又紛紛請教，我想無關宏旨，就此擱起。你也能前知休咎，既問此事，可曾算過麼？」

玉清大師答道：「那日弟子讀了掌教師尊飛劍傳書，便猜此事不是如此平常。今日閒中掐算，他四人已連遭驚險，並且還有幾個尚未入門的道友在那裡相助。但是紫雲宮源流長遠，此事頗多變化。弟子道力淺薄，只知紫雲三女決無倖理。至於怎樣破那神沙甬道，取來天一真水，及掌教真人因何向一素不相識的異派中人借寶，仍是算它不出。李師伯與諸位前輩尊長，俱都深通玄奇秘奧，先知先覺，敬請指示仙機，以開愚昧。」

髯仙正要答話，旁坐金姥姥羅紫煙，也是精通易理，善知過去未來，先聽大師說，早已澄神內視，定念明心，默運先天神術，體察未來，忽然張目說道：「李道友無須算了，紫雲宮源流，我本略知一二，適才又加推算。此事不特變化甚大，還關係著三次峨嵋鬥劍之事。那紫雲宮地闕仙府，乃昔年水母五女玉闕章台，避禍修真之所。後來五女分封五湖水仙，棄此而去。

「又過了若干年，有一異派散仙算出就裡，壞了五仙禁法，入宮隱居。成道時，多虧長眉真人助他脫了魔劫，無恩可報，所煉許多法寶飛劍既不能帶去，又不捨將數百年心血毀於一旦，便連那部地闕仙書全贈與長眉真人，任憑處置。此時長眉真人已是神通廣大，妙法無邊，只是外功未完，成道較晚罷了。當下默算未來，已知因果，便領了他的敬意，仍請那位散仙在飛昇以前，將法寶仙書封藏在宮中金庭玉柱裡面。柱底藏有柬帖，備載此事。以致日後為一老蚌從側面穿透海眼，入宮盤踞。

「這老蚌已有千年道行，略知宮中之事。牠與方氏三女之父，有一番救命因緣，又將三女引入宮內，才有今日地步。齊道友一則事忙，又因三女修為不易，神沙甬道雖然多害生靈，也是避劫心重，出於不得已。便借取水為名，試她們一試。她們如恭順，將水獻出，日後還可助她們成道。等開府盛會之後，再派一同輩道友前往宮中，取出玉柱中遺書，與其說明前因後果。金蟬所帶去的書柬，其中頗多點化之言。三女入魔已深，歧路徘徊，又受了奸惡蠱惑，竟然執迷不悟，自取敗亡。偏巧她們又在月兒島火海內得了連山大師一部天魔秘笈。

「那神沙甬道中大衍陣法，委實厲害非常。紫雲宮又深藏海底，利用魔法封閉，神仙也難飛進。齊道友原知她們不外三條出路。又知三女也有夙根，長女尤厚。第一條，是我們人到，便將水獻出；第二條，是獻水之後，中途變計，反悔追趕；第三條，是不特吝而不與，反要倒行逆施，與去的人為難。所以將去的人分成兩起。先還以為三女已修道多年，或者不致倒行逆施，公然為敵。及至我們的人去後，一則金蟬躁進，石生救母心切，先行擅入，傷了守宮神獸；二則三鳳又是有心為難。許多陰錯陽差，以致起了爭端。

「即使這樣，依了初鳳心意，仍有轉圜之機。無奈三女運數將終，魔頭太重，種種阻礙，終於變志為仇。她們那裡有何舉動，齊道友業已全知，只因東海之事異常重大，才延到今日。為了此事，提前數日回山，少時一到，便有分派。那紫雲宮暗切紫玲和靈雲、輕雲的名字，日後應為她三人修真養性之所，三女不過暫時盤踞而已。

「如今許飛娘和妖尼李玉玉等俱在彼助紂為虐。齊道友申正回山，明早寅正便開放靈翠峰兩儀微塵陣，收伏南海雙童甄艮、甄兑，取出長眉真人遺藏的至寶，傳了雙童道法。再過數日，便派雙童前往紫雲宮接應諸人，取回天一真水。在此時期內，還有一位我們多年不見的道友，帶了兩個得意弟子前來。那南海雙童之父名叫甄海，也是異派中散仙，為三女所殺，與三女有不共戴天之仇。此去帶有那位道友靈符，一到便可將飛娘等妖人嚇走。到時白、朱二位也要前去。宮中諸人除有兩個不在劫的外，初鳳或能倖免，餘者不死即受重傷，成功無疑的了。」眾人聞得掌教真人少時回山，俱都高興。有那不曾見過的後輩，更是欣喜若狂。

第十一章　三入紫雲

時光易過，一會到了未申之交。髯仙率領長幼兩輩同門和各方好友，俱由凝碧崖前升至前洞崖上迎候。甫交申正，眾小輩門人正在引頸東望，忽見空中微微有一道金光，電掣金蛇般微微閃了一閃，髯仙和前一輩的同門已慌忙下拜。同時崖前便平添了男女兩位仙長，俱作道家打扮。知是妙一真人夫婦駕到，哪等細看，連忙跪倒行禮時，便聽妙一真人道：「愚夫婦來時，原恐驚動各位道友，所以事前未曾通知，連遁光俱都隱去，不想仍勞遠迎，曷以克當？」

言還未了，金姥姥道：「二位道友真個法力無邊，這無形劍遁不但無影無光，連絲毫聲息都聽不出。若非二位道友下降時特地顯示，只恐進了仙府，我們還在此呆等呢。」

說罷，群仙俱各粲然。妙一真人夫婦便請金姥姥等各派群仙先行，大家彼此互相略微謙遜，各駕劍光同往太元洞中飛去。到了洞中落座，髯仙率了小一輩的門人上前參拜之後，群仙中有許多年不見的，與妙一真人夫婦各談了一陣別後之事，方知修為的深淺。妙一真人然後對眾人說道：「日前拜讀仙師遺札，始得略知兩儀微塵陣中秘奧，自審道力淺薄，尚難自信。如今金蟬等諸弟子兩入紫雲，歷久無功。三女不知順逆，連那老蚌也因歷劫一世，忘了本來根源。先時意在成全她們，所以先禮後兵。如今毀書拒使，已成仇敵。區區妖魔，無須我輩前往。

「那微塵陣中所困的甄艮、甄兌雖是左道旁門，不特沒有什麼罪惡，為父母報仇，苦心修煉，還有孝行。只因乃師化時遺命說紫雲三女厲害非常，不將法寶煉到精深地步，不可以卵投石，妄自入宮行刺，以致遷延至今。正在苦心焦慮，待時而動，卻受了妖人蠱惑，侵犯峨嵋。如今陷入陣中，身雖未死，至多也只保得旬日。幸俱被陷在晦門上，否則已無生理。

「此來一則早與諸位道友和長幼兩輩同門相見；二則將他二人救出，略加指點，使其改邪歸正，逕往南海去報親仇，就便相助金蟬等諸弟子，將天一真水取回。這兩儀微塵陣乃恩師長眉真人所設，中藏不少異寶靈藥，以為光大本門之用，中分生、死、幻、滅、晦、明六門。此時往收陣法，諸位道友有興，何不同往觀看，相助一臂？」

群仙俱願一開眼界。妙一真人夫婦便率了長幼兩輩門人與各派群仙，同往微塵陣去。

剛出太元洞，便遇醉道人飛來，見妙一真人行禮之後，遞過一封柬帖，說道：「小弟在本山巡遊，路遇瑛姆，說是她從大雪山盤鳩頂閒眺，看見掌教師兄駕了無形劍遁，往這裡飛來，算出為了南海之事。如今許飛娘同了兩個妖人，也在那裡，恐眾弟子費手，趁著她往北極訪友之便，帶了三道靈符同這一封柬帖，命我交與師兄，轉賜甄艮、甄兑帶去，將飛娘驚走。」

妙一夫人微笑道：「瑛姆真非常人。我們用無形劍遁在空中飛行，她在相隔千里的盤鳩峰頂上，竟能看見，這雙神目，真是舉世所稀了。」

說時，妙一真人早已看罷書信，揣入懷內。仍率群仙門人，同往靈翠峰走去。還未到，就望見繡雲澗那邊瑞氣蒸騰，五色寒光凝成一片異彩。那長一輩的仙人久聞此陣之名，今日一見，俱都驚異不置。妙一真人到了陣前，率了兩輩弟子，先望著陣門下拜。然後向眾微一謙遜，逕同了妙一夫人步入陣去。外面長幼群仙看陣頂祥光霞彩，時起變化，瞬息萬端，誰也窺察不出陣中玄妙。

待了有個把時辰，忽聽陣中起了雷聲，隆隆不絕。不多一會，一片極強烈的金光閃過，霞彩全收，現出妙一真人夫婦，手上恭恭敬敬捧著長才九寸的旗門。身旁站定兩個梳丫髻的道童，俱都是失魂喪魄，如醉如癡模樣。群仙一見，紛紛上前稱賀。妙一真人只對眾人說道：「貧道幸托恩師庇佑，已將微塵仙陣收去。所藏靈寶仙丹，業已暫時行法封鎖，等到開山盛會，再行取出。甄艮、甄兑弟兄二人因被陷多日，雖經救轉，元靈消耗太甚，神志已昏，須得調養一日，始能傳授道法。如今我等且回洞去，再作計較。」說罷，一同回到洞中。髯仙早命玉清師太、紀登、朱文、寒萼四人布好筵席，由芷仙管領的仙廚中取來交梨火棗、仙釀靈藥這類，待人一回來，便請人入席。妙一真人從懷中取了兩粒靈丹，交與頑石大師，吩咐白俠孫南、苦孩兒司徒平領了南海雙童，隨同前往金蟬、石生二人所居室內，將丹藥與雙童服了，由大師主持，用玄門度氣調元之法，相助雙童恢復真靈，再行帶來聽訓。

大師與孫南、司徒平帶了雙童，領命走後，各派群仙俱願聞陣中秘奧，請妙一真人夫婦略說經過。妙一真人道：「仙陣委實神妙無窮，愚夫婦如非恩師預示仙機，只恐也難輕易將它收卻。此陣三次峨嵋鬥劍尚有大用，且等盛會之日，玄真子師兄駕到，再請各位道友相助，重布此陣，請諸位道友入陣一遊，便知就裡。」群仙聞言，俱都大喜。席散，醉道人使命未完，先自辭去。妙一真人夫婦陪了各派群仙，遊覽全崖，並將開府之後是何異境，一一說了。群仙自是讚佩不置。

那南海雙童初被困入陣中時，知道上了敵人大當，萬無生理，想起親仇未報，無端受了史南溪等人蠱惑，鬧到這般田地，死也難以瞑目。心中有了悔意，便想變計投降，一心只求饒命，以便日後好報親仇，即使任何屈辱，也所甘心。可是心雖如此想法，無奈身不能動，口不能言，除了聽其自然，別無法想。時日一多，漸漸失了知覺。妙一真人夫婦將他們救轉時，還是有些恍惚。直到頑石大師將他們引入金蟬所居室內，用玄門度氣之法運轉真元，朝他們口中噴去，由那一股真氣打通七竅，經過一十二重關穴，運行全身之後，弟兄二人又各服了一粒妙一真人所賜的靈丹，才得清醒。一見對面坐定一個中年女尼，旁立兩個道裝少年，知是救他們之人，連忙拜倒，請頑石大師說了經過。甄氏弟兄一聽，不但道行無損，親仇可報，還可投到峨嵋門下，怎不喜出望外，立時便請頑石大師帶去求見。頑石大師又命雙童自己按照平時坐功，運行一周。知道再有一半日，便可復原，才將他弟兄二人帶往太元洞內。

甄氏弟兄一見上面坐的是妙一真人夫婦和許多位各派群仙，左右兩排乃是髯仙等峨嵋派長一輩的同門，在後站的方是小一輩的門人。長一輩的仙人不說，單這些小一輩的門人，無一個不是仙風道骨，夙根深厚，哪裡還等多看，忙即上前跪倒，匍匐在地。妙一真人先命向長幼群仙一一拜見。然後傳了本門修煉之法。吩咐司徒平將他們帶去安置，修養一日，再來領命，前往南海，去助金蟬等取回天一真水，就便報那父母之仇。甄氏弟兄聞訓之後，不禁悲喜交集，感激涕零。當下叩辭出來，隨了司徒平，走入所賜的石室以內，按照峨嵋真傳，潛心體會，用起功來。

到了第二日，仍由司徒平領去，叩見過妙一真人之後，妙一真人便將瑛姆所贈靈符交與二人，又指示了一番機宜，給了一件法寶和一道催光速電之符，才命起身。甄氏弟兄領命，拜辭出洞，先將催光神符展動，跟著駕劍光升起，破空前進。二人的道行本非尋常，近來又受了頑石大師指點，再加上神符妙用，真是比電還快，不消半日工夫，已到南海。遠遠望見迎仙島上仙光法寶，紛紛飛翔，敵我相戰方酣。忙照妙一真人仙示，不等近前，便將瑛姆所賜的一道靈符取出，朝著下面數人一揚。立時便有萬丈金霞，夾著迅雷，自天直下。等到己身落在島上，與輕雲等人相見，萬妙仙姑許飛娘早為雷聲所震，帶了三鳳、冬秀先自逃走。

金蟬因追桃花仙尼李玉玉，誤為邪術所中，腳沾了李玉玉的法身，等到看出形勢不妙，取出寶幡護身時，身雖為五色雲幢護住，無奈神志已昏，失了主宰，要想脫身飛走，勢已不能。

所幸金蟬夙根深厚，迷惘中仍有幾分清醒，兩手緊持彌塵幡，不為淫邪所動；那霹靂雙劍又是妙一夫人未成道時煉魔之寶，出諸仙傳，有了靈性，自能發動，保衛主人，外敵收它不去，又不怕邪污，除在五色雲幢外飛躍不息，還隨時朝著敵人進攻。鬧得李玉玉枉自看著一塊就口的肥肉，只到不了口內，連用了許多邪法妖術，都奈何二寶不得。所以金蟬除當時心神有些昏亂外，並未遭了毒手。及至神雷震散妖氣，金蟬遇救，服了丹藥，神志復原以後，益發把李玉玉恨入切骨。

當下眾人見面，互相說了來意和當地情形。因為破宮在即，事畢便可回山，參加群仙盛會，俱都踴躍非常。甄氏弟兄又說了破宮取水，驚走飛娘，斬除群孽和救走蓉波、楊鯉、龍力子三人，來時掌教師尊早已事前一一吩咐停妥，應在明晚子時以前。趕在紫雲三女慶壽之時前往，先由南海雙童在壽筵前，明說奉命破她神沙甬道，並報大仇，各人再行按照掌教師尊仙諭行事。俱恨不得當時就去動手才好。當下眾人在島上，互相計議。不提。

且說那許飛娘會戰輕雲等諸人，正待施為放出辣手，忽聽破空之聲來得有異，抬頭一看，金光迅雷已打將下來，當是剋星已至。暗忖：「此人如來，休說三鳳、冬秀、李玉玉三人不是對手，連自己也要吃她大虧。」驚弓之鳥，心膽已寒，究竟來人是否如自己所料，都不敢細看，忙展遁光，一手抱著冬秀，一手拉著三鳳，微喊一聲：「來了勁敵，還不先行退入陣去！」

三鳳原非弱者，雖看出金光迅雷厲害，並無敗退之心，還在張皇四顧，準備抵禦時，已被飛娘遁光捲走。一入甬道，飛娘便命速將陣法催動，準備迎敵。三鳳問她何故如此驚惶？飛娘事出倉猝，驚魂乍定，聞言反倒一怔，來人真假沒有分清，不便明言自己怯敵太甚，只得飾詞說道：「來的這人，乃是峨嵋派中數一數二的能手。我等原是出來誘敵，諸位道友沒有同來，勢力較單，冬妹又為敵人法寶所中，惟恐有失，勁敵當前，不得不小心謹慎行事。故宜退入陣中，以逸待勞，就便將冬妹救治還原，豈不兩全。」

三鳳因此番出來，原以為飛娘道法驚人，對方不過幾個峨嵋後輩，就不憑陣法，也操必勝。誰知自己連失異寶，冬秀還受了重傷，桃花仙尼李玉玉不知何往，飛娘又是這等虎頭蛇尾。先還以為果是峨嵋方面來了勁敵，等了約有半個多時辰，並不見敵人入陣，李玉玉卻是垂頭喪氣而歸。下甬道時，因為陣勢業已發動，所幸主持的人俱在外陣，預先看出是自己人，如在內陣時，弄巧還要受了誤傷。及至見面，問起引走金蟬，可曾得手？島上敵人添了能者，回時可曾窺見動靜。

李玉玉卻說：「金蟬被困時，有彩雲劍光護住，不能近身。正在行法，忽為雷聲震散，敵人接踵追來。因回望飛娘等退走，人單勢孤，不便迎敵，便用粉光障眼之法，隱身遁回。到了延光亭，才見那施放神雷的，僅是兩個矮小道童。本想出其不意，隱身上前，將敵人傷害他一兩個出氣，誰知敵人當中有一女道童，竟在暗中施展出了玄門中最厲害的陣法，只一近前，必為所困。幸是自己以前吃過虧苦，早在遠處看破，否則又是弄巧成拙，因此仍舊隱身回來。」

三鳳聞言，敵人不過又添了兩個峨嵋後輩，飛娘卻說是峨嵋中數一數二的人物，未免有了輕視之心。飛娘何等奸猾機智，早看出三鳳不滿。暗忖：「適才雷聲金光，明明是自己剋星的家數。如說是她門人，也應是兩個幼女，怎會來的是兩個道童？這人神出鬼沒，變化無窮，就算派了門徒，自己本人未來，也還是不可輕去招惹，且等弄明白了，再作計較為上。」

見三鳳詞色不善，裝作不見，只拿醫治冬秀遮蓋。一會，冬秀已被飛娘治癒。又等了好幾個時辰，敵人始終未至。三鳳悶悶不樂。

飛娘正想命人出去探看，慧珠忽然帶了蓉波趕來說：「初鳳新近又和大家商量，仍以堅守為是。現在準備慶壽，請飛娘等回去，由蓉波看守陣門。反正敵人如果進犯，宮中總圖也可窺知虛實。這半日工夫，敵人動作人數，想已查知。他既逗留不去，無須誘他入陣，自會前來。因敵人屢次從陣中逃出，今日初鳳已將全陣一齊發動，加緊防備，便是大羅金仙，也難飛入。峨嵋派雖然厲害，不求怎樣有功，但求無過，當不至於有什差錯。」

許飛娘聞言，方在躊躇，三鳳早已氣忿忿地道：「我們適才出戰，島上除了原有一群後輩外，僅添了幾個小孩子，卻連失異寶，還帶傷人，殺得大敗。如非許道友看出峨嵋派來了一個前輩名手，急速用遁光攜帶我同了受傷的冬妹一齊敗回，說不定還要吃什麼大虧。待一會李道友敗回，又說並未看見什麼大人。只因敵人防備甚嚴，恐遭暗算，沒敢近前窺探，虛實難辨。

「我因二位道友名滿天下，尚且如此，冬妹又是受傷新癒，驚弓之鳥，也不敢冒昧出去，只好聽許道友之言，在此耐心等候敵人自己入陣，以逸待勞。誰知過了許多時辰，沒見敵人一點動靜。我剛猜敵人那些小業障是等救兵，目前或者並無能手到來，要請許道友發號施令，冒著大險出去探看真假，省得為幾個小孩所欺，你就來了。」

許飛娘平時雖是深沉陰險，善於忍辱負重，聽了三鳳這等言語奚落，也難忍受。正待還言，猛一動念，暗忖：「賤婢不知輕重，不識抬舉，不屑與她計較。何不如此如此，勝了固是高興，敗了也是有益。」

想到這裡，不但臉上未帶出絲毫怒容，反故作沒有聽出道：「既是大公主相招，仙陣全體發動，萬無一失。敵人不退，終須進犯，早晚是網中之魚，也不忙在一時。三公主失卻異寶，皆是貧道防衛不周所致。荒山尚藏有幾件法寶，得自崆峒山廣成子修道的洞府以內，俱是萬年前黃帝成道以前所煉，尚屬不惡。待等此番戰敗敵人，貧道回山，取出兩件來奉贈，以酬重勞，聊贖前愆如何？」

飛娘所說崆峒寶物，前曾向三女提過，三鳳早已歆羨。知她性情極為貪鄙，故為此言。原意是：勝了，自己借用人力，報仇洩忿，送她一件法寶，不但締交更深，三次峨嵋更多一個後援；敗了，紫雲宮必然瓦解，三鳳就是老了臉皮索要，自己已經明言在先，有勝了才給的話，尚可反悔。何況自己還打著混水撈魚的主意，那時同三女已成仇敵，更談不到再踐前言了。

三鳳心貪喜得，哪知飛娘深心詐術，聞言不特變忿為喜，轉覺自己適才不該出言尖酸過甚，藉著稱謝，又和飛娘慇勤起來。除慧珠外，飛娘斷定來人不是對頭，也是她的門下，不到萬不得已，不便再行出去。三鳳雖然言語譏刺，恨敵切齒，可是連失異寶，受了挫折，又見飛娘那般怯陣，知道敵人不是易與，怒氣一消，漸漸起了退志。冬秀惟三鳳之馬首是瞻，又在陣前嘗過厲害，更無話說。當下略一商量，俱主三女壽辰在即，莫要辜負了盛會，莫如暫時回宮，等壽辰過後，再作計較。

就中桃花仙尼李玉玉性本淫凶，又復驕暴，在逃回甬道時，見三鳳對人禮貌詞色，都不似未出戰以前，已是不快。及至後來，慧珠來請眾人回宮，三鳳所說的話句句挖苦，不由勃然大怒。如在別處，早向三鳳質問，翻臉成仇。只因知道神沙甬道陣法厲害，恐吃眼前虧，勉強忍住。就這樣，還是在旁冷笑，不發一言。

等三鳳、飛娘把話說完，諸人要走，才行開口說道：「貧尼道行淺薄，適才寸功未立，實在無顏回去。如憑現成陣地取勝，難免敵人訕笑。諸位道友且請回宮，貧尼願單人出陣，二次會戰峨嵋群小。勝了自然擒敵獻壽，以博諸位道友一笑；如再失敗，從此不復相見了。」

許飛娘深知李玉玉的性情本領，聽出言中之意，是不滿三鳳。知她此番出去，必用煉就多年從未用過的桃花七煞銷魂網，與敵人決一死戰，以便擒了心上人回山取樂。她如勝了，去掉幾個峨嵋門下的心愛弟子，正合自己心意；如果失敗，既用此網，必難活命，正可藉此蠱惑她避禍三劫，隱遁多年不聞外事的父兄北海鐵犁山無底洞的金風老人與散花道長，出山為她報仇，豈不是好？恐眾人攔勸，忙即答道：「道友此舉甚好，我等在宮中靜候佳音便了。」

三鳳早看出李玉玉詞色不善，心想：「我倒要看看你一人有什本領。」便冷笑答道：「原來李道友適才出戰，竟為我們所誤，未展所長。此番出戰，為我們報仇雪恨，成功如願，無疑的了。」

李王玉聽她話中帶刺，恨在心裡，不再多說，勉強道一聲「再行相見」，連頭也不回，逕駕遁光，往甬道外飛去。三鳳又故意高聲喊道：「李道友且慢行一步，陣門還未開放，你不比許道友，已知出入之法，恐怕出不去呢。」

李玉玉聞言，知她存心奚落，意在留難，越發忿怒。只是話已說出，勢成騎虎，如果回身等她緩緩開放陣門，再行出去，更覺示弱服低，臉上無光。氣得把滿口銀牙一錯，正打算拚著冒險硬衝出去時，慧珠早看出二人齟齬神氣，平時雖鄙李玉玉為人，畢竟來者為客，三鳳行為太不合理，不等三鳳把話說完，早作準備，一言不發，手掐魔訣，暗將陣門開放。等到三鳳見李玉玉聞聲不理，大有反友為敵狀，想將陣勢發動，用陣之一層門戶的沙障，給她嘗點厲害，將她困倒，挖苦幾句，再行放走時，李玉玉何等機警，已乘機衝出險地，將身隱住。

三鳳一見李玉玉飛出陣去，知是慧珠所為，便埋怨道：「這淫尼因迷戀峨嵋餘孽，沒有到手，卻向我們口出狂言。看她走時神色，分明日後要和我們作對。我正想發動陣法，教訓她一番，儆戒她的下次，你卻放她逃出陣去則甚？」慧珠還未答言，李玉玉早在陣外現出身形，破口大罵道：「無恥賤婢！遇見幾個峨嵋後輩，便不敢明張旗鼓與人相見，只知倚仗些須妖法，用魔陣邪術暗算，背後出口傷人，有什光彩？你仙姑此時有事在身，等我除了峨嵋群小，再來掃蕩魔窟，叫你知道我的厲害。」

三鳳聞言大怒，一面封閉陣勢，想將李玉玉困住，一面便要追去。無奈李玉玉也非弱者，頭層沙陣既被衝出，難關已過，又加善於隱形，遁光迅速，未容三鳳施為，一片桃花色的煙光過處，只聽李玉玉一聲冷笑，形影不見。三鳳還要追趕時，笑聲漸遠，人已飛出甬道之外。同時初鳳又派人前來催請，說宮中有了變故，請飛娘等人不論如何急速回宮，有要事相商。三鳳知道李玉玉隱遁迅速，陣中未將她困住，追出也是無用，氣得千淫尼萬淫尼地痛罵不絕。除金鬚奴外，慧珠夙根比較未曾全昧，連日因見三女不聽良言，與峨嵋作對，常常憂慮。一聽宮中有事，便吃了一驚，忙將陣門封閉，交與蓉波防守，催著眾人回轉。

李玉玉原是許飛娘約來的助手，在先三鳳與她口角暗鬥，已使飛娘有些難堪。三鳳索性想用陣法留難，沒有做到，又是一場彼此痛罵，絲毫不留餘地，起因又完全曲在三鳳，怎不教飛娘恨怒。在三鳳以為，飛娘出戰沒有得手，反累自己壞了法寶，枉負盛名，並無實力。她卻不知飛娘近年來處心積慮，勤苦修煉之餘，不但道行劍術大進，所煉幾件旁門中的至寶，更有驚人妙用。適才出陣，一則輕雲、英瓊、金蟬、石生和易氏姑侄幾人所用法寶飛劍俱都仙傳，非同常品；二則飛娘為要應付三次峨嵋浩劫，不肯將所煉奇珍異寶輕於使用，使敵人得知，有了準備。以為三鳳、冬秀法寶飛劍俱都不弱，即使不然，單憑自己劍術法力，對待這幾個峨嵋後輩，也不難獲勝，未免托大了些。再加一出陣，先只遇見易氏兄弟兩個能力較低的敵人，休說施展全力，連自己都覺勝之不武，不屑交手。不料想輕雲、英瓊等救兵來得那般快法，方一照面不久，冬秀先受了重傷。

飛娘正忙著救護冬秀，三鳳法寶又為敵人破去，使她措手不及。等她抱起冬秀，趕去救援三鳳時，更沒料到南海雙童又是來得那般快法，一到，神雷金光，便捷如閃電，自天直下。飛娘吃過瑛姆幾次大虧，看出來路，哪敢停留，連來人身影俱未看清，立時遁走，怎還談得到施為。般般湊巧，碰在一起，把飛娘鬧了個虎頭蛇尾。

三鳳如非輕視飛娘，又貪著她那崆峒至寶，結局固不至於那般慘法。同時如非激走李玉玉，南海雙童等第一次偷入紫雲宮，到了緊要關頭，便要妄用妙一真人法寶，二次入宮，怎會那般容易?固然三鳳命該如此，大半也是倒行逆施，孽由自作。當三鳳和李玉玉門口時，南海雙童同了金蟬、石生竟在慧珠陣門開放之際，乘虛隱身而入。休說三鳳、冬秀、慧珠三人不曾看見，連飛娘那樣機警的人，也為陣法一收一放，光霞瀲灩所亂，又在忿怒頭上，當時通沒絲毫覺察。一任南海雙童等憑著法寶隱護，如入無人之境，尾隨在三鳳身後，通行無阻，直往宮中飛去。

話說李玉玉罵了三鳳幾句，帶著滿腔盛氣，出了甬道，隱身往亭外一看，敵人大半仍都聚集在一塊石坪之上，互相指點煙嵐，談笑風生，如無其事一般。知道敵人絕非畏懼甬道中神沙陣法，不是等候援兵，便是待時而動。因為看出敵人聚集之處雖然無何異狀，卻是殺氣隱隱，內中一個矮小少女，老是注目亭內，神色舉動，尤為可疑。

先前在海上，為神雷震散妖法，逃回甬道時，敵人已有防備，正待施為，這半日工夫，必更設置周密。自己仗著煉就神目，僅能看出一點破綻，卻不知陣法，明知近前無幸。一則就此回山，必為紫雲三女所笑，心不甘服，二則敵人除後來二道童不見外，就中幾個幼童，生就仙根仙骨，神采奕奕，丰姿夷沖，真是一個勝似一個，不消說都是歷劫多世的童男。尤其是先前交手的金蟬，俊美絕倫，此時已不知何往，料是埋伏在側。回憶適才，越想越愛，哪裡捨得丟下。

呆看了一會，一時色令智昏，心想：「敵人防衛嚴緊，眾寡相懸，自己既不便上前涉險，只有和先前一樣，將他們先引出防地，金蟬必要出現。那時再用桃花七煞銷魂網，將心上人困倒，攝回山去享用。此外更無別法。」想到這裡，便即現身出去。

那李玉玉看出神色有異的少女，正是女神嬰易靜。因為先前在暗礁之上設伏誘敵，不但沒有成功，還幾乎使自己人吃了大虧。自從南海雙童來到，用仙府神雷驚走敵人之後，輕雲主張既和敵人正式交手，又有許飛娘在內中策動，眾人無論在哪裡聚集，俱是一樣。暗礁地勢雖好，但是相隔遙遠，呼應不靈。不如就在亭外相機應付，以待時至。又因敵人善於隱身，仍請易靜施展仙法，暗中埋伏，以作準備。那南海雙童，從未學會道法時，便立志要手刃親仇。這次藉口妙一真人之命，要到三女生日之時，才行領眾入宮。早就想弟兄二人先往宮中查看一回虛實，能得手便將仇人刺死一兩個。恐眾人跟去不便，知道輕雲入門較久，隱然為諸人表率，便向她請命一往。

輕雲知他們志切親仇，頗為嘉許，只囑咐小心行事，不可大意。金蟬、石生本來等得不甚耐煩，尤其石生關心乃母，恨不得早早救出才能放心，更是執意非去不可，輕雲攔他不住。易鼎、易震也要偕往，被易靜止住。

南海雙童同了金蟬、石生去後，易靜因適才所見妖尼善於隱遁，行蹤飄忽，早晚必有詭計。恐她隱身來犯，除用乃父所傳先天易數奇門禁法將眾人存身所在四下埋伏，等敵人入阱外，一面運用神目，注視著延光亭內動靜，以防萬一。

易靜這一雙神目，雖不能像金蟬慧眼透視雲霧，洞燭幽冥，因為道法較深，經歷宏廣的緣故，若論矚機察微，防患於萌，卻是要強得多。一見四人方入亭內，那甬道口外忽然閃過一片五色煙光，還疑是敵人存心將陣門開放。後又見四人入甬道時，倏地將身形隱去，又不似遇敵之狀。正在猜疑，不消半盞茶時，甬道口中隱隱飛射出一片極微薄的桃花煙光，頗與妖尼在海上逃走時所見相類。以易靜的目力，那般留神觀察，僅略看出一絲痕跡。其餘諸人，竟是毫無所見。易靜斷定是桃花妖尼要來作怪，暗中與眾人打了一個招呼，各自小心，加緊防備，決計不使妖尼再行漏網。剛在準備，李玉玉已現身出來，飛至亭外，且不近前，指名要金蟬上前相會。易靜見妖尼停步不進，猜她看破埋伏，也甚驚異。

正要出戰，英瓊生性嫉惡如仇，早聞妖尼淫賤凶頑，哪還見得這輕狂模樣，口中說得一聲：「易道友和周師姊只防備空中，斷她歸路，待小妹前去除她。」說時，一指劍，早連人飛上前去，更不答話，一道紫光，直取李玉玉。李玉玉看出這道劍光不比尋常，不禁大吃一驚。

暗忖：「日前聽飛娘說起峨嵋門下有兩個女子，一名英瓊，一名周輕雲，各有一口寶劍，一名紫郢，一名青索，乃玄門奇珍，仙家至寶。如是合璧連用，同時施為，無論哪一派的有名飛劍，均非其敵。此女所用紫光，比起先前金蟬的一道紫光，要勝強得多，必是那口紫郢劍無疑。勁敵當前，稍一不慎，便吃大虧，進退都須神速才好。」

一面想，不敢輕用自己的劍，早把九九八十一口桃花飛刀放起空中。明知自己飛刀雖多，決不能把敵人飛劍損傷分毫，只不過將敵人劍光敵住，相鬥片時，等將心上人引出，好施展那桃花七煞銷魂網，也不再有貪多之想，一得手便即逃回山去。異日約了師門能者或約異派的能人，再來紫雲宮尋找三鳳，以洗今日之辱。

她只管打著如意算盤，對面李英瓊見敵人一照面，便飛起百十道粉紅色的光華，知道敵人還有別的妖法，不敢輕視，喊一聲：「來得好！」一縱遁光，身劍合一，那道紫虹立時光華大盛，直往粉紅叢中穿去。後面輕雲與易靜姑侄相次上前助戰。李王玉的桃花飛刀本就有些邪不勝正，不是紫郢劍之敵，哪裡還經得起五人一齊上前夾攻，不禁有些著忙。再一看敵人只出來五個，金蟬與一個生得和玉娃娃相似的道童，卻始終不見露面。知道再耗下去情勢愈險，就此丟手心又不甘。

正在遲疑，一眼看到易鼎，雖不似金蟬根骨資稟深厚，卻也生得長身玉立，丰神挺秀。暗忖：「起初一心只注在金蟬身上，沒有細看，這少年卻也有點意思。」便起了慰情聊勝於無之念。一面指揮空中飛刀與敵人混戰，暗中早將七煞銷魂網取出，手掐靈訣，口誦邪咒，正待隱身施為。

易靜因乃父再三囑咐，不可放走妖尼，以留後患，又因她善於隱形遁身，甫有覺察，還未動手，早將七寶中的六陽神火鑒取將出來，暗中準備應用。同時，輕雲見妖尼飛刀活躍，變化無窮，雖然看出光華漸減，妖尼有些手忙腳亂，想要大獲全勝，還得些時。算計破宮時辰相隔漸近，如能早將妖尼除去，豈不要從容些？便歇了收取敵人法寶之想，也將遁光縱起，將那道青虹，去與英瓊的紫郢劍連在一起。

周、李二人雙劍方才合璧，李玉玉見飛刀光華銳減，益發不敢遲延。一面覷準眾人，將桃花七煞銷魂網放出，一面又忙著收那九九八十一口桃花飛刀時，那青紫二色會合的一道光華，早似經天長虹一般，伸長開來，倏地龍飛電掣閃了兩閃，立時將那百十道桃花刀光一齊捲住。這時陣上諸人，除易靜見雙劍合璧，便將自己劍光收轉，手持寶鑒，專防妖尼逃走和行使妖法外，那易鼎、易震早從旁看出便宜，手指處，各人的劍光法寶，早分頭朝著李玉玉飛去。

那李玉玉的桃花七煞銷魂網業已飛將出去，一收飛刀，被敵人劍光捲住，沒有收回，已是心驚。再見對陣那少年和一丑童又將法寶劍光迎頭飛來，不及抵禦。情知自己辛苦多年煉就的飛刀必難保住，危機瞬息，如不及早忍痛割愛，難免受傷。好在只要寶網成功，敵人所用件件都是異寶，休說全數成擒，但能攝走一兩個，也不患得不償失。當下把滿口銀牙一錯，棄了飛刀不要，一片桃色淡煙散處，蹤跡不見。

那易靜見妖尼正鬥之間，忽然手揚處，飛起千萬道其細如絲的七彩光華，交織成蛛網一般飛射空中，轉眼瀰漫全島，和天幕相似，眼看罩將下來。只以為她又使故智，想要逃走。暗喜自己所用法寶剛巧合適，便將一口真氣噴向六陽神火鑒上，朝著空中照去。那寶鑒為易靜所煉七寶之一，乃西方太乙真金煉成，形如一塊方銅鏡，能發六陽真火，專破魔法妖術。鑒光所照之處，任何妖人俱難潛形匿影。原為對付鳩盤婆之用，誰知卻成了李玉玉的剋星。鑒上一團其紅如火的光華剛照向空中，立時便有六個火球飛起，互相才一擊撞，便化成一團火雲，萬丈烈焰，朝那萬千縷七色彩絲射去，轉眼之間，便燃燒起來。那李玉王剛待將身子隱去，再行暗中施為，忽見敵人持一面寶鑒照向空中，放出火焰，還以為自己這法寶乃凝聚天地間極毒極污之氣煉成，有形無質，隱現隨心，無論仙凡和敵人的法寶飛劍，只一被這網兒罩住，自己再化身入內，略一施展妖法，便可取捨如意。雖知紫郢、青索雙劍不怕邪污，未必能將敵人全部困住，沒有作全勝之想，卻也未放在心上。卻沒料到易靜寶鑒的火與尋常道家所煉三味真火不同，專破她這一類法寶。

說時遲，那時快，就在李玉玉尋思隱形之際，那一片火雲已經布散，將空中千萬縷七色彩絲全數托住，燃燒起來。李玉玉見自己七煞鎖魂網不但沒將敵人的烈火滅去，反被它將自己苦煉多年、存亡與俱的至寶燃燒，一時情急，忘了利害，竟然縱身飛昇空中。正打算先將七煞鎖魂網收了回去，另用別的妖法一拚時，那九九八十一口飛刀已被英瓊、輕雲的青、紫二劍絞成粉碎，粉紅色的殘光灑佈滿天，亂落如雨。

英瓊、輕雲破了飛刀，回顧易靜，手持寶鑒，發出烈火，正向空中七色彩煙照去。再看妖尼，不知去向。易鼎、易震正駕劍光上升，卻被易靜大聲喝住，知道那片煙光之中，必有妖尼在內。二人更不尋思，同馭劍光破空便起，直往火雲煙光之中衝去。李玉玉見飛刀全失，好不心痛。一收七煞鎖魂網，竟被下面火雲吸住，收不轉來。只管咬牙切齒，不捨就走。倏地從下面火雲中，又衝起一團斗大的紅光，已照到自己身上。知道不妙，想躲已是不及，隱身妖氛先被破去，現出形體。正在張皇不決，那輕雲、英瓊二人已衝破千層彩絲追來，見李王玉還在空中弄鬼，哪裡容得，驚虹電掣般飛上前去。李玉玉萬想不到隱形法會被破去，敵人劍光來得如此快法，不由嚇了個亡魂皆冒，當時逃命要緊，一切不暇再顧，駕遁光破空便起。任是抽身得快，那道如虹似的劍光，已從她下半部繞來。李玉玉「哎呀」一聲，身雖僥倖逃出，那一雙平時用來迷人，欺霜賽雪，粉緻精圓的白足，已齊足踝被劍光斬斷。總算是起先易靜動手稍快，否則如等李玉玉隱入桃花七煞網中，化身施為，再行發動，便是那上半截殘軀，也難保全。等到輕雲、英瓊二人飛劍去迫，易氏弟兄也相次趕到時，妖尼已借血光遁去。

且不說李玉玉負傷逃走，中途遇見朱梅，仍遭慘死。且說南海雙童甄艮、甄兌志切親仇，同了金蟬、石生冒險入宮，先準備隔著上面甬道，從地下穿行而入。好在身旁帶著幾道應用靈符，又有彌塵幡、天遁鏡等至寶，即使遇見險阻，也不妨事。便傳了金、石二人潛光蔽影之法同進。剛一行近神沙甬道口外，忽見裡面光華亂閃處，陣門開放。甄艮、甄兌恐敵人出來，心中一動，忙拉了眾人一下，逕自隱身，乘虛而入。身剛到達頭層沙障外面，便見光華斂處，桃花仙尼李玉玉帶著滿面怒容，飛身出來。

金蟬恨妖尼入骨，如非關著大局和甄氏弟兄攔阻，當時就要動手。四人乘著陣門開放之際，到了裡面，一眼望見許飛娘、三鳳、冬秀等人，旁邊還侍立著石生的母親陸蓉波。

這第一層陣法，金蟬曾經兩次涉險，知道憑著一幡一鏡，盡可闖出。休說金蟬躍躍欲試，便連南海雙童也幾乎想要乘機暗施辣手，先將三鳳、冬秀二人刺死，才稱心意。只因大敵當前，身雖隱住，不能出聲說話，僅能以手示意，此行所關甚大，事先不商量一致，不便為首發難。再者金蟬先雖有些動心，後來一想：「飛娘厲害，不比妖尼，此行甄氏弟兄並未施展掌教真人所賜靈符，用的乃是旁門隱身之法，能混入陣來，已是僥倖。再從暗中下手，倘如還沒進身，便被窺破，縱不至於失陷陣內，畢竟勞而無功，反不如深入宮中，查看明了虛實，以待時相機下手，方為上策。」

念頭一轉，反轉來攔阻雙童。方在委決不下，李玉玉已在沙障外面破口大罵起來。三鳳發怒要追，人已隱遁。接著便是初鳳二次命人催請。

金蟬和甄氏弟兄見飛娘等往宮中退回，始終沒有覺察防備，經行之處，毫無變化，心中大喜，忙即追去。只石生一人見乃母獨留，早就想現形相見，無論如何，不肯偕往。金蟬連拉幾次不聽，眼看飛娘等飛行較遠，不能再延，只得捨了石生，同甄氏弟兄向前面敵人追去，兩下相隔約有十丈遠近。

事也真巧，四人先進來時，正值陣法一收一放之際，全甬道光華散亂，以飛娘那等目力與道行經驗，竟被瞞過。回宮時節，三鳳只將甬道路程用魔法縮短，氣忿頭上，一時大意，並未發動陣勢。四人又早得楊鯉指示，照準甬道中心，四面凌空飛行，所以只見前面甬道比電還疾，從足底身旁飛過，也不知見了多少陣中設置的奇禽怪獸，靈境珍物，頃刻之間，已離宮不遠。快出甬道之時，三鳳才想起全陣門戶洞開，連忙施為時，三人已相繼隨了出來。定睛往四外一看，到處都是金庭玉柱，瓊宇瑤階，火樹銀花，珠宮貝闕。那甬道出口處，乃是紫雲宮後苑的中心。一出甬道，便是一條寬有數十丈的白玉長路。路旁森列著兩行碧樹，每株大有十圍，高達百丈，朱果翠葉，鬱鬱森森。時有玄鶴丹羽，朱雀金鶯，上下飛鳴，往來翔止。

陣陣清風過處，枝葉隨風輕搖，發出一片琤縱鳴玉之聲。與這許多仙禽的鳴聲相和，如聞細樂清音，笙簧迭奏，娛耳非常。玉路碧樹外，是一片數十百頃大小的林苑。地上儘是細沙，五色紛耀，光彩離離。數十座小山星羅棋布，散置其間。也不知是人工砌就，還是天然生成，俱都是巖谷幽秀，洞穴玲瓏。有的堆霞凝紫，古意蒼茫；有的橫黛籠煙，山容浩渺。山角巖隙，不是芝蘭叢生，因風飄拂；便是香草薜荔，苔痕繡合。再細看滿地上的瑤草琪葩，靈芝仙藥，競彩爭妍，燦若雲錦。越顯得瑰奇富麗，仙景非常，氣象萬千，目難窮盡，三人身在龍潭虎穴之中，危機瞬息，正事要緊，哪有心情細看，略一經眼，便朝前面敵人跟蹤追去。

那條玉路，從甬道出口處計算，長有三里，形如卍字。每頭都有一座宮殿，共分四路八殿，暗合八卦。往初鳳行法的黃精殿，還須兩個轉折。南海雙童等三人在未到達以前，便見前面路轉盡頭處，有一座高大宮殿，通體宛如黃金蓋成，精光四射，莊偉輝煌。殿前有數十畝大小的白玉平台，當中設著一座極高大的丹爐，旁邊圍著八座小丹爐，乃是昔日紫雲三女煉那五色毒沙之物，如今移在殿前，當作陳設。三人正行之間，見前面許飛娘等一入轉角，忽然落下遁光。不敢急進，便緩了勢子，尾隨前行。這時路上所見宮中執事的人漸多，只沒見楊鯉和龍力子兩個。仗有法術隱身，俱未把敵人放在心上。

眼看許飛娘等已到殿前，步級而上，殿中也有人迎了出來。正要跟蹤過去，甄艮猛覺目光一閃。抬頭一看，那殿前平台當中一座大丹爐，不知何時添了一面五丈許方圓的大鏡子，寒芒遠射，宛如一個冰輪懸在那裡，只是光華明滅不定。光滅時，晦若無物，連鏡子的暗影都幾非尋常目力所及；放光時，雖只一瞬，卻是遠近數十步外的人物，纖微可見，三人前進之狀，完全映現。

暗忖：「自己原是隱了身形前進，怎會照了出來？敵人此鏡，異常厲害，決非無因而設。」再往鏡中一看，果然站著一個與三鳳裝束相似，雲裳霞披的少女，手中掐訣，對鏡凝視。暗道一聲：「不好！」

拉了金蟬，用地行神法，便往地下遁走。同時金蟬、甄兒也都看見那面怪鏡，因為甄艮心思最細，志更堅忍，恐金蟬、甄兒二人不知輕重，來時早就囑咐停妥，一切依他行事，故此三人差不多是一個動作。

那初鳳自從峨嵋來人，兩次入宮，雖被神沙甬道阻住，未得長驅直入，但是敵人未損分毫，自己這面卻連失重寶，陣法又被敵人破了好幾處，本就有些著慌。這日飛娘等到來，南海雙童已歸峨嵋，更是心病。想了想，把心一橫，一不作，二不休，豁出自己多耗一點精血，一面命人在黃精殿中大擺壽宴，慶賀生辰；一面將天書副冊最後一頁所載的血光返照太陰神鏡之法施展出來。這鏡並非法寶，乃是一種極狠毒的魔法，最耗行法人的真血元精，不到危急，不敢妄用。

紫雲三女，初鳳道行法力最高，雖然早就煉成，從未用過一次。這次也是因為敵人來勢太凶，關係全宮存亡，逼而出此。卻不想這種狠毒的魔法，最干天忌，非同小可。當時未暇計及利害輕重，等到身敗名裂，已無及了。

那神沙甬道全陣的總圖，原在內陣之中。初鳳入魔已深，存心在人前炫耀，便請飛娘同來的幾個異派中妖人同入內殿，先看了看總圖，並無動靜。然後對眾說道：「許、李二位道友同了三妹、冬妹出去探敵這些時，看圖中動靜，勝負難知。我想許、李二位道友法力高強，久出不歸，敵人必定厲害，少不得還要誘敵入陣。我這總圖，雖可指揮操縱全甬道的陣勢，但只能窺見敵人現在哪一層陣上，敵人面目能力，尚不能知。現在我將這血光返照太陰神鏡之法施展出來，便能洞燭隱微。敵人不入陣則已，只要一入陣，便似盆水寸魚，一舉一動，全在我等眼中了。」

說罷，雙膝盤坐，屏氣凝神，默用玄功，將本身真元聚在左手中指尖上，咬破舌尖，一口鮮血，噴了出來；同時左手掐訣，將中指往外一彈。那一口鮮血聚而不散，漸漸長大，化成一片青光，形如滿月，懸在空中。初鳳又施展魔法，將訣一收，立時光輝斂去，成了一團和古鏡相似的暗影。然後對眾說道：「我這太陰神法頗耗真氣，不宜常用。等總圖中現了敵人動靜，諸位再看便了。」

正說之間，總圖中忽然起了一片煙霧。初鳳忙掐靈訣，一口真氣噴將出去，朝著那團暗影把手一揚，並無敵人入陣。只見飛娘等三人回了甬道，看去頗現狼狽。李玉玉不知何往，冬秀還有受傷模樣。初鳳猛一動念，忙收了鏡法，請慧珠用縮沙行地之法，急速前往，將飛娘、三鳳等三人請回。除各陣地上原有防守的人而外，頭層陣門上，只須派一個能力較高且可靠的人足矣。慧珠領了機宜自去，她近日極喜陸蓉波，便將蓉波帶了同往。

慧珠、蓉波去後，隔了一會，總圖上忽然煙霧大作。初鳳本疑是有人入陣，施展鏡法一看，卻是三鳳和李玉玉爭辯，李玉玉正往外走。猜是三鳳開釁，恐生事端，二次又命人催請速歸。這時恰值南海雙童同了金蟬、石生混入陣來，按說陣中原有反應。一則初鳳見自己人似乎起了內訌，心中驚疑；二則又當慧珠、三鳳將陣法一收一放之際，煙光繚亂，飛娘、三鳳等人動作還可辨出，南海雙童等四人身形業已隱過。

魔鏡固是神秘，畢竟甬道相隔千里，總圖包括全陣樞機，看上去人同蟻大，略一疏忽，便被瞞過。那血光返照太陰神鏡耗損真元，不宜多用。後來見飛娘、三鳳、冬秀三人已隨了去人同返，總圖中無有朕兆，便將鏡法停止。她卻沒料到三鳳、慧珠歸途忙亂中，先將陣法收起，沒有發動。初鳳偏又一心專注那魔鏡，以致鑄成大錯。及至三鳳快要走出甬道，想起發動時，初鳳忽見總圖上似有絲毫動靜，那地方已抵出口，乃全甬道的盡頭，如係自家人行動，何致有此現象？情知有異，忙又施展鏡法。果見有三條極淡的人影，在甬道出口之處閃了一下，那人影竟淡到尋常目光所難及的地步。千里神沙，如入無人之境，僅在出口之際，略現一絲痕跡。如非鏡光所照甚真，敵人業已身入戶庭，還未覺察。自己費盡心血所煉的神沙魔陣，要它何用？

這一驚真是非同小可，哪裡還敢絲毫怠慢，忙和眾人道：「現在三個敵人不知用什法術，竟能隱著身形，安然穿行甬道，深入宮中，必非弱者。他們欺人太甚，事到如今，說不得拚個強存弱亡。這裡有兩個無形魔障，乃海底萬年朱鱉之絲煉成，與這太陰神鏡相輔而行。無論來人有多厲害神妙的隱身法術，鏡光一照，自現真形。等他們一到，鏡光所照三百步內外，便將此障往空中一拋，再經我法術施為，此障立時化成千萬縷無影無形的柔絲。敵人只要被纏住，周身骨軟如棉，神志昏迷，休想走脫。請一位道友與舍妹夫各持此障，躲在殿前平台兩角，我這鏡上一現火花，立時如法施為，自有妙用。」

說罷，那被許飛娘約同前來的幾個妖人俱都各說：「願效微勞。」

初鳳說道：「四手天尊江濤道行最高。」便將障交與了他。因為敵人已入腹地，初鳳不敢遲延，除江濤外，餘人連兩句客套話都未顧得說，急匆匆口誦魔咒，暗運真氣，將手一指，那團暗影便隨著指揮往殿外飛了出去，到了平台，懸在空中，停住不動。初鳳接著行起法來。

這時鏡中敵人已出了甬道，隨定飛娘、三鳳諸人身後，隱形遁進。初鳳暗忖：「三鳳等粗心不說，許飛娘多年盛名之下，何等機智，怎會從陣中引來三個敵人，通沒絲毫覺察？敵人本領，定非尋常，既不能一舉成擒，被他逃走，陣中虛實，大概已為所得。為除隱患，莫如等他本人飛上平台，再行動手，方可不致漏網。事在緊迫，就是多耗損一點真元，也說不得了。」

一面尋思，不時把鏡法展動。不多一會，鏡中敵人已到卍字亭路轉角，影子越來越真，漸漸眉髮畢現。來人又是三個幼童，除金蟬前日在甬道中見過外，那兩個竟和當年侵犯紫雲宮的妖童甄海生得一模一樣，如飛娘日前所說，果是不虛。想起昔日地闕金章最末一面，明示異日休咎結局，曾載有「雙童報仇，最應當心」之言，未免有些心驚。回顧金鬚奴，隱身平台一角，滿臉憂色。當初如果信他的話，將水獻出，何致鬧得這等僵法？事已至此，悔也無用，除了竭盡所能，拚個死活而外，更無善策。想了想，估量敵人將到，又是一口真氣噴向鏡上一看，數人緊隨飛娘等身後，已到殿前。

當時驚忿交集，一面雙目注定神鏡，暗中默運玄功。準備放過飛娘等幾個自己人，等敵人一上平台，台上原設有五方五行天魔銅形遁法，再一施展那兩面無形魔障，便無殊上有天羅，下有地網，敵人任是精通什麼玄妙的遁法，不論上天入地，俱都休想脫身。

初鳳雖然如此著想，但是那太陰神鏡懸在殿外，不比殿內，運用起來，那一片皎如明月的寒光，休說金蟬、雙童等的慧眼，便是尋常人，也一望而見。起初初鳳也想到這一層，用禁法將光蔽住，又有絕大的煉沙爐鼎相隔，外人不能看見。這時一見飛娘等上了平台，敵人眼看接踵而至，百忙中，一面要從鏡中觀察敵人動作，一面又要施展那無形魔障，心神一分，不及施展禁光閉影之法，早被金蟬等三人看破機密。等到初鳳看出敵人要逃，將手一揚，鏡上冒起火花，金鬚奴與四手天尊江濤將兩面無形魔障放起時，敵人業已同時遁走，一個也未擒住。

這紫雲宮中的地面，雖不似平台之上埋伏密佈，並非尋常沙石泥土，初鳳萬不料敵人遁走得如此神速，不由大吃一驚，呆在那裡，做聲不得。

飛娘剛達殿前，已看出了八九分。暗忖：「自己得道多年，竟被幾個小孩子瞞過，跟了一路，都未覺察，豈不慚愧？憑自己法力，破了敵人隱身法，使其現形，原是不難。一則因三鳳適才出語譏誚，令人難堪；二則不知敵人在快出甬道時才被發現。以為初鳳既知敵人私入甬道，並欲在事前發動陣勢，或者志在誘敵深入，別有用意。自己此時返身擒敵，裝著早知敵人跟來，故意引他入宮，再行下手，固然可以遮蓋失察之羞。但是峨嵋這些小輩，大都青出於藍，敢於深入虎穴，必有所恃。使其現身容易，萬一擒他不住，宮中諸人本就有多半怯敵，必說自己引賊升堂，反而不美。再者以前明知紫雲三女非峨嵋之敵，不過略增自己聲勢，與峨嵋多樹幾個強敵，能勝固好，不能勝，多少也總可剪卻敵人幾個羽翼。」

及見敵人主要人物一個未來，就憑幾個後輩門人，已把神沙甬道攪了個河翻水亂，結局定無倖理，本就想另打主意。再經三鳳隨便出口傷人，又將李玉玉氣走，許多令人難堪，更是羞惱成怒，有了嫌隙。便當時敷衍不去，全是為了垂涎宮中所藏各種異寶，並未存有好心。

這時宮中發現敵人蹤跡，正好冷眼旁觀，相機而動，看看三女的本領。反正敵人通行甬道時，三鳳、慧珠等俱是主持全陣之人，千里神沙，被人隨便通過，尚且不知，外人不明陣中奧妙，怎能見笑？越想越以不動手為是，始終一言不發。直到敵人業已逃遁，才隨眾人紛紛與初鳳相見。

初鳳因自己認為千里鐵壁神沙甬道尚且阻敵不住，也不好意思再怪外人，只把三鳳、慧珠、冬秀三人暗中埋怨了幾句。隨即將足一頓，一聳兩道秀眉，隨即收了法寶，率眾入殿。這一來，眾人十分掃興，原以為初鳳必要忙著搜敵，誰知卻如無事人一般，好生不解。只有金鬚奴和慧珠看出她滿臉戾氣，必要逆天行法，知她素來外和內剛，只要動了真怒，誰也拗不轉，空自憂灼，又不敢勸。

果然初鳳請眾人落座以後，便發話道：「我們在海底隱居修煉，與他風馬牛各不相干。那天一真水乃本宮至寶，借不借由我。他先命門人前來強取，第一次不等回話，傷我神獸龍鮫；第二次大鬧神沙陣，又壞了三舍妹的璇光尺。我仍不願與他結仇，只將甬道封鎖，不肯出戰。如今幾個小輩，竟尋上門來，真是欺人太甚！愚姊妹雖然道行淺薄，也在海中潛修了數百年，自問道行也不弱於他。只因我那幾樁大法有天籙示警，不到迫不得已，不能輕易使用罷了。

「現在敵人乘隙侵入宮中，適才我用無形障擒他，又被漏網。如不再將峨嵋門人除卻幾個，稍殺敵人氣焰，以後各派群仙有什奇珍異寶，俱都予取予求，永無寧日了。三個小業障隱身法已被看破，沒有我們自己人引導，絕出不去，必在宮中逗留。到了子時，便是愚姊妹賤辰。諸位道友遠來盛意，豈能為小輩所擾？

「我算他此來定為盜那天一真水。此水已為三舍妹藏在金庭玉柱之內，本有法術封閉。我再施展七聖迷神之法，三個小輩如不去還可多活些時，否則這黃精殿固是上下埋伏重重，敵人來即入網；便是別處，只一出去，立時被我妙法困住。然後將他擒到殿台之上，凌辱擺佈個夠，再行處死，以博大家一笑何如？」

說罷出位，披散頭上秀髮，口誦召魔真言，就在殿前倒立舞蹈起來。約有半盞茶時，從初鳳身旁，升起紅、黃、藍、白、黑、青、紫七縷輕煙，冉冉往殿外飄去，轉眼分散，由淡而隱。

金鬚奴見初鳳簡直換了一人，竟不畏惹火燒身，連那天書副冊中最惡毒狠辣的七聖迷神之法，都毫無顧忌地施展出來，真是憂急恐懼，不打一處來。本想藉詞出殿，想一善策，釜底抽薪。誰知他只管變顏變色，面帶驚疑，早被初鳳看破。行完法後，便笑對眾人道：「今與峨嵋誓不兩立，我志已決。少時處死敵人，宴散之後，不等敵人尋來，我便去峨嵋凝碧崖，上門問罪。無論是自己人還是諸位道友，未得我言，千萬不可離開此處，靜候我一人施為如何？」

說時，又看了金鬚奴一眼。金鬚奴哪裡還敢開口，只急得暗中跺足。只有三鳳、冬秀興高采烈。許飛娘和一干妖人，更是合心稱意，巴不得有此一舉，俱向初鳳稱佩不置。

初鳳正說之間，忽見東南方飛鯨閣畔，一片黃煙升起，大喜道：「敵人業已被困，只不知可是全數入網。三妹持我靈符，用太昊真訣防身，速將小輩擒來，聽候發落。」

三鳳聞言，接過靈符，帶了兩個隨侍的女仙官，逕往飛鯨閣飛去。

三鳳走後不久，初鳳在殿中遙望，一道金光，像電閃一般掣了兩下，那片黃煙忽然消散。不禁大驚失色，暗道一聲：「不好！」

忙又取了兩道靈符，分給二鳳、慧珠道：「敵人真個奸猾，不知用什法兒逃出羅網。幸而這一關，修道人比較易過，還不妨事。你二人速去相助三妹，我這裡將血光返照太陰神鏡運轉，飛向你二人面前。此鏡不便常用，每放光明，便向空中注視，自能觀察敵人蹤跡。憑我七聖大法，再加上你二人的法寶，兩下夾攻，決不怕敵人能飛上天去。」說時，正南方彩蜃殿，又有一片青煙升起。初鳳指給二人觀看，說道：「敵人現在逃往彩蜃殿被困，可速前去。」

第十二章　雀環飆轉

且說二鳳、慧珠領命剛走，先是東方大熊礁紅煙升起，緊接著正西的蚣憂殿，正北方的圓椒殿，西北方的虹光湖，西南方的珊瑚樹，相繼各色煙光升起。紫雲宮碧樹瓊林，玉宇瑤階，珠宮貝闕，所在皆是，本就雄深美妙，絢麗無窮，再被這各色彩煙籠罩其上，越顯得光華繽紛，蔚為奇景。休說那幾個初來妖人平生未睹，便連那經歷宏富的許飛娘，也都歎為觀止。

眾人目眩神奇，心驚妙術，哪知就裡。其中最難受的，仍是金鬚奴和初鳳。一個知道大亂已開，初鳳入魔益深，自己受恩深重，又想不出挽救之方，只好守定身側，到了萬分急難之時，以身相代而已。一個是滿擬這諸天世界，七聖大法隨心感應，休說三個後進小輩，便是峨嵋諸長老到來，也難破解。

誰知剛將敵人困住，便被走脫。隨著青煙繼起，敵人入網，未見逃出，方在慶幸，忽然間四方八面各色彩煙紛紛全數放起。姑無論成功與否，就說一處困住一人，已有六七個之多。適才只見三人偷入，還說是自己人疏忽，引賊升堂，這其餘諸人從何而至？照這樣，神沙甬道豈不形同虛設？真是越想越煩。初鳳為人原具深心，自從神沙甬道築成以後，所學不正，再一多殺生靈，入魔益深，朝夕籌劃，惟恐禍變之來，因此她把全宮殿都用魔法封鎖埋伏。這座黃精殿位居中央，又是甬道的命脈，總圖所在，指揮操作，全在此地，無形中便成了全宮的樞紐。

明知今日事太扎手，再加上適才新召來了魔中七聖，如果傷了敵人回來，還易打發；否則魔頭無功而歸，便要反攻行法之人。雖然自己能發能收，早有準備。但是這魔頭不比聖神丁甲，乃天地間七種戾煞之因。冥冥中若有魔頭主掌，似虛似無，若存若有，看去並無形質。非具絕大智慧，不能明燭幾微；非具絕大定力，不能摒除身外。一為所動，靈明便失，任其顛倒死滅，與之同歸。

受害的人雖為煙霧籠罩，只外人還略能看出些須形跡，本身卻一無所覺，真個厲害無比。萬一侵害了自己人，豈不冤枉？惟盼三鳳、二鳳、慧珠等三人能將被困的幾個敵人擒來，用魔法禁制訊問，才知對方真相。眼看敵人隨意出入，藩籬盡撤。只剩下宮中一些埋伏，及各人法寶，還有這一兩樁不能輕易行使的魔法。即使暫時獲勝，想和峨嵋前輩數十位名頭高大、道法宏深的劍仙相抗，怎有把握？心中剛一明白，三鳳等尚未擒回敵人，忽見金庭玉柱間光霞上升，彩霧蒸騰，知有敵人前去盜寶，中了埋伏。念頭一轉，不由又勃然大怒，忙命金鬚奴速去查看。

金鬚奴持了護身靈符去後，先是二鳳、慧珠兩人空手回轉。初鳳見她們後去先回，無功而歸，驚問究竟。二人便將奉命往大雄礁、蚣憂殿、虹光湖、珊瑚樹等有各色彩煙升起之處擒敵，遠看煙霧瀰漫，越是近看，越沒一絲痕跡，等到轉身，離得較遠，煙霧又由淡而濃，不解何故；如今四方八面俱已尋到，皆是如此，那發煙之處，並無一物等語，說了一遍。

初鳳剛問可見三妹，三鳳已同了隨去的人狼狽而歸，也是一無所獲，初鳳更是駭異。再一問經過，三鳳說道：「我到了飛鯨閣前，還有半里多地，眼見煙霧中還有三個人影，忽然似一朵金花爆散開來，轉眼即行消滅。那煙霧也越近前越淡，及至到了閣前，連一點痕跡都無有了。如說被敵人破去，怎又不見敵人蹤跡？

「我因此法厲害，大意不得，不敢去了大姊的護身靈符。等到離閣不多遠，不但閣前那片煙霧又由淡而濃，而且四方八面如蚣憂殿、虹光湖、珊瑚樹等處，又連起來六七片各樣顏色的煙霧。心想此法不將敵人困住，不會露出痕跡，疑心敵人大舉進犯。恃有靈符護身，挨次巡視，俱是遠觀彩煙瀰漫，近視杳無蹤影。只末一處，行經蚣憂殿，似聞煙中人語，彷彿說我們『迷途罔返，大限將臨。你父母之仇，早晚得報，毋須急在頃刻』。接著便見一個很眼熟的矮子背影，一晃不見。那煙霧也和別處一樣，四處留神搜查，別無跡兆。大姊看是如何？」

初鳳此時魔法已為高人破去，害人不成，反害自己，正是魔頭高照之際。聞言雖覺三鳳所說煙中人語有些驚詫，以為這類魔法，被困的人一切幻象，均由心生，千奇百怪，變化萬端，常有自言自語的時候。那各色彩煙既未消滅，七聖大法定未被人破去，還不要緊；否則敵人如能隨意行動，怎地不敢現形出面？三鳳所聞所見，定是敵人剛剛入網。這七處的敵人必非庸流，或者被陷之時有了覺察，遁入地內，也未可知。不過敵人就是分頭來，也應是幾個做一路，怎會單單按照自己所佈的魔法，分成七處，和預先知道的一般，同時發動，同時落網，哪有這等巧法？

好在那七聖大法，只一冒起煙霧，必有敵人被陷，決不致空。即使會用什絕妙的隱形地遁之法，也只掩得兩三個時辰耳目。再者，這種無形傷人的魔法，今日這麼多的敵人，不見得全數都在事前警覺，個個同時往地下遁去。必還有幾個道行深厚的人，雖然中法被困，還在那裡運用真靈，以絕大定力來相抵禦，神志不會十分昏迷，身又預先隱起，所以看他不見。

想到這裡，便問二鳳、慧珠道：「你二人去時，血光返照太陰神鏡曾在前面查照，我這裡連著幾次行法，難道也不見一絲朕兆？」慧珠道：「我們初出殿時，原本指揮此鏡，注目飛行。先到第一處彩煙前，此鏡曾放了一次光明，並未照見敵人形跡。後來連飛巡了六七處，直到回殿，便始終是一團黑影了。」初鳳聞言大驚，忙掐靈訣，如法施為，那團暗影依舊是寒光皎皎，纖微俱照，知未被人破去，這才放心。

這幾種厲害魔法，天書副冊原有互相剋制之言。只緣煉成之後，從未施為，稍一疏忽，便會徒勞無功。想了想，便自丟開，自己還以為萬分謹慎。不到煙中有了敵人現形，不去收那魔法，以防萬一敵人不曾入網，魔頭反攻自己，不易打發。只要有一兩個發現，再行收法，便無妨害。那些隱入地下的，更是釜中之魚，留到最後收拾不遲，卻不料七魔害人不成，業已反攻，不久便會乘隙發動。可憐初鳳也是仙骨仙根，只緣一念之差，鬧得身敗名裂，受盡諸般魔難。

初鳳等諸人正說之間，金鬚奴也從殿外飛來。初鳳忙問金庭玉柱中可有變故？金鬚奴答道：「金庭玉柱，遠看彩霧蒸騰，光霞輝耀；近視依舊是好好的，並無一物埋伏，也不見有敵人侵入形跡。不知是何緣故。」

初鳳一點也沒想到可疑，暗忖：「自從昔年玉柱開放，取出許多異寶靈丹之後，數百年來，一直沒有想到玉柱底下也藏有寶物。看今日神氣，頗和昔年發現寶物時情形相似。莫非因為強敵大舉來犯，知我難以抵敵，又有寶物出現不成？」越想越有理，心裡一高興，便連前事也不加重視。因為降生時辰將至，成心想在人前炫耀，施展那近數月來所煉成的各種幻景法術，便吩咐除黃精殿外，再設一席壽筵在金庭玉柱之間。一則宴請仙賓，犒勞宮眾；二則請大家一玩金庭玉柱奇景，當時如真能發現藏珍，豈不湊趣？

金鬚奴因那金庭玉柱乃宮中禁地，藏珍奧區，平日除了本宮主要人物外，僅有一兩個宮中防守執事的人可在裡面出入，自己人尚且不得妄進，何況外人？這許飛娘邪魔外道，居心叵測，怎可任其輕入？還有那黃精殿，乃全甬道總圖所在，許多埋伏的樞紐全在其內，平時尚且不可輕離，怎到了強敵當前，這等緊要關頭，卻如無事一般？聞言好生驚異，便諫勸道：「金庭玉柱寶庫所在，如今敵人業已混入，就擒與否，尚難定準。黃精殿全宮命脈，萬法總樞，正當多事之秋，謹慎防衛猶恐不周。如在兩地開宴，相隔遼遠，萬一疏虞，豈不開門揖盜？望公主稍微慎重。」

初鳳笑答道：「妹夫未習天書，不知就裡。便是三妹、二妹，也因道力稍淺，難測玄妙。我在百十年前，已將這部天書通體徹悟，洞悉玄奧，運用變化，無不如意了。只因此法太辣，有干天忌，從未輕舉妄用。如今峨嵋欺人太甚，我已橫了心，拚著不成正果，永為海闕散仙，也要將所有妙法盡量施為，與他分個強弱。我豈不知這兩處關係重要，特地開放門戶，正為引敵入網，無論仙凡，涉我樊籬，必無倖理。敵人滿佈宮中，俱精地遁，雖為七聖大法所困，因未現形，難知就裡，不便收法。恐還有別的餘黨，未必全數成擒，藉此娛賓，兼以誘敵，豈非絕妙？」

金鬚奴見初鳳頗為自恃，總覺她今日神情異常，滿臉戾氣，不似往日仙靈丰采，疑慮不釋。慧珠也看出初鳳不似平日謹慎，有點倒行逆施。但見金鬚奴諫勸無效，當著幾個外人，不便再為深說，只有心中焦急而已。除金鬚奴、慧珠比較明白外，餘人俱都深信初鳳法力，只知同仇敵愾，不但毫沒在意，反巴不得少時開宴，當眾逞能，將多日籌備的魔法幻景一一施為，以顯自己道法玄妙。

那許飛娘等幾個左道妖人，久聞金庭玉柱之名，因是宮中禁地，不便請求入觀，每次來時，僅在外面看見金光寶氣，霞蔚雲蒸，早就心羨。一聽初鳳要在那裡開宴延賓，好不欣喜。別的妖人，知道三女厲害，此時尚無妄念。飛娘早已斷定必敗無疑，適才在甬道中和三鳳口角時，已存了趁火打劫之想。知道金庭玉柱埋伏重重，如不在事前入內窺知底細，三女一敗，便為敵有，已是無及。

正苦無從下手，這一來可算天奪初鳳之魄，正合心意。否則初鳳也非根行道力淺薄之人，適才施展那麼厲害的七聖大法，連自己都覺必有成功之望，怎麼敵人來了許多，從未就擒，就連形影都未見到一個？煙中人語，分明是真，她卻自信太深，說是應有幻景，此事出乎情理之外。她連一絲也不覺察，豈非自速敗亡？來人定是三仙二老之輩，或者還有自己的剋星在內，如非想收漁人之利，此際便應及早抽身，才是上策。哪有這般大意，驕敵之理？幾個同黨，俱是自己約來，算計峨嵋如果大舉，當在子時開宴之際，此時當眾不便預為示警。好在自己預備有防身脫險法寶，且等到時，勝固可喜，如真見勢不佳，再一同逃走不遲。飛娘也是利令智昏，只顧自己如願，不管旁人。適才李玉玉負氣前去，不曾攔勸，也未遁去，以致妖尼慘死，已遭了大怨。這次又因事前不警告幾個同類，少時逃走，大半伏誅。自己也僅以身免，一無所獲。無意中害了旁人，又結了許多仇恨，後悔已無及了。

且說南海雙童甄氏弟兄，同了金蟬，跟在三鳳、許飛娘等人身後，隱身通過神沙甬道，偷入紫雲宮，已經到達黃精殿台階之下。仗著掌教真人所賜靈符護身，事急可以退走，正待暗入宮中，窺探虛實，相機下手行刺。忽然一眼看見殿前玉平台上九鼎後面，懸著一面鏡子，放出皓月般的清光，時明時暗，照得三人眉目畢現。知道行藏敗露，以為中了誘敵之計，只說進行順利，不想如此厲害，不由大吃一驚。甄艮素來膽大心細，又因多年薪膽，大敵當前，絲毫不敢大意，忙一拉金蟬，便同往地底遁去。

見殿前一帶地底放光，恐怕敵人預設埋伏，又恐甬道出口有什變化，也不敢往原路退回，逕往東南方遁去。退有二十餘里，不見上面有什動靜。先由甄艮隱身形遁出地面一看，面前復道行空，傑閣高聳，金碧輝煌，霞光閃閃，比起別處所見，又是一番景象，真個是富麗已極。遙望黃精殿與神沙甬道出口等處，不但不見一人，也沒有別的異狀，心中奇怪。敵人縱非成心誘敵，適才明明已看出自己蹤跡，逃走之時，彷彿已在行使妖法，怎會沒有一點動作？莫非因見敵人精於地行，無法擒拿，故示鎮靜，卻在暗中埋伏，以待入網不成？繼而又想：「自己抱著不共戴天之仇，涉險深入一場，不久破宮時辰將至，還得出去約了輕雲、英瓊等人進來，儘自在宮中徘徊觀望，也不是事。」

正要入地招呼同伴，金蟬、甄兒已經等得不耐，遁出地面，互一商量，覺得那面鏡子懸在殿台之上，必是一種照影窺形的魔法，未必可以移動。敵人既不能地行來追，索性再冒一次險，仍隱身形，由地底出其不意，繞向殿側相機行事，看看黃精殿周圍地底那一片放光的地質是否可以通過？如可通至殿上，好歹也立點功回去；如其不能，再看出妖法埋伏厲害時，便決計不貪這一時之功。能好好退出更好，否則便將瑛姆所賜的靈符施展出來，給他一個下馬威，略寒敵人之膽；再將掌教真人靈符施展，直由海面上升，逃出宮去，會合迎仙島上諸同門，二次大舉，破宮報仇。

正打主意要由地行前往，猛見黃精殿內飛出七道各樣顏色的彩煙，轉眼工夫，像霧縠輕綃一般，布散開來，分向七路，離殿不過三丈遠近，便由淡而隱。三人俱都看得清清楚楚，知道這七道彩煙必是有為而發，說不定有什麼極厲害的魔法，這等無形之物，定難抵禦。幸而自己是在地下行走，又將身形隱住，當不至於受了暗算。

三人剛互相打著招呼，要往地下遁走，猛覺身上機伶伶打了一個冷戰。甄氏弟兄修道多年，又加在峨嵋吃過一回大虧，益發機警謹慎。便是金蟬，近年也是久經大敵，屢聞前輩仙人指教，長了不少的閱歷經驗，早猜敵人不肯甘休。及見黃精殿內飛起七道彩煙，有一道正對著飛鯨閣飛來，忽然無影，已是在那裡留心提防。再一打寒噤，修道的人好端端哪得有此？三人俱知事情不妙，連忙按定心神時，彷彿神志一昏，萬緒如潮，一湧而至，竟忘了往地下遁去。頗覺三女可惡，忽然怒發不可遏止，各自一指遁光，便要往黃精殿飛去。剛一動念，初鳳為首，已率了二鳳、三鳳、許飛娘和全宮眾人殺來，劍光法寶，紛紛祭起。

三人盛怒之下，各自指揮飛劍法寶迎敵，過了好些時辰，未分勝負。這些敵人，全是幻景，總算三人道基深厚。一個是幾世童身，神明湛定；那兩個又是久在玄門，精通道法，身旁又藏有掌教真人和瑛姆的靈符，所以雖然暫時中邪，尚未成擒。否則這七聖迷神魔法，一經被侵，喜怒哀樂愛惡欲，必有一樁中人，能在瞬息之間，現出千萬種幻象。身當其境的人，只要覺著事情一稱心如意，便即被陷，不得脫身，任人擒去擺佈，饒是多大本領道法，也是除死方休。

三人先時哪知中了魔法暗算，只知拚命般迎敵，殺得難解難分。其實身手並沒轉動，法寶飛劍也未施為，人是站在當中，如醉如癡，不過尚未倒地昏迷罷了。正在危機密佈，不可開交之際，金蟬猛地心靈一動，暗忖：「適才明明要由地遁往黃精殿去，剛要動身，敵人便即殺來，殺了半日，未分高下，這還不說。往常也和妖人對敵，怎地今日這般越殺越有氣？」想到這裡，盛氣一平，魔頭自然有些難侵，心中便微一明白。再往四外一看，不但黃精殿不知去向，眼前人物都如在煙霧之中，隨著自己的念頭時隱時現。知道自己一雙慧眼，可以透視雲霧，無微不顯，這般鮮明的景象，怎倒不會看清？情知中了敵人道兒，連忙大喊道：「二位師兄留神！這是敵人妖法幻景，我們不要理他，快將法寶護住身子，以免受他暗算。」

連喊數聲，未見甄氏弟兄答話。正在著急，要用手去拉，忽聽前面連珠也似起了一陣極輕微的爆音，接著便是一片黃色煙光冒起。經這一來，不但金蟬心靈完全復原，連南海雙童也明白清醒過來。但都不知身陷危境，來了救星。一見敵人忽然無蹤，面前現出一片煙霧，反以為變出非常，敵人又鬧什麼花樣。

正在張皇駭顧，準備迎敵之際，猛覺身子被一種絕大的力量吸住，凌空而起。金蟬忙取彌塵幡。甄氏弟兄更是情急，竟要將掌教真人靈符啟動，以謀出險。

俱還未及施為，猛聽耳邊有人說道：「爾等已陷魔網，我奉齊道友之托，來此解救，時機瞬息，休得妄動。」

金蟬聽出是矮叟朱梅的口音，心中大喜。轉瞬落地一看，已是蚣憂殿側，現出一個老頭兒和一個少女，果是矮叟朱梅，同了廉紅藥。金蟬忙給甄氏弟兄引見，拜倒在地。朱梅道：「我今晨同白道友到了凝碧崖，得知你們來此，取那天一真水之事。因為這座紫雲宮，原是連山大師別府，天一金母舊居。紫雲三女前身，乃天一金母侍女，此番轉世重來，仍然誤入歧途，難免劫數。她們僅將金庭玉柱中所藏的法寶和道書取去，柱底還有大師、金母每人一匣遺書和許多奇效的丹藥，俱未取出。宮中淵源，我知之頗詳。此次趕來，便是為了那兩匣遺書，就便相助你們取水。三女劫數將至，爾等無須忙在一時。爾等所中魔法，甚是厲害，連我也難破解。

「幸我事先料到，請瑛姆派了她弟子廉紅藥，持了法寶靈符前來，不但已將那七道魔法破去，並且還故佈疑陣，混亂她的目光，使其覺著來人業已入網，有恃無恐。現在離三女生辰不遠，留下紅藥在此行法，爾等三人可隨我由宮前海眼舊道退出宮外，將周、李、易諸人接引進來。乘她壽宴高張，邪術娛賓之際，紅藥去破她黃精殿中總圖，爾等破宮取水便了。」

金蟬因石生尚在神沙甬道第一層陣內，剛想請問朱師伯見未，朱梅已吩咐眾人站定，手掐靈訣，行使仙法，一展袍袖，隱了身形，直往前宮飛去。到了辟水牌坊之下，才駕遁光，飛身而上。那裡雖經三女的五色神沙將出口堵塞，外加魔法封鎖，卻早為朱梅入宮之時，用瑛姆一粒無音神雷破去。三女開宴之前，方才覺察，急忙重加封鎖時，敵人已用妙一真人法寶神符，連破四十九陣，從甬道中長驅而入。

金蟬、甄艮、甄兌隨了朱梅升出海面，直飛迎仙島落下。輕雲等因時辰將至，還不見金蟬、石生、甄氏弟兄回來，掌教師尊和瑛姆所賜的破宮退敵的靈符，又全在二人身上，正在等得心焦。忽見三人同了矮叟朱梅，已由延光亭甬道逕從遠處海面飛臨，知道少時成功無疑，好生喜歡，紛紛迎上前去。易靜原見過朱梅幾次，忙率易鼎、易震，隨了周、李二人上前行禮。金蟬一眼不見石生，不禁大驚，「咦」了一聲。朱梅笑道：「石生至孝，根深福厚，無須急他有什不測。他留在裡面，大是有用，但此時尚難退出，爾等少停前去破陣，便可在甬道中相遇了。」金蟬聞言，才略放心。大家便隨侍朱梅，請問峨嵋開府之事。

朱梅道：「此次凝碧盛會，乃掌教齊道友奉了長眉真人所留法喻，趁這五百年劫運到來之際，光大門戶，發揚道宗。除一些左道旁門的仇人外，各派劍仙散仙，屆時俱來赴會，推薦弟子，共建仙景。以前武當張三丰道祖雖有過這類舉動，卻無如此之盛，真乃千百年來唯一盛事。我內外功不久完滿，本想將門下諸弟子移薦於峨嵋。只因師弟伏魔真人姜庶再三和我說，先恩師當年創設青城宗派，苦修多年，頗非容易，後來兵解仙去，此志未成。臨化遺命，雖曾說他自己因收徒不慎，誤收了四師弟秦深，造了許多殺孽，以致耽誤許多功行，門下弟子異日收徒，務須格外嚴謹，如無好資質，寧使本門派宗絕傳，也不可輕易收錄等語，難得目前是五百年群仙轉劫脫劫之期，異稟良資甚多，不願本門宗派無有傳人，執意要創設青城一派，以傳本門衣體。

「頭一代，按照先恩師遺偈，共只收男女弟子十九人。準備再傳以後，便可發揚光大。我不便強他，所以各派薦徒，惟獨青城無有。青城、峨嵋同是玄門正統，殊途同歸，分合皆可。姜師弟雖不免門戶之見，但他眷懷師門恩德，念念不忘，所言也不為無理。只是我閒雲野鶴，疏懶已慣，峨嵋劫後，便即道成化去，不願多結塵緣，再惹煩累。現已與他商妥，我只盡力相助，不能為教祖。異日我去之後，將道統傳讓與他，再由他去傳與門下弟子。

「昔日在月兒島，同了白道友往火海去取連山大師遺留的龍雀環，得見壁上遺偈，方知紫雲宮源流因果。青城門下十九人，竟有兩個是宮中轉劫的侍者。中有兩樣異寶，本是昔年天一金母所賜之物，現藏玉柱之下，應為所有。我恐落在別人手內，將來又生波折；再加齊道友因我曾經三入火海，備知這裡底細，加以囑托。此來一為破宮取水；二為代那兩個未來的門人將此二物取出保存，以備將來物歸原主；三為爾等法寶飛劍俱出仙傳，恐那二人兵解之後禁受不起，事前總有一番調度。

「紫雲三女自恃無敵的只有神沙甬道和那七魔銷魂之法。此法已為廉紅藥用瑛姆靈符破去，她們如今還在夢中。所剩神沙甬道，少時我等入內，便要瓦解。其餘法寶妖術，均不足為慮。倒是金鬚奴在月兒島火海之中得了幾件法寶，內有一柄清寧扇，乃連山大師當年採取三才靈氣所煉，極為厲害，須我親自會他。還有三鳳手內有一根璇光尺，因她不知運用，另以魔法煉成，日前雖為爾等將它破去，但是此尺神妙仍在，功用僅少遜於九天元陽尺。許飛娘垂涎已非一日，如見三女失敗，必要趁火打劫，如落她手，大是異日之患。

「金蟬少時入陣，到了宮中，可小心監察三鳳。先由甄艮、甄兌去敵二鳳，等她遭劫以後，再去相助金蟬，斬了三鳳、冬秀，以報殺父之仇。事成謹防許飛娘乘機下手，先將璇光尺取到手內。再會合前往金庭玉柱之中，取天一真水和那兩匣柱底遺書。飛娘奪尺不成，還不就此甘心逃逸，必往金庭盜寶。你四人如覺敵她不過，可將瑛姆靈符展動，發動神雷，將她驚走，你四人均非其敵，不可窮追。這時廉紅藥與石生必將元命牌盜出，同了蓉波、楊鯉來到。爾等只守著金庭，等我到來，再一同回山覆命。

「易靜去敵慧珠，此女未入迷途，轉劫苦修頗非容易，又未為惡，不得傷她的命，可任其逃走，無須追趕。易鼎、易震同敵餘孽，除龍力子和金萍、趙鐵娘二女外，具是在劫之人，盡可全數誅殺。輕雲、英瓊雙戰初鳳，她已為七魔反攻，神志已亂，非你二人之敵。金鬚奴救主情切，必捨死來救。初鳳平日為人，尚知自愛，所有惡孽，俱出三鳳、冬秀二人蠱惑。不過築煉神沙甬道，殺孽太重，恐難免劫。可看在金鬚奴為主忠義，暫時放她逃走，給與自新之路，能否挽救，全在她了。我先去敵那幾個異派妖人，勝後再往各處接應。」

分派已畢，便即率眾起身，直往延光亭飛去。到了甬道外口，矮叟朱梅吩咐易靜姑侄，用九天十地神梭，先將甄艮、甄兌、英瓊、輕雲四人穿行地心，渡入宮中。如見地質有異，發出青光，那便是珊瑚樹宮中最僻靜的所在。那裡經自己初次入宮時，放有苦行頭陀遺贈妙一真人的寂滅神鐘。眾人到此方可上升，以免神梭出土時，雷聲光華驚動敵人，有了覺察。出地面後，隱去身形，再奔黃精殿，由殿後金門入內。這時總圖已為紅蘗用瑛姆法寶神雷破去，可會合在一起，同出擾敵壽筵，分散敵人心神，以便這裡破他神沙甬道中的四十九陣，可少許多手腳。易靜等領命，施展神梭，地行而去。

金蟬忍不住，又問石生何在？朱梅道：「現在二層陣中被困，入陣便可相見。」說罷，帶了金蟬，逕入陣內。這時總圖尚未被紅蘗破去，頭三層的有無形沙障，仍和先前一般厲害。朱梅來時，早有準備，到了陣中，見前面五色光華亂閃，笑對金蟬道：「這東西卻也有趣，將它毀了可惜。好在孽是紫雲三女所造，與我們無干，且收下來，留待峨嵋開府時，給你們仙府添點景致。」

隨說，將手一揚，飛起一紅一白兩個晶彩透明的圈兒，釗輪電轉，流光熒熒，直往沙障之中飛去。轉眼之間，耳聽絲絲之聲，紅光白光越來越盛。對面數十百丈的五色光華竟然越縮越小，穿入圈中，現出甬道原形。朱梅也不收那兩個光圈，逕率金蟬往前飛去。

金蟬道：「朱師伯，你那法寶怎不收回？」

朱梅道：「此寶便是龍雀環，經我與白矮子祭煉以後，第三人休想妄動。他本要與我同來，因五府開闢，群仙俱有奇珍相贈，我二人卻想不出什麼好禮物，難得有此機會，豈可放卻？才商量由他在衡山等我，將這三層有無形沙障收了與他送去，以便到時赴會，豈不是好？」說時，已到第三層陣口。朱梅將手一招，後面紅白二光圈便飛越上前。不消片刻，和頭層一樣收了。仍懸空中不動。

二人正往前進，朱梅忽道：「金蟬，你一雙慧目，可能看出石生母子二人在哪裡麼？」金蟬聞言，定睛仔細朝前一看，只是一片灰濛濛，彷彿輕煙薄霧相似，內中隱隱似有銀光青光閃動，卻不見人。知石生母子已陷入無形沙障之內，自己嘗過厲害，不敢搶前。忙道：「朱師伯快發慈悲，救他母子脫困吧！」

朱梅道：「你先別忙。他二人雖然被困，因有法寶飛劍護身，並未受著傷害。只緣妄用沙母，被三女識破，知道宮中有了奸細，故意從總圖中倒轉陣法，先使他們受盡荼毒，等到力盡精疲，再行處死。少時總圖便破，我用此環將這頭三層的沙障沙柱收去，他母子便可脫險相見了。」正說之間，忽聽地底起了一陣極輕微的炸音，頃刻便止。

朱梅笑道：「總圖已被紅藥破去，大事成矣！」說罷，將手往後一招，那紅白兩個光圈又復飛上前去，眼看前面一片渾茫，倏地現出十百丈五彩金霞，絲絲之聲響個不絕。起初只見裡面光華微微隱現，直到金霞快被寶環吸盡，才現出天遁鏡與蓉波、石生二人所用劍光寶光。金蟬見各種光華圍護中，蓉波背上還伏著一個素未見過的少女，與石生閉目相背而立。蓉波母子被困多時，已有些神志昏迷，還不知魔法、神沙已為人破去，只管拚命運轉各人的法寶飛劍，以防侵害。金蟬連喊數聲，不見答應，又被劍光法寶隔住，近身不得，心中焦急，剛喊一聲朱師伯，朱梅已手掐靈訣，將手朝前一指，天遁鏡原是朱梅故物，首先飛回。朱梅接到手內，遞與金蟬。然後將手合攏，一搓一放，立時便有一個輕雷發出去。

石生被困之時，因蓉波說那五色神沙工夫久了，最損雙目，便將雙目閉上。正在運用玄功，拚死抵敵，猛覺上下四方輕了許多。接著手一鬆，天遁鏡似被人平空奪去，不由大吃一驚。耳邊又聽一聲雷響，首先警覺過來。定睛往前一看，見是金蟬同了矮叟朱梅。同時蓉波也為雷聲驚醒。二人見救援已至，俱如絕處逢生，喜出望外。忙收劍光法寶，跑上前去，先向朱梅跪倒行禮，再來與金蟬相見。

朱梅道：「妖陣總圖已破，只元命牌還未到手。此牌關係蓉波成敗甚大，非石生親手滴血，破了妖法，不能得到。時機瞬息，不可延誤，待我將這些神沙送回衡山，速速隨我入宮吧。」

說罷，手掐靈訣，運用玄門先天妙術，對準空中寶環一指。那一紅一白兩個光圈，便帶起兩道粗約丈許，長約千丈，像微塵一般的淡影，直往洞外飛去。

蓉波乘機跪請道：「弟子所背女子，名叫金萍，原是宮中得力執事，與弟子交深莫逆，久有棄邪歸正之意，只是無門可入。今日她原防守九宮圖，見弟子母子被無形沙障所陷，欲待放起沙母解救，不想三女倒轉陣法，沙母失了功效，反將她壓倒。幸得弟子看見，冒死上前，將她救起，人已失了知覺，身軟如棉，不能行動。望乞真人賜救，感同身受。」

朱梅道：「我來時，金姥姥也曾托我，說宮中有一名叫金萍的女子，與她頗有瓜葛，請我手下留情，給她帶回峨嵋，不想她已能事先覺迷歸正。她不過靈竅為神沙阻塞，又被壓傷而已，這有何難？你且將她背貼胸懷抱起，索性救她回生再走。」說罷，又給了一粒丹藥與金萍啣在口內。蓉波如言施為，朱梅便將口一張，兩股細如小指的白氣，像箭射一般，直向金萍鼻中鑽去，轉眼像蛇一般，穿行七竅已畢。然後照頭頂就是一掌，喝道：「還不醒來！」

金萍「哇」的一聲，口中噴出一粒雀卵大小的沙母，立時醒轉過來。蓉波匆匆說了經過，同向朱梅謝了救命之恩。

朱梅道：「金萍新癒，不便入宮會敵，總圖已破，只須將外圖破去，甬道四十九陣即可瓦解。不過此中有不少猛禽惡獸，毒龍大蟒，俱是世上希罕之物，同歸於盡，未免可惜。我的意思，異日靈雲、紫玲等來住紫雲宮，由海中上下，也是無趣，陣法雖破，甬道不防留下。他那九宮外圖，就在前面，我本想由此圖直達宮中，只惜無人代我破那外圖。難得金萍在此，正可代我行法，到了那裡，我將應用法寶靈符交你。候我等四人由圖中遁去，約有刻許時辰，你可將這面天遁鏡照著那圖，再將靈符展動，用這粒無音神雷，對準圖中主柱發出，自有靈效。此圖一破，甬道中所有禽獸蛇龍水怪之類，失了統馭，必定到處遊行亂竄，你有此鏡在身，足可抵禦，只是不可多殺，懲一儆百足矣。事成仍在原處守候，金鬚奴必保初鳳由此圖中神穴遁走，你念在隨侍多年，也有恩德，無須攔阻，可賣個人情給她，為異日相見之地。」金萍躬身領命。

當下朱梅為首，帶了四人前進，前行不遠，已到九宮圖前。這時宮中總圖已破，那陣法看去仍是厲害，圖中霞彩繽紛，光華耀眼。朱梅識得厲害，離圖丈許，便喚住眾人，向金蟬要過天遁鏡，連同靈符、無音神雷，一齊交與金萍。然後從身旁取出妙一真人在東海煉成的鐵贔仙盾，運用西天太乙真氣，照圖中主柱擲去。

此寶乃妙一真人採取東海底萬年寒鐵所煉，其形頗似一面護身盾牌，盾的上端是一個贔首，非道法高深的人不能應用。用時人在盾後，以先天太乙真氣駕馭前進，那贔口和贔目內自會發出百丈寒光，兩條白氣。所到之處，無論沙石金鐵，遇上便即消融。再被那兩條白氣一吹，立時成了康莊大道，其疾如箭。真個是石流沙熔，無堅不摧，穿山行地，瞬息千里。矮叟朱梅擲盾以後，首先駕起遁光，隨盾而入。除金萍留後，以便施為外，餘人俱各有了準備，紛紛駕起遁光，緊隨在朱梅身後，由地底暗道進發。不提。

且說輕雲、英瓊、易靜姑侄、甄氏弟兄等一行七人，在延光亭甬道外面，奉了矮叟朱梅之命，由易鼎取了九天十地辟魔神梭，施展玄門妙法。立時一片光華將眾人擁護，發出隆隆雷聲，朝地下鑽去。千里神沙，猶如戶庭，一路之上，並無一毫阻隔。不消多時，望見前面地底青光瀲灩，知已到達珊瑚樹，便即停止。飛出地面一看，那所台榭，通體俱是瑚珊建制，到處寶氣珠光，華麗已極。眾人也無心細看，當下由輕雲收了寂滅神鐘，一同隱了身形，直撲黃精殿。行至殿前不遠，易靜見多識廣，道行較高，早看出妖道潛伏，邪氛隱隱，四外都有厲害埋伏，連忙止住眾人，不可前進。

正待繞向後殿金門，忽見殿中一道銀光，飛出一個白衣少年，眾人定睛一看，正是楊鯉，劍光甚是迅速，一出殿，便要往神沙甬道入口處飛去，神色異常匆遽。眾人方疑矮叟朱梅在甬道之中破陣，三女有了覺察，派人去看。誰知楊鯉剛一飛出殿角，忽聽黃精殿內男女嘩笑之聲，接著階前便殿飛起數十根彩絲，比電還疾，罩向楊鯉頭上。就在將要纏住之際，楊鯉倏地又撥轉劍光，直朝殿中飛回。

眾人雖不知三女鬧什花樣，估量楊鯉凶多吉少。因為急於前往後殿，會合紅藥，看看總圖破未，暫時愛莫能助，無暇及此，便仍往後殿飛去。到了一看，後殿六角形，每角各有一個金門，俱都有人防守，每人手裡持著一個五六寸大小金鐘。

眾人等先到頭一處，見防守的人是吳藩。金蟬估量他無什本領，仗著身形隱住，便要硬衝進去。易靜看出吳藩固然無用，手中所持金鐘卻妖氣甚重。這般緊要關頭，敵人焉有不設埋伏之理？那鐘不是埋伏的信號，也必有大用。今日勢在必行，義無反顧，仍以慎重為是，省得功虧一簣，關係全局。當下又往第二個金門飛去，見把守的人正是龍力子。

金蟬知他業已投順，心中大喜，便和易靜、輕雲等低聲一商量，先由金蟬和甄艮等飛上前去，將他身形隱住，然後相見，以免為別的妖人看出底細。金蟬等如言施為。那龍力子見了二人，又驚又喜，忙問金蟬：「你們怎得進來？路上可曾與蓉波相遇？如今楊鯉知她脫困在即，假名在前殿侍宴，想盜她的元命牌，業已去了好些時，並無音信。」

金蟬不等他把話說完，搶答道：「我們多人俱已深入，你毋須多說別的，只問這裡有什厲害妖法，怎樣可以通到放置甬道總圖所在？」

龍力子道：「前殿因為正對甬道來路，又是宮中主殿，近數日間，初鳳連設了許多厲害埋伏，不論仙凡，到此俱難脫身。這後殿金門，平時原只魔法封閉，並未派人防守過。今日午刻，初鳳說七聖大法雖將敵人困住，難保沒有漏網的餘黨，與其任他乘隙潛入，不如索性開門揖盜，便派了幾個宮中執事輪流防守。我剛接班未久，命我如見敵人，毋須迎敵，只須略見形影，或是有什感應朕兆，便將鐘搖動，前殿諸人聞聲即至，自有妙用。

「那總圖就在這金門裡面一間晶室之內，諸位如果進去，聽楊鯉道兄說，他曾探過一次，卻未入內，曾見晶室四外，設有萬應神機，中藏魔網魔鬧。如不先行破去，人一近前，便自行發動，將人陷住，去時千萬不可大意。我已與楊、陸二位約好，死活俱要改邪歸正。這鐘我決不搖動，仍請隱住人形入內，我定裝作不知便了。」

第十三章 酒海碧波

這時易靜、輕雲等也都上前相見。聽完龍力子之言，易靜自請當先，率領眾人，逕往金門內走去。入門十餘步，迎面便是座大晶屏，寶絡珠纓，五色變幻，光彩迷離，耀眼生纈。轉過屏後，現出一間十畝大小的敞廳，黃玉為頂，無柱無樑，當中設著十多個羊脂白玉大小座位。餘下陳設俱是珊瑚珠翠之類，雖也不少，因為地方太大，疏落落更覺華貴。那地面是一整塊的水晶鋪成，下面是水。每隔五步，更嵌著一粒徑寸的夜光珠，將地底千奇百怪水族貝介，照得纖微畢現，越顯奇觀。

眾人也無心觀賞，便照龍力子所說方向路徑，往那存放總圖的內殿飛行。接連穿過十幾重門戶，從一個高斜的小甬道飛上。剛一走完，忽又現出一間大敞廳，比進門時所見約小一半，高卻過之。裡面果有一座畝許大小的殿台，位置卻非正中，共是六個門戶。通體水晶作成，四圍有一層極薄的淡煙圍繞，乍看並無形質，仗著慧眼仔細觀察，方看出一點痕影。正中殿頂，懸著一片極淡的黑影，如非預先有人指示，決想不到這兩樣便是魔網、魔鬧。

眾人不敢冒昧衝入，離殿三四丈，便即停住。遙望那裡面通明，殿中爐鼎丹灶，以及各種法器，俱都看得清清楚楚，只不見廉紅藥的蹤跡。情知矮叟朱梅指揮若定，早有前知，紅藥又是瑛姆高足，不致閃失，但是人總不曾看見，好生奇怪。正在尋思，易靜細看殿中陳設和殿頂四外，忽然觸動靈機，悄問眾人，所見晶殿中景物如何？彼此是否相同？竟是各人各見，答出之言俱不一樣。

益發醒悟，悄對眾人道：「紫雲三女魔法真個厲害。我們進來時，未遇一個敵人，本就恐怕無此容易。這般緊要所在，就算是初鳳一人神志已昏，還有不少能人，怎得這般大意？後來到了這裡，見了此殿形式，已疑這裡便是藏圖所在。那晶殿乃是虛設，連她宮中自己人俱被瞞過。我等只一近前，雖不一定被困，也必有許多糾纏。我算計紅藥道姊必在這敵殿之外，成功與否尚屬難知，說不定還有一些羈絆呢。

「如我意料不差，我們現時從後而來，眼中所見，只有這後中、左、右三門，和前左、前右的側面，前中一門尚未看到。就此繞行而過，恐踏埋伏，陷入危境，或將敵人驚動。家父精研各家陣法多年，小妹略有知聞。諸位道友，可隨我身後，魚貫而行，繞向前面。這晶殿外魔網，雖是誘敵入殿時的埋伏，卻還沒有當中那片黑影厲害，切不可挨近殿的中心。等到了那裡，如再不見紅藥道姊，再行相機行事如何？」

因輕雲、英瓊兩人劍光俱是百邪不侵，便請輕雲緊隨自己在前，英瓊斷後，算準方向，避開殿中心二畝大小的地面，魚貫繞行過去。

遁光迅速，轉眼飛越到了前面。正覺仍無所見，有些失望。英瓊斷後，雖也遵照易靜所說，心裡總是將信將疑。暗忖：「朱師伯受了掌教師尊之托，早已前知，來時說得那般容易，怎地到此又為難起來？這座晶殿明明是真，至多有了妖法變幻，怎說總圖不在其內，形乃虛設？」想到這裡，隨意將劍光一指，光華撩處，猛地飛起一片火煙。恰巧前行諸人業已飛到前面，一見除晶殿外，空無所有，正在驚疑回望。

易靜一眼望見英瓊劍光撩處，碧焰飛揚，再定睛一看，不由低聲喝道：「在這裡了！」眾人循聲注視，那團碧焰已熄。易靜更不怠慢，略一端詳形勢，便請輕雲、英瓊為首，將光劍合一，與自己連在一處，朝適才發火之處穿去，緩緩而進，不可太疾。為防萬一傷了自己的人，餘人也各將劍光法寶護身，準備接應。

三人當先，劍光剛飛前些許，團團碧火煙光，彩氛妖霧，同時發出，被劍光一掃，都化為千點流熒，萬縷輕煙，滿殿飛舞而散。似這樣又進丈許，漸見晶殿中現出一個紅衣女子，在離地三丈的一座法壇之上，凌空落下，周身俱是紅光圍護。眾人知是紅藥被困在內，心中大喜。頃刻間煙火妖氛同時消滅。紅藥也早發現來了救應，連忙上前相見。

原來這間敞廳便是內殿。紅藥奉了朱梅之命，用瑛姆所賜神針和靈符掩了聲音，隱去身形，由殿頂穿孔飛入黃精殿初鳳行法的內殿之中。此時初鳳正在裡面施為埋伏，未敢造次下手。直等初鳳行完了法，壽辰已至，出去開宴，才行飛下。那總圖就在晶殿前面內殿中心法壇之上，起初破圖，因有妙一真人的辟邪玉斧和瑛姆的無音神雷，下手極為容易。照著預定，紅藥破完了圖，便應迅速離開法壇，避開中央各種埋伏，以俟眾人到來，再行同往會敵，便可無害。

偏偏紅藥初出茅廬，開頭便遇勁敵，連獲勝利，一時得意忘形，貪功太甚。破圖之後，見圖中煙霧飛揚，紛紛爆裂，炸散坍塌，別無什麼異處。心想來時曾聞此陣甚是厲害，今日一見，也不過如此。又知道那座晶殿乃是魔法虛設，四面俱是埋伏。紫雲三女好幾件重要法寶，連同陸蓉波的元命牌，俱在其內。那門戶就在這法壇之上，只一時觀察不出。自己父母全家皆被許飛娘害死，如今仇人現在外殿赴宴。還須等輕雲、英瓊等五人到來，始能出去，未免顯不出師門道法高妙。何不將這假晶殿的門戶尋著，趁眾人未到以前，破了魔法入內，再代石生將蓉波元命牌盜入手中，就此出去隱身，將仇人刺死，豈不痛快？

正在尋思，四處搜尋那假晶殿的入口，卻沒料到初鳳內殿幾處重要所在所設埋伏，俱按奇正相生，此伏彼應，互為循環。總圖破完，門戶雖然現出，埋伏也同時發動，又是極污至穢之物煉成，紅藥的道力哪裡禁受得起。起初圖破容易，不過是仗著靈符和無音神雷的妙用。此時俱已用完。她還以為自己仗有瑛姆所賜的雷澤神劍，百邪不侵，適才總圖尚且應手而碎，何況這些須幻景妖法。只顧報仇心切，一時大意，幾乎誤了大事。剛看見總圖中火滅煙消，邪氣盡散，忽然身後又是一道光華直照過來。幸而當時機警，防備得早，先將劍光護住身子，再行回頭查看，那劍又不畏邪污，沒有為初鳳魔法中暗設五淫脂所傷。就這樣躲避得快，隱形之法已受污被破。

紅藥先尚不知埋伏發動，及見身後光霞一閃即逝，並未受著什麼傷害。正要收轉劍光，猛覺周身前後左右，都似有重力壓來，四外都是昏沉沉的，什麼也看不見。想往前衝出，竟似有千百萬斤力量阻住，連衝幾回，俱是如此。方知不妙，連忙懸空趺坐，運用玄門心法，保住身子，以待救應。

剛將心神收定，倏地又覺身子一輕，壓力全去，一時百念紛呈，心旌搖搖，幾難自制。初鳳這諸天五淫脂魔法厲害非常，所用五淫脂如不將人打中，這諸天欲魔五淫便齊來糾纏。如換別人，必以為魔法已破，盡可放心，只稍一不慎，魔頭立時乘虛而入，令人自己毀滅性靈而死。偏巧紅藥得過瑛姆真傳。起初雖然是連勝之餘，大意貪功，致有失誤。及見朕兆不佳，便想起自己孤身一人，獨在危境，朱師叔有名前輩劍仙尚且諸多謹慎，自己怎能背命而行？一有悔過之心，早把輕敵之念打消。再加她自從在黃山受責，被瑛姆救去，學道之初，首先學的是收心固神，息欲屏慮，曾經過好幾次試驗。魔頭一來，便被警覺，益發不敢妄動，專一定慮澄神，與魔相抗。不消多時，易靜等便一同趕到。

這諸天五淫魔法施展開來，那被困的人固然身上感受諸般酸、疼、痛、癢、甜、軟、舒、適，心頭萬念叢生，七情雜呈，非俟有人將法破去，什麼也看不見。就是未曾被困的人在埋伏外面看去，不但空空的一無所有，連被困的法寶劍光也盡被蔽住。也是三女劫運將終，紅蘂不該有難，被英瓊無心用劍光一掃，先將五淫脂破去，接著會合輕雲，雙劍合璧，同時進攻，又將魔氛掃蕩乾淨，紅蘂方始安然脫險。輕雲與紅蘂前在黃山原本相識，便給眾人一一引見，依了紅蘂，魔法已破，正好將那假設的晶殿破去，將元命牌盜出，一同出去會戰三女和一干妖孽，省得重來費手。

輕雲道：「破這晶殿不難，但是朱師伯說，非石生師弟親手滴血，不能取走。這事關係他母親成敗甚大，我們不可造次。還是請紅妹在此暫候，等他到來，一同下手為妙。紅妹想報親仇，恐少時出去，仇人業已驚走，誤了時機，原是為人子的正理。無奈飛娘運數未完，應劫須在三次峨嵋鬥劍之時，即使趕去相會，也是無濟於事，何必急在一時呢。」紅蘂見心事被輕雲說破，只得應了。輕雲仍請易靜為首，率領眾人，前去會戰三鳳。

當下各人仍將身形隱住，一同飛向前面正殿。這內殿本是初鳳行法煉道之所，全宮最重要的所在，埋伏自然不少。一則易靜道力高深，見多識廣，英瓊雙劍神妙，二則有朱梅預先指示機宜，再加身形隱住，即使遇見一兩個宮中餘孽，無不應手傷亡，所過之處，勢如破竹，一些也沒有阻隔。只刻許工夫，便人不知鬼不覺地侵入三女擺設壽筵的正殿不遠。眾人見下手這般容易，俱各欣喜非常。

暗忖：「如照這樣，飛到筵前，只須乘他一個冷不防，將各人的飛劍法寶同時發將出去，縱未必全數誅戮，至少也除卻幾個首要。」一路尋思，耳聞仙韶雜奏之聲四起，不覺行抵殿前。遙望殿中，四壁儘是鯨燭珠燈，晶輝燦爛，大放光明；青玉案上，奇花異果，海錯山珍，堆如山積。紫雲三女同了眾妖人，正在觥籌交錯，一面炫幻爭奇，各逞己能。滿殿上魚龍往來，仙禽翔集，紛紛啣杯上壽，聞樂起舞。真個是變化無窮，極盡詭妙，雖是左道魔法，卻也令人心驚目搖，不敢輕視。三女高坐中案，款賓獻術，只管互為讚美，笑言晏晏，俱不料危機瞬息，就要發作。

這時三鳳忽從眾中立起，手裡擎著一個白晶酒杯，滿盛碧酒，對眾說道：「適才諸位道友妙法，俱已領教。小妹不才，也煉了一樣小術，現在施展出來，與諸位道友略助清興，就便領教如何？」

眾妖人紛道：「三公主妙法無窮，定比適才還要新奇，我等得開眼界，真乃幸事。還請先道其詳，以便到時不致和許仙姑的五仙上壽一般，突如其來，我等事前不知，錯過觀賞機會，又誤認來的是仇敵驚擾，幾乎貽笑大方，倒覺掃興。」

原來許飛娘何等機智，又與三鳳不和，胸藏叵測。這時因見三女酣飲狂歡，全不以大敵當前為慮；慧珠、金鬚奴雖也強顏為笑，卻是面隱深憂。尤其初鳳迥非往日持重敏練，有時竟彷彿醉了酒一般，語言皆無倫次，簡直反常，變了性情。雖然初鳳修道數百年，不致像常人中酒那般顛倒錯亂，怎能逃得過許飛娘耳目，略一細心，便可辨出。再加飛娘又知道那七聖魔法厲害，陷人不成，行法之人必要身受其害。初鳳行法以後，並未擒到一個敵人，其中定有差池。

峨嵋派豈是好惹的，既已成仇，怎能容你自在？也許強敵業已深入，少時就要發動。想到這裡，頓生巧計，以為事急劫寶遁走試驗，故意藉著娛賓為由，乘冬秀正弄幻景將完之際，亦取出自己帶來祝壽的數十枚懷山仙果，暗將煉就五鬼驅遣出來，持果獻壽。三女和眾妖人事前不知就裡，一見五個模樣猙獰的道者忽在殿中出現，俱誤以為來了仇敵，紛紛驚擾欲起。飛娘見初鳳神志果已混沌，自是心喜。易靜、輕雲等將到時，飛娘的法剛剛行完，殿中仙韶歇而復作。眾妖人因飛娘鬧過這一次把戲頗煞風景，所以如此說法。

三鳳聞言，答道：「此法無什珍奇，也非幻景。日前因愚妹賤壽在即，想不出娛賓妙法，偶憶昔日紂王肉林酒池，在被世人稱為無道荒淫，傷耗許多財力民命。其實不過是一個人力作成的貯酒池罷了，哪裡配得上『酒池』二字？我這法兒，不似紂王那般殘民以逞，只用上百十個有限的魚蝦而已。少時先請諸位仙賓和眾師姊暫蒙法眼。這法一施，黃精殿立時變成萬頃仙釀，千層酒浪，再將這只晶杯化成一個水晶大盆。我等置身其內，同泛碧波，隨意取飲，都是本宮仙釀。這酒海中，還有不少魚蝦游泳，諸位食指一動，告知小妹，便可指物下酒。區區小術，無異班門弄斧，諸位休得見笑。」

眾人正遜謝間，三鳳已將滿頭秀髮披散，口誦玄天魔咒施展魔法。將翠袖一揮，音聲盡止，滿殿燈燭光華全都熄滅，殿內外俱是一般漆黑，眼前只見雲煙亂轉，不辨一物。轉眼工夫，忽聽三鳳大喝一聲，耳聽濤聲浩浩，酒香透鼻，眾人覺著身子微微動了一動，一座黃精殿已化成一片廣闊無垠的酒海，除長案幾座杯盤外，原來景物不知何往。

三鳳手中所持那只晶杯，變成畝許大小一個晶盆，銀光閃閃，直衝霄漢，結成一團皓月，清輝流射，照得上下通明，宛如白晝。水中各種魚蝦介貝之屬，不住掉尾揚鰭，穿梭般來往。三鳳挑眾妖人喜吃的海鮮將手一指，波濤上便湧起一架金花，火焰熊熊。那些魚蝦便往火上投去，霎時烤熟，隨著那朵金花直往盆中漂來。眾妖人在晶盆之內，手持原有青玉案上的杯著，隨意往海中舀酒取魚飲食。

方在同聲讚美驚奇，忽聞細樂之聲起自海上，一團彩雲簇擁著數十個羽衣霞裳的仙宮仙女，各自騎鸞跨鳳，手捧樂器，浮沉於海天深處，若隱若現，仙韶送奏。襯著這晶盆皓魄，上下天光，碧雲銀霞，流輝四射，置身其中，幾疑瑤池金闕，仙景無邊，也未必有此奇麗。

易靜、輕雲等這時也正趕到。身經其境的人，彷彿是另一天地。局外人看去，卻是具體而微，其中人物，與海市蜃樓相似。不但那酒海僅有原來殿堂大小，連眾妖人都變成了尺許長短。易靜知是魔家的寸地存身之法，雖比不上佛家的粒粟中現大千世界，卻也神妙非常，不可輕視。此時冒然闖進動手，極易被敵人警覺，一個不巧，便會中了敵人的道兒。連忙示意眾人緩進，等三鳳把魔法施完，殿中景物回了原狀，再行入內。

眼看殿中三女與諸妖人正在狂歡極樂之際，晶盆前面酒波中忽然冒起一道紅光。眾妖人還當是又有什麼新奇花樣。三女卻知來了外人，既敢從殿中地底穿出，定是能手，原法必制他不住。三鳳首先大喝一聲，收了妖法。初鳳在殿中原有準備，也早運元靈，將手一指頭頂懸的魔鏡，一團暗影，立時發出一片寒光，向來的紅光照去。眾妖人也都警覺過來，正各自準備施展法寶飛劍迎敵。

忽聽紅光中有人喝道：「紫雲三友，今日怎地連我也認不得了？」說罷，光斂處，現出一個長髯飄胸，大腹郎當的紅臉矮胖老者。

三女認得來人正是北海陷空老祖門下大弟子靈威叟，壽辰前曾給他發過請柬，想必有事羈身，這時方得趕來祝賀。立時轉驚為喜，忙將鏡光斂去，收了法寶。

方擬請眾妖人一一上前相見，然後入座款待，靈威叟已大聲疾呼道：「三位公主，事已危急，無須再作客套，先容我把話說完。日前接了三位公主招宴請帖，五百年仙壽芳辰，本想早來慶祝。偏巧隨侍家師煉兩極丹，不能分身，只得留到日後登門負荊補祝，原無赴宴之意。不料昨日紫昊峰嚴老前輩來訪家師，求取萬年續斷，談起瑛姆因受南海雙童甄氏弟兄師父天遊子臨化以前重托，助他二人報那殺父之仇。如今甄氏弟兄從凝碧崖靈翠峰微塵陣內脫身，拜在峨嵋掌教妙一真人門下，由瑛姆與妙一真人同授他仙法神符，還有許多峨嵋長幼兩輩中能手相助，應在今日子時，分兩路入宮，破去神沙甬道，取那天一真水，並報前仇。

「三位公主劫運已至，恐難挽回。我聽了這些話，才請准師父前來報警。先還以為紫雲宮天羅地網，埋伏重重，峨嵋道法固是高妙，但千里神沙變化無窮，何等厲害，來人未必如此容易。誰知行近迎仙島上空，便見昔日連山大師兩枚朱環化成兩個光圈，正攝著那五彩神沙，如彩虹經天一般往衡岳一帶飛去。越知事情有些不妙，忙催遁光，趕往島上，見延光亭內無人延賓。我仗有前層沙母及護身入宮之法，特由地底穿行入宮，以測神沙仙陣破否。我知黃精殿為宮中奧區，至寶所在，上下四方俱有法寶封鎖埋伏，先只準備在殿前略遠處現身，未敢妄入重地。

「萬沒料到不但直達宮中暢行無阻，便連這座黃精殿也是藩籬盡撤。只是敵人蹤跡，卻未發現一個。方疑諸位已遇強敵，不敢疏忽，才用法寶護身，闖出一探，才知盛筵甫開。除我一路所見神沙甬道以及各地埋伏都已被敵人破去而外，此地卻是別無動靜。諸位道友道法高深，敵人大舉入犯，豈無一絲警覺？適才所見，又似三位公主誘敵之計，好生令人不解，目前子正，正是嚴老前輩所說應劫之時，不可不加準備，防患未然，以免敵人乘虛而入，悔之晚矣！」

這一番話，休說幾個宮中主腦聽了失魂喪膽，一干妖人也無不驚心，俱都面面相覷，暗作警備。初鳳倉猝聞警，驚懼過甚，神志才微有些清醒。待運用元靈指揮魔鏡照察時，靈威叟已看出初鳳神色張皇，知道所料不差，三女禍在頃刻，且非峨嵋之敵。正想勸他姊妹三人同了大家，趁仇敵未到以前，或是見機逃走，或是將真水獻出，暫免一時，話還未說兩句，忽然叭的一聲，臉上早著了一個大嘴巴，半邊左臉立時由紅透紫，直打得靈威叟暴跳如雷。

剛罵了聲：「何人大膽，暗中傷人？」便見眼前一晃，現出一個矮老頭兒，指著靈威叟哈哈大笑道：「我把你這冒名頂替，不知死活的胖老兒，竟敢在這時候趕來討好賣乖。如不看在你那孽師面上，我一舉手，便送你去見真靈威丈人去。只打了你一下，還不服氣麼？」

靈威叟看出來人正是嵩山二老中的矮叟朱梅，他素來謹慎，惟恐閃失，知道不是尋常，哪敢招惹。好在朋友情分業已盡到，不敢再為留戀，便朝三女高呼道：「峨嵋能人定來不少，諸位道友切莫輕敵，致取敗亡。貧道去也。」

初鳳等見朱梅突然現身，不由一陣大亂，紛紛施展法寶飛劍，上前對敵時，靈威叟先自遁去。緊接著朱梅也將身形一晃，不知去向。初鳳大怒，將手一指魔鏡，滿殿俱是寒光，還想查照敵蹤時，旁立許飛娘一眼望見鏡影中現出許多少年男女，就中金蟬獨自一個正往三鳳身旁撲來。因為適才朱梅隱身出現，三女早防還有別的敵人暗算，各自施展護身魔法，金蟬欲待飛到身前，再行出其不意，飛劍斬敵，尚未到得跟前。飛娘暗忖：「峨嵋勢盛，今日業已侵入腹地，紫雲宮必破無疑。這些長幼敵人，俱有法術護身，眾人更難於應付。初鳳雖有魔鏡，太耗真元，不敢常使。何不將來人隱身之法破去，一則顯露己能，以洗昨日敗退之羞；二則可使三鳳對己重建信賴，好乘機誆騙寶物。」

想到這裡，便趁來人法寶飛劍還未施為之際，大喝道：「峨嵋門下小業障，竟敢耍弄障眼法兒來此擾敵麼！」說罷，將手一揚，飛起一團紅似淤血，時方時圓，軟而透明的東西，光華暗赤，上下飛揚，滿殿凶煞之氣，寒光俱為所掩。

易靜認得這種邪法乃赤身教主鳩盤婆所傳，最是污穢不過，恐眾人不知厲害，便即喝道：「此乃赤身教下赤癸球，待我破它。時辰已到，諸位道友還不現身出戰，等待何時？」說罷，早將預先備就的滅魔彈月弩對準那團暗赤光華射去，光華似梭一般，正向當中穿過，立即爆散開來，化為萬點紅雨，飛灑下落。這時眾人隱身法吃那赤癸球一照，正在將破未破之際，被易靜一聲警覺，又見魔鏡現形，隱身不住，各自收了法術，紛紛放出飛劍法寶，上前迎敵。眾妖人見敵人來了這麼多，又驚又怕，也各紛紛應戰。

那金蟬隨了朱梅，會合石生母子，由外圍飛行，直入內殿。見了紅藥，知總圖已破，易靜、英、雲等一行七人業已飛向前殿。朱梅便留下石生母子，指示機宜，由紅藥相助取那元命牌。自己同了金蟬逕往前殿，一到先將靈威叟驚走，便自隱身退去，去辦另一件要事。不提。

金蟬來時，原受朱梅吩咐，到了殿中，等朱梅一走，便現身出戰，諸事小心。及至朱梅去後，金蟬見眾人並未看見自己，不由起了貪功之想。暗忖：「許飛娘素來厲害，自己本敵她不過，又要防她劫走那璇光尺，責任甚大。何不乘機上前，暗放飛劍，斬了三鳳，將她法寶囊一併搶走，豈不省事？」正在那欲前又卻之際，飛娘已將赤癸球放起，因為貪功一念，未先將雙劍護身。幸是易靜提醒得快，差點被血光照向頭上，壞了道行。及見隱身不住，便指金光，先朝三鳳飛去。

飛娘見赤癸球被破，心中大怒，正要給金蟬一個辣手。易靜原敵慧珠，知道眾人皆非飛娘之敵，早將彈月弩收回，飛起劍光，直取飛娘。

飛娘大喝道：「易道友並非峨嵋黨羽，為何也來此助紂為虐？」

易靜答道：「你這無知潑賤，到處惹事生非！我念你未到伏誅的時候，速速遁走，還可活命；如想在此趁火打劫，再也休想！」

飛娘一聽心事被她道破，不由吃了一驚。一面飛劍應戰，暗中偷看眾人：甄艮、甄兌雙戰二鳳、金鬚奴；英瓊、輕雲雙戰初鳳、慧珠；另外還有兩個道童，在一條梭形光華之下，到處穿飛，不時現出上半身，用飛劍法寶殺害宮眾，任何法術法寶俱不能傷他們分毫，甚是猖狂。

再看三鳳，因敵不過金蟬霹靂劍，已將數十件仙兵祭起，仍是佔不了一絲便宜。餘外還有像朱梅那樣厲害的能手，不知多少，未曾露面。只見滿殿光華飛舞中，敵人未傷一個，宮中侍眾以及來的妖人，卻是傷亡不少。心中惦記著三鳳收藏的璇光尺和金庭玉柱中的寶物，幾次想飛近三鳳身側，俱被易靜法寶飛劍絆住。

正在發急，旁邊的金鬚奴雖然相助二鳳與南海雙童動手，因早料今日決無勝理，又見初鳳正在危急，屢次暗示二鳳作速遁走，自己好分身去助初鳳。二鳳偏又不捨眼前這片基業，總想僥倖將敵人戰退，執意不肯。金鬚奴一面要顧夫婦之情，一面要全主僕之義，朱梅在此，又不敢胡亂施展法寶，真是戰既不可，退亦不能，好生著急為難。猛一眼瞥見初鳳已被英、雲雙劍逼得風雨不透，不但魔法無功，反連失了許多寶物，雖有慧珠死命保護支持，仍是無用。

想起昔日相救相隨恩義，心如刀割。知道敵人勢盛，決非對手。這時黃精殿已由初鳳行使魔法，與金庭玉柱連成一氣，在兩處設了壽筵。原擬宴飲中間，等眾人獻完了法，最後才由初鳳一舉手，將眾人移向金庭，再顯神通，施展魔法，以娛仙賓。此時事在危急，除初鳳行法，率領幾個本宮首要，遁入金庭玉柱之間將它封鎖，自己再冒險出見朱梅，獻出真水，以求免禍，或者還有幾分之望外，別無善策。一見二鳳只管不退，忽然把心一橫，竟是捨了她，直往初鳳身前飛去。二鳳原非雙童之敵，偏巧金鬚奴日前為防遇見峨嵋門下，二鳳誤用法寶傷人，以後仇隙越深，更難轉圜，將她所有寶物全要過去。今日來了強敵，金鬚奴還在持重，不肯速下辣手。二鳳屢次催他施為，他俱不肯。先還以有他在側，總可無慮。誰知無端拋下自己飛去，不由著起忙來，喊了一聲，未見答應。知道自己勢孤力弱，再不見機，定有閃失，也打算跟蹤飛走。

南海雙童與三女有殺父之仇，看出二鳳想逃，哪裡容得。甄兒早在暗中取出三稜戮魔刺，將手一揚，對準二鳳打去。此寶乃雙童師父在日煉魔之寶，取海中惡鯊脊刺煉成。與別的法寶不同，每根只能用上一次。發出去是一條大指粗的銀光，光尖上有三稜芒刺。一經打中敵人，立時在身上爆散開來，化成無數堅利的碎刺，鑽骨刺心，耗蝕精血。雙童一則因為乃師臨去時諄諄告誡，此寶狠毒，中上極難倖免，只能作為報仇除害之用，不可輕易行使；二則此寶不能收回，遺留無多，用一次，少一次；故而前受史南溪等妖人之愚，用地行神法暗入峨嵋盜取肉芝，遇見那麼厲害的勁敵，都未輕易行使。

論起二鳳所得月兒島各樣法寶中，原有禦敵之物，偏又不在身旁，本就雙拳難敵四手。臨逃倉猝之際，微一疏神，不及回劍防身，恰被打在右腿之上，覺著腿一麻，忽又覺著裂骨般的奇痛，知道不妙。好個二鳳，身受這等重傷，如換旁人，早已支持不住，身死敵手，她卻能當機立斷。不俟敵人二次又下毒手，連頭也不回，暗運玄功，施展魔教中解體脫身之法，將手一拍胯間，起了一片煙光。雙童眼見二鳳墜落，忙指劍光飛下，卻是一條白生生欺霜賽雪的玉腿橫在地上，一聲爆響，震成粉碎。二鳳已往金鬚奴那一面飛去。雙童如何肯捨，跟著緊緊追將過去。其實二鳳如趁此時逃生，還來得及。只為一念情癡，又惱著金鬚奴不該撇下她而去，氣在心裡。一則想過去喝問；二則還想催他速使法寶，報仇卻敵；三則也是劫運已至，竟沒想到逃之一字。

第十四章　雙鳳亡身

二鳳在這裡剛起身時，那邊慧珠護著初鳳，力戰英、雲，在紫郢、青索雙攻之下，一連喪失了許多法寶仙兵。正在危急之際，初鳳心驚強敵，神志也有些清醒。恰值金鬚奴捨了二鳳飛來，一到便高聲大喝道：「敵人勢盛，恩主還不施展仙法，退往金庭之中，從長計較麼？」

一句話將初鳳提醒，但並無悔過之心，只不過想起金庭玉柱也是重要所在。一面由慧珠、金鬚奴敵住英、雲，忙將秀髮披散，口誦魔咒，待要施展魔家諸天挪移大法。帶了一干自己人往金庭玉柱中退去，只留下許飛娘和那些赴會的妖人在殿中迎敵，以便勻出一些工夫，施展魔法報仇。

初鳳起初將壽筵設在兩處，原為娛賓顯能之用，除許飛娘等眾妖人因未到施為之時，尚未通知外，其餘宮中諸首要俱已早知梗概。只須照法行使，一聲暗令，便現出一道金橋，由一團五色彩雲簇擁，眾人自會隨之移往。

初鳳正在行法之際，慧珠的一口飛劍又被輕雲青索劍絞斷。先是英瓊見金鬚奴來助初鳳，便指著大喝道：「今日三女在劫難逃，我等念你尚知順逆，只為救主，情有可原，不與你計較。還不退去，少時同歸於盡，悔之晚矣！」

金鬚奴情知所說不差，也不還言，只管運用劍光抵敵，好讓初鳳設法遁走。英瓊見他不聽，一指劍光，龍飛電掣一般捲上前去。金鬚奴本覺不支，再一見慧珠飛劍又被絞斷，一時救主情急，便將清寧扇取將出來，正待施為。

倏地眼前一晃，矮叟朱梅重又出現，指著金鬚奴笑罵道：「你這業障，還不夾了尾巴逃走，也要跟著找死麼？」說時，初鳳已將魔法行使開來，正要發出暗令，招呼眾人往橋上飛去。朱梅突將手一揚，一團火球發將出去，打在金橋上面，立時將橋炸成粉碎。

金鬚奴見朱梅二次來到，已經大吃一驚。再見金橋被朱梅破去，益發嚇了個魂不附體。知道事已危險萬分，逃往金庭，決難如願，哪敢絲毫怠慢。當時只想拚著百死，救護初鳳逃走，一切均未顧到。忙即一把拉了慧珠，搶向初鳳身旁，拚著損傷重寶，先從法寶囊內取出一件鎖陽鉤，敵住英、雲雙劍。口中大喊道：「朱真人格外施恩，暫饒我等，容我恩主改過自新吧。」

初鳳先受七魔反攻，神志時清時亂，魔法一破，心裡一急，重又迷糊。見英、雲劍光乘隙飛來，一些也未在意。多虧金鬚奴雙管齊下，一面使法寶敵住飛劍，一面早將月兒島得來的綠雲仙席取出，往空中一擲，便化成丈許方圓的一片綠雲，與慧珠兩人雙雙夾了初鳳，飛身雲上，電轉星馳，往殿外飛走。英瓊、輕雲已使雙劍合璧，將她法寶破去。一見初鳳逃走，忙即指揮劍光追趕。

朱梅剛喝一聲：「且慢！」

金鬚奴在綠雲擁護中，見英、雲二人御劍追來，知道雙劍厲害，無法抵禦，萬般無奈，只得將清寧扇朝著二人一揮，當下便有百丈寒輝，帶著罡風吹來。英、雲二人畢竟功候還淺，怎能抵擋。幸虧朱梅在側，知道此扇厲害，忙運玄功，將手一搓，朝著前面一推，口中喝道：「念你忠義，我索性回風助你一程吧。」那罡風眼看吹到，被這一推，突又回向那片綠雲吹去，疾如奔馬，轉眼沒了影子。

就在這幾頭忙亂中，二鳳恰巧斷了一腿飛來，看見金鬚奴、慧珠夾了初鳳，正往綠雲上飛去，忙喊：「金哥助我！」

此時金鬚奴只一援手，便可將愛妻同時救走。偏生正在亡魂喪膽，危機瞬息之際，急於救主逃生，心慌意亂；又值殿上正邪兩派群仙大戰，風雷之聲四起，沒有聽清。等到飛雲逃走，才得想起時，英、雲已飛劍來追。原想揮動清寧扇，將敵人搧退，再行回身搶救，偏又被朱梅運用玄功將風推回，慢說不敢再行回身，即使打算冒險來救，那片綠雲被這罡風一吹，已是不由自主，比箭還疾，往前飛去，退回哪裡能夠。英、雲二人見追初鳳不曾追上，一眼望見二鳳在那裡逡巡欲遁，如何容得，忙指劍光追去。朱梅此次出現，原為二鳳在三女之中，以她惡行最少，此次不過應遭此難，如被英、雲仙劍所斬，形神一齊消亡，便難轉劫，特地趕來相救。一見劍光飛出，知難喝止，忙將手一指，一道金光飛起，將青紫兩道劍光擋住。可憐二鳳一腔悲憤，眼見雙劍飛來，無可抵禦，忽有救星，出乎意外。正想行使魔法遁走，南海雙童業已趕至，弟兄二人法寶飛劍同時施為，截個正著，二鳳如何禁受得住，當時屍橫就地。英、雲二人回望朱梅，忽又不見。知道朱梅成心讓南海雙童手刃父仇，見已奏功，便聯合一起，去助金蟬、易靜，與三鳳、飛娘對敵。

四人剛飛身過去，還未到達，忽見殿側穹門裡飛射出一團其紅如血的火球，四圍霧煙圍繞，正要騰空往殿外飛去。南海雙童知是妖人要借妖法遁走，忙揮劍堵截。那火球見前面來了敵人，突地回頭，又要往三鳳身側飛去。輕雲、英瓊更不怠慢，也各將劍光一指，追上去，紫郢、青索二劍飛起空中，似蛟龍剪尾一般，追上火球，只一絞，便聽一聲慘呼，火煙熄處，一個披頭散髮，赤身浴血的女子墜將下來，屍橫就地，正是首惡冬秀。同時穹門內銀光閃處，蓉波、楊鯉、石生、紅藥四人也飛追出來，見冬秀已死，甚是快意。彼此一打招呼，各按預定，分頭行事。不提。

原來蓉波、石生隨定矮叟朱梅到了內殿，見著紅藥破了晶殿外魔鬧魔網，由石生上前刺破中指血，按照朱梅傳諭，謹謹慎慎地將血滴在元命牌心肉釘之上，然後行法，取下交與蓉波。

正要一同趕往正殿，朱梅忽道：「剛才楊鯉因想盜這面元命牌，藉著執事為名，打算偷入內殿，被冬秀識破。楊鯉見勢不佳，便用他師父所傳千里騰光之法逃走。不料三女在殿前早設下好些埋伏，他剛逃到殿口，便被擒住。三女當時就要將他處死，偏巧冬秀說，他既想私自入殿，謀為不軌，必與外人勾通。何不將他拷問明白，再行處死不遲。初鳳便命冬秀帶了他往正殿側穹門天刑室內，用各種魔法拷問，水、火、風、雷，備受荼毒，楊鯉死而復生者好幾次。

「冬秀先因二鳳下嫁金鬚奴，動了慾念，楊鯉一來便被看中，屢示慇勤，楊鯉卻不理睬，本就啣恨。這時一則假公濟私，二則藉此要挾，並非定要楊鯉的命。見他寧死不發一言，無可奈何，必用飾詞回話初鳳。

「我等到了前殿，此女陰毒險狠，又極見機，一見我等大舉深入，必暗往天刑室內用好言勸說楊鯉，約他同逃。楊鯉本就在忍死待救，一聽出我等俱來，自是越發不從，那時冬秀必下毒手。正殿上懸有魔鏡，又有許飛娘在彼，隱身法須瞞她不過。到了那裡，我必現身。可乘其慌亂不備，爾等隱身法術未破之際，紅蘗、蓉波、石生三人速由穹門入內，休走正路，逢彎左轉，便到天刑室內，先護住了楊鯉，再由紅蘗持我靈符解救。蓉波、石生上前迎敵，以防她情急害人。」

蓉波、石生、紅藥領命到了正殿，朱梅一現身，眾妖人紛紛大亂。三人本不知穹門所在，正在尋找，忽見冬秀離眾而起，走向殿東，用手朝壁上一指，便現出一個穹門，逕往門內走去，三人急忙跟蹤而入。這時正值許飛娘行法之際，三人僥倖未被赤癸球血光照見。

到了門裡一看，裡面儘是復室曲甬，冬秀已不知去向。只得依照朱梅吩咐，一路迂迴曲折前進，雖然遁光迅速，也費了好些事，才得走到。那天刑室乃是一個大約方丈的圓形穹廬，三人未到以前，便聽烈火風雷之聲時發時止。到了一看，楊鯉手足腰腹俱被火環套住，懸空吊掛在室當中一根晶柱上面。

冬秀正用那威逼利誘的言語，站在當地朝他勸說。手指處便是一團烈火，擲向楊鯉面前。另一手拿著一把極細的長針，作出要發不發之狀。楊鯉在渾身銀光環繞之下，只管緊閉雙目，潛神內照，忍受荼毒，毫不為動。蓉波見了，好生難過，忙和石生搶飛過去。

剛到楊鯉身前，冬秀已是由愛轉恨，指定楊鯉罵道：「好個不識抬舉的東西，如今峨嵋大舉進犯，我好心好意待你，你卻這般執拗。休以為你會護身之法，能抗烈火風雷，這天刑室內三十六般毒刑，你也深知，慢說你這點微末道行，便是大羅神仙，只要被這五個仙環套住，發動諸般天刑，也難保性命。再不應允，我便將這神鯊刺刺入你全身要穴，制住你的魂魄真靈不能逃遁，然後發動天刑，使你形神全化灰煙，悔之晚矣！」

廉紅藥聞言，忍不住罵道：「無恥賤婢，這等狠毒，叫你死無葬身之地！」說時，劍光早飛出手去。冬秀也甚靈敏，猛見身側光華一亮，便知不妙，不等見人，一面飛劍抵禦，心裡一發狠，將那一把神鯊刺朝楊鯉打去。誰知紅藥這裡現身，楊鯉身旁的蓉波、石生也同時發動，由蓉波取出矮叟朱梅借給的兩儀分光錐，朝著那五個火環挨次一轉，立即斷落墜地，將楊鯉搶救出險。石生見冬秀手上毒針發出，一手使天遁鏡照去，另一手一指劍光，一溜銀光，電掣星飛，直取冬秀。

冬秀見是蓉波，便大罵道：「不知死活的丫頭，元命牌早將你真靈制住，也敢與楊鯉一黨，同謀叛逆麼？」

言還未了，天遁鏡上百丈金霞，早將神鯊刺化為烏有。這時除楊鯉剛剛出困，飽受荼毒驚恐，神志未復，未動手外，三人的飛劍法寶，早紛紛齊上，一轉眼間，冬秀飛劍先被紅藥的劍光絞斷。冬秀忙將身帶法寶全數施展出來。不消片刻，俱被三人破去。去路又被紅藥、石生搶在前面阻住，不能脫生。知道弄巧成拙，危機一瞬，越發驚急氣憤。想了想，把心一橫，一面發動室中三十六般天刑，一面暗使那天魔解體之法，準備萬一不濟，自殘肢體，作為替身逃走。

這邊三人見冬秀法寶飛劍紛紛斷落，只剩一團光華護身，用兩柄飛戈苦苦相持，業已不支。正在得勢，忽見冬秀口中喃喃誦念魔咒不絕，猜是又要施展什麼邪法異寶。方在留神，果然冬秀誦完魔咒，雙手掐訣，朝著四外揮了幾下。立時風雷之聲大作，愁雲漠漠，慘霧沉沉，滿室飛叉飛箭飛刀之類密如雨霧，更有碗大雷火排山倒海一般，連同那些刀叉挨次當頭打到，聲勢甚是駭人。

石生忙施天遁鏡照時，那百丈金霞所照之處雖然隨照隨消，可是破了一樣，又來一樣，刀叉雷火消滅後，又有飛針毒鉤同時生發。畢竟蓉波道行最高，見冬秀乘機已將兩柄飛戈收轉，這些埋伏一出現便被寶鏡破去，仍是層出不窮，料她伎倆已窮，想分散敵人心神，抽空脫身。剛喊：「大家仔細，休放這魔女逃走！」

言還未了，冬秀猛然一聲嬌叱，把滿口銀牙一錯，頭上秀髮全部披散，渾身衣服脫落，赤身露體，不著一絲，猛地飛起身來，一個大旋轉，不但沒有逃退之狀，反朝楊鯉撲去。同時上下四方突伸出數十根大火抓，朝著四人抓來。起初那些風雷刀箭發自一方，這次卻是上下四方一齊夾攻。天遁鏡只照一面，蓉波等不得不各自先用法寶飛劍抵禦，又恐楊鯉中了暗算，心神一分，沒料到冬秀奸猾，用的是欲退先進之計。等到蓉波等三人分頭救助時，冬秀還未撲到楊鯉面前，猛地又一個大旋轉，玉腿雙張，頭下腳上，往下一沉，就勢避開天遁鏡光華，往外逃走。

這時四壁飛抓尚未全數消滅，眾人正在忙亂抵禦之際。一見冬秀逃走，哪裡容得。石生一手持鏡去破那飛抓，一手揮飛劍追上前去。紅蘂、蓉波也各自紛紛發動。眼看冬秀這次逃走，除了周身煙雲圍繞，並無法寶護身。三人劍光迅速，霎時追上冬秀，只一落一繞之際，便已斬為兩段，一團火煙冒起，屍橫就地。俱以為大功成就，好生心喜。這時石生的天遁鏡正將飛抓掃滅淨盡，無心中照將過來，恰巧照在冬秀墜落處，竟沒看出冬秀屍首。定睛一看，地上只有兩截斷指，血痕猶新。

蓉波忙道：「我等中了妖女解體分屍之計，逃走了。」眾人聞言，也不暇再管天刑室中妖法埋伏是否破完，連忙往外追去。等到追出室門，冬秀已為英、雲、雙童等人所斬。

這時殿上眾妖人有的因許飛娘未退，還在苦苦支持；有的見金鬚奴、慧珠夾了初鳳逃走，也知不妙，想要遁走。不知怎的，走到哪裡，俱有攔阻，不能遁出。無奈何，只得回身抵敵。偏生易鼎、易震道力雖然稍差，所御九天十地辟魔神梭，卻是厲害無比。有此護身，滿殿橫衝直撞，有時乘隙暗放飛劍法寶出來會敵，不問成功與否，眾妖人不能傷他分毫，有勝無敗，先就佔了便宜。那旁許飛娘苦戰易靜，想想易氏全家厲害，自己與易周曾有數面之緣，未破過臉，不便施展辣手，樹此強敵，總想等到三女勢敗不支，抽空搶了寶物逃走。

鬥了一陣，先見初鳳等已逃，還當是初鳳、金鬚奴、慧珠三人逃往金庭，取什法寶出來會敵。及見半晌沒有動靜，冬秀又為敵人所斬，英、雲、雙童諸人正分頭往三鳳身前飛去。知道三鳳獨鬥金蟬不過是個平手，尚難取勝，何況又添了這許多勁敵，必無倖理。便朝易靜大喝道：「我與令尊曾有交誼，不願與你一般見識，傷了兩家和氣，你卻執迷不悟。

再如不退，休怪無情！」

易靜喝罵道：「你這潑賤，專一無事生非。三女如勝，你便添了爪牙；三女如敗，你又想趁火打劫，於中取利。鬼蜮伎倆，已被朱真人看破。我等早有準備，速速遁走，還可多活數年，完那三次峨嵋劫運；否則我們便要成全你早死了。」

飛娘被她道破心事，不由大吃一驚。繼一尋思：「今日峨嵋諸首腦僅來了一個朱梅，稍現兩現即逝，自信勉強對付得過，所最怕的還是瑛姆。先在甬道外，雖聽見她的神雷，可是始終未見本人。此人性情淡泊，久已不問世事。自從那年劫去廉紅藥，提心吊膽了好些日。屢次打聽同道中高明之士，俱說她化解在即，劫去廉紅藥只為路見不平，並無他意，決不致再來為難。以她那樣高的道行班輩，未必便受峨嵋利用。否則早該現身，怎會三女勢將瓦解，還無她的蹤跡？」

想了想，到口饅頭，終不願就此捨去。也不再和易靜鬥口，暗從法寶囊內取出一條長方素絹，上下一抖，立時便是一片白光，高齊殿頂，將易靜隔住。一面急將飛劍收回，逕往三鳳身側飛去。

那三鳳初戰金蟬，一見飛劍不能取勝，便將各種法寶施展出來，數十種各色各樣的青光電掣虹飛，紛紛齊上。金蟬霹靂雙劍雖非凡品，畢竟有些寡不敵眾。三鳳看出金蟬不支，拚著損傷兩件法寶，將手一指，分出一半法寶，去絆住雙劍，另一半直取金蟬。金蟬正在奮力抵禦，忽見光華霧中分出數十道，當頭飛落，來勢甚疾，自己雙劍又被絆住，知道不及回劍防禦。且喜彌塵幡早在手上拿著，原準備萬一敵人有什厲害邪法異寶時，作為防身之用，正好施展。忙即一縱遁光，避過眼前危急。接著口誦真訣，將幡一展，立時便有一幢彩雲護住全身，二次又殺上前去。三鳳見許多法寶仍是不能傷他，氣得銀牙直錯。一面運用法寶，將霹靂雙劍裹住。正要暗中施展魔法取勝，猛一回頭，初鳳同了金鬚奴、慧珠已在行法，準備往金庭中退去。

此時三鳳還未看出二鳳受傷，分身遁走，剛暗罵：「大姊糊塗，敵人雖然深入，只不過是朱梅一人，同了幾個後生小輩，未必抵敵不住，怎便當著外人，退避示弱？你退我偏不退。」

正在尋思自恃，便見朱梅二次現身，初鳳魔法被破，金鬚奴用一片碧雲，將初鳳、慧珠一同帶走。說時遲，那時快，三鳳這裡方稍稍吃了一驚，緊接著又見二鳳緊追初鳳、金鬚奴不上，想要回身逃遁，已是無及，死於南海雙童飛劍之下。同時英瓊、雙童等飛追過來，又將冬秀殺死。三鳳正在急痛攻心，又驚又恨，一晃眼間，英、雲、雙童等已一同追到，各將劍光朝自己飛來。先還以為法寶眾多，仇人沒有彩雲護身，正可使用前法，殺他兩個，略解仇恨。剛想分出法寶迎敵，對面紅紫兩道光華已如經天長虹一般飛到，將那數十道青光圈住。三鳳方覺出敵人不可輕視，耳旁猛聽許飛娘大喝道：「二位令姊一死一逃，峨嵋派來了不少凶人，紫雲宮行將瓦解。我等現在已非其敵，道友還不隨我暫且退去，打點異日報仇之計麼？」說罷，取出一件法寶，待要發出。南海雙童大仇在身，手疾眼快，上來時見對面數十道青光亂閃亂竄，自己飛劍知非其敵，早就暗中打了主意。及見英、雲雙劍一出手，便將那些青光裹住，心中大喜，忙各將法寶祭起。三鳳本就有些手忙腳亂，再被飛娘這一喊，心神一分，一個疏忽，胸肩上連中了兩下，「哎呀」一聲，血肉炸裂，倒於就地。

對陣金蟬見英、雲等追來接應，便知大功將成，早防到飛娘劫寶逃走之計，彌塵幡始終不曾撤去。趁著紫郢、青索圍繞數十道青光糾結之際，方將霹靂劍招回，靜候行事。猛見飛娘從側面飛到三鳳身前，眾人尚未大獲全勝，又不是施放神雷的時候，暗道一聲：

「不好！」

明知不是飛娘對手，一則仗有彌塵幡護身，二則事在緊急，時機稍縱即逝，便不問三七二十一，一縱雲幢，疾同電射，逕往三鳳身前搶去。剛剛到達，雙童法寶業已奏功。金蟬更不怠慢，一指飛劍，先將身受重傷的三鳳斬為兩段。就勢一把抓起她的法寶囊，便往旁邊遁開。等到飛娘法寶施展開來，彩雲飆轉，業已無及，不由大怒。還待施展辣手，給眾人一個厲害，恰巧英瓊、輕雲的雙劍已將那數十件法寶斷為兩截，化作百十道青虹紛紛飛舞，墜落滿殿。許飛娘一眼瞥見彩雲幢裡，金蟬劍斬三鳳，搶了法寶囊遁走，拋起一片紅霞追來。英瓊、輕雲知是勁敵，各將劍光一指，雙劍合璧，迎上前去。

許飛娘識得雙劍厲害。暗忖：「此時紫雲宮大勢已去，自己縱能傷卻一兩個峨嵋後輩，濟得什事？何況對面人多勢眾，勝負尚是難說。莫如趁敵人全數在此，暗中遁往金庭，到底還有所獲，豈不是好？」想到這裡，大喝道：「峨嵋群小，休得倚眾逞能，仙姑暫容爾等多活些日，再行相見。」說罷，手揚處，數十丈長一道青光護住全身。再將手連招兩下，收回兩處法寶。星飛電掣，直往殿外飛去。

金蟬忙喊：「大家快來，這賊道姑定往金庭盜寶，那裡無人防守，我等同駕彌塵幡追去。」說罷，金蟬、英瓊、輕雲、甄艮四人首先飛過，也不及再俟甄兌，逕往金庭飛去。彌塵幡雖快，飛娘遁光也是不弱，四人招呼之際，又未免略遲了一步，等到彌塵幡降落金庭之前，六扇封閉好的金門已被飛娘用法術震開，依稀還看見飛娘後影在前一閃，四人忙即跟蹤追入。

剛一進門，忽然眼前一亮，一片白中帶青的光華將四人阻住，彌塵幡衝上去，竟是異常堅韌，阻力絕大，休想通過。英瓊一著急，首先將紫郢劍放將出去，紫光射在青白光華上面，只聽聲如裂帛，哧地響了一聲，依舊橫亙前面，將路堵得死死的，連一絲空隙都無。四人無可奈何，只得各將飛劍法寶放起。英瓊、輕雲又將雙劍合璧，上前攻打，光霞瀲灩中，只聽裂帛之聲響個不絕，那光華兀自不曾消退。漸漸聽得金庭中有了風雷之聲，算計飛娘在玉柱間鬧鬼。正在發急，忽聽耳邊有朱梅的聲音從遠處傳來，說道：「此時我有要事，不能分身相助。此乃許飛娘用童男女頭髮煉成的天孫錦，已為紫郢、青索刺破，爾等還不衝將進去，等待何時？」

四人聞言大悟，連忙一縱彩雲，穿光而入。原來那光華便是適才飛娘用來阻隔易靜的那片素絹。飛娘料知敵人既已識破自己奸謀，難免不跟蹤追趕，一入金庭，便將它施展開來，化成一道光牆，將敵人阻住，以便下手盜取玉柱中法寶。此寶飛娘初煉時頗費苦功，雖被英、雲刺透，光華並未減退，四人不知就裡，差點誤了時機。等到飛身入內一看，許飛娘手指一團雷火，正在焚燒玉柱。離柱不遠，倒著三個妖人的屍首。那些玉柱根根都是霞光萬道，瑞彩繽紛。

四人剛將劍光指揮上前，好個許飛娘，見敵人追入，一絲也不顯慌張畏縮，左肩搖處，首先飛起一道百十丈長的青虹，直取四人。一手仍指定雷火，焚燒玉柱。另一手從法寶囊內取出一物，往上一擲，便化成一團碧焰，四外青煙索繞，當頭落下，護住全身，只管注視雷火所燒之處，連頭也不再回。英、雲雙劍吃青光敵住，雖然勢盛，無奈許飛娘的劍也非尋常，急切間尚難取勝。金蟬、甄艮的法寶飛劍只圍在碧焰外面飛舞，一些也攻不進去，竟不能損傷飛娘分毫。

金蟬見飛娘碧焰護身，瑛姆靈符僅剩一道，誠恐一擊不中，事更為難，所以有些躊躇。那玉柱光華經飛娘雷火一燒，越發奇盛，幻成異彩。猛聽甄艮喝道：「賊道姑還要在此賣弄鬼祟，少時瑛姆駕到，你死無葬身之地了！」

金蟬因南海雙童來時奉有指示，知是提醒他下手，這才將靈符往前一擲。立時一片金霞，夾著殷殷風雷之聲，照耀全殿，光中一隻大手，正朝飛娘抓去。那玉柱被飛娘雷火連燒，柱上光華已由盛而衰，地底雷聲轟隆不絕。金蟬這次小心過度，還差點誤了大事。飛娘先聽甄艮呼喝，驚弓之鳥，雖是有些驚疑，怎奈貪心太熾，又疑敵人詐語，只管咬牙切齒，運用玄功，注定庭中玉柱，但一開動，現出寶物，便即乘機攫走，連頭也顧不得回。眼看柱上光華越淡，功成頃刻。

猛聽雷聲有異，忽見一片金霞從後襲來，便知不妙。因上回在島上虛驚了一次，好生貽笑，心仍不死，還想死力支持，不到真個瑛姆現身，不肯退走。誰知金霞所照之處，護身煙光先自消滅。忙一回視，一隻大手已從身後抓到。暗道一聲：「不好！」便自一縱遁光，將手一抬，身劍合一，飛身便起。英、雲等正擋其出路，雖有朱梅前言，怎捨放她逃走，飛劍法寶一齊發動，合圍上去。

飛娘知道這些後輩俱都不可輕侮，自己弄巧成拙，枉傷兩件心愛法寶，危機瞬息，驚憤交集。百忙中把心一橫，倏地將手一揚，便是一團大雷火打將出來。眾人知她厲害，俱有防備，見勢不佳，連忙回劍護身時，耳聽震天價一聲巨響，雷火光中，滿殿金塵玉屑紛飛如雨，飛娘已將庭中心金頂震穿一個巨孔，駕遁光逃走。那隻神符幻化的大手，也跟著破空追去不提。

除英瓊、輕雲外，金蟬、甄艮連人帶飛劍，全被雷火震得蕩了兩蕩。飛娘已去，知難追趕，齊往柱前飛去。見那些玉柱光華雖退，根根粗大瑩澈，通明若晶，真是瑰麗莊嚴，奇美無儔。便各照朱梅吩咐，準備盤膝坐在當地施為。此時易靜、甄兌、紅蕖、楊鯉、蓉波、石生母子，都已陸續到來。只有易鼎、易震因甄兌而不及追隨英、雲等四人駕彌塵幡同往金庭，剛要另駕遁光跟蹤追去，不料旁邊飛過一個妖道，與甄兌撞了個迎面。甄兌貪功，忙用飛劍法寶截堵，不料戰不多時，被妖道打了一飛鈸，受傷倒地，幾遭不測。多虧易靜趕來，救了甄兌。

易氏兄弟大怒，忙駕九天十地辟魔神梭，一直往外追去，尚未回轉。談起宮中妖人執事，業已死傷逃亡殆盡。所有投降諸人，俱都奉命在黃精殿上消除打掃。四人聞言大喜，互相略說了幾句經過。易靜因見玉柱火光已斂，料是開放在即，恐有疏虞，忙請眾人圍坐玉柱四周，各自運用玄功準備。不消片刻，地底風雷聲越來越盛。接著又聽金鐵交鳴一陣，當中主柱忽然轉動起來，眾人忙即立起，各將法寶飛劍放出，以防柱底寶物飛去。

眼看主柱越轉越急，四圍的玉柱也都跟著轉動，倏地庭中一道金光閃過，現出朱梅，哈哈大笑道：「全宮肅清，大功告成，回去正好赴那開庭盛會了。」

說罷，便命眾人避開，只帶了金蟬、石生二人，同往主柱面前，一口真氣噴向柱上，大喝一聲：「速止！」那柱立時停住不轉，風雷金鐵之聲全歇。然後走近前去，兩手捧住主柱下端往上一提，喝一聲：「疾！」那柱便緩緩隨手而起。漸漸捧離地面約有三尺，柱基處現出一個深穴，裡面彩氣氤氳，奇香透鼻。

石生早奉命準備，忙將天遁鏡往柱底深穴照去。金蟬更不怠慢，一展彌塵幡，隨鏡光照處，飛身而入。到了底下，用慧眼一看，乃是一個圓球般的地穴，裡面奇熱無比。當中珊瑚案上，放有一個光彩透明的圓玉盒子。盒前燃著一盤其細如絲的線香，香煙散為滿穴氤氳，幻成彩霧。四壁懸著十餘件奇形怪狀的法寶。

金蟬事前已得朱梅指點，見一樣便取一樣。那香燃燒甚速，金蟬初下去時還有大半盤，只這取寶的一轉眼間，便燒去了多半。再加穴中奇熱無比，雖有彌塵幡護身，仍是難耐。尤其是取寶時，手一近壁，直似火中取栗一般，烤得生疼。等到挨次將壁間法寶取完，香已燒剩下只有兩圈。知道天一金母的遺書連那兩件異寶俱在案上玉球之中，關係最為重要。香一燒盡，地穴便合攏來。

這是地心真穴所在，如被葬在內，休想得見天日。不禁吃了一驚，忙即上前伸手去捧。誰知那玉球竟重如泰山，用盡平生之力，休想動得分毫。猛想起忘了跪禮通誠，匆匆翻身拜倒。叩頭起來，那香已燒得僅剩半環，危機一發。慌不迭地搶上前去，伸手一抱那球，覺得輕飄飄的，又驚又喜。猛一回頭，那香只剩了三兩寸，晃眼便盡。顧不得再取那珊瑚案，一縱彌塵幡，便往外飛去。身剛出穴，一眼望見朱梅，兩手緊捧主柱，已是面紅力竭，周身白氣如蒸。把手一鬆，那柱剛一落地，便聽穴底微微響了一下，並無別的動靜。

金蟬取了寶幡，上前拜見，將取來法寶獻出。朱梅接過，連聲誇讚不置。英瓊、輕雲、金蟬等幾個常見朱梅之人，俱知他道行深厚，無論遇上什麼勁敵險難，從未皺過眉頭。今日捧那玉柱卻甚吃力，渾身直冒熱氣，在那將放未放之時，更顯出慌急神氣。便問：「師伯何故如此？」

朱梅笑道：「連許飛娘那麼見多識廣的妖人尚且不知輕重，何況你們。這主柱下面，乃是地心真穴。當年天一金母用絕大法力，闢為藏珍之所。飛昇之際，默算未來，在穴中置有一盤水香。此香在穴中燃得極慢，一見風，頃刻之間，可以燃盡。此香一滅，穴便自行封閉，立刻地心真火發了，無論人物，俱化劫灰。這根主柱乃當初大禹鎮海之寶，被金母移來此地鎮壓。此柱一折，不特紫雲宮全宮化為烏有，這附近千里內的海面，俱都成了沸湯，貽禍無窮。

「飛娘只知穴內藏珍，憑著她的妖法，可以劫取，卻不曉其中厲害。放著旁柱內藏的天一真水和許多現成法寶不取，妄自覬覦重器。休說此柱重有一萬三千餘斤，她未必能夠捧起。即使她預先學了鳩盤婆的大力神法，驅遣群魔將柱抬起，入內見了許多寶物，定起貪心，稍有疏忽，那香燒完，勢必同歸於盡，有什便宜？我來時想起，禍患往往忽於未然，這等關係重大的事，謹慎些好。知道紫雲宮除了這裡，還有一個最緊要的所在，乃地竅深處，最為脆薄，同是關係全宮命脈。

「紫雲三女居此數百年，竟未發覺。惟恐許飛娘和同來幾個妖黨萬一事前有人從曉月賊禿、鳩盤婆那裡聞得底細，到了勢危之時偷偷趕去，來一個損人不利己，將它震裂，我們雖未必身受其害，此宮決難保全。因此一到，首先趕到那裡防護，行法將周圍封閉。二次現身，相助二鳳兵解之後，又去降伏那神獸龍鮫。此獸已在金蟬初入甬道前傷去前爪。這東西性最忠義，一見鬥我不過，又聞我說三女遭劫之訊，欲以身殉。經我再三誡諭，並允等牠主人轉劫成道以後，仍可隨侍，方始收伏。少時便帶牠回返峨嵋，以為仙府點綴。這一來，便耽擱了些時刻。

「不料你們仍是貪功，想傷飛娘，不給出路，以致被她用妖法衝破金庭逃走。雖無大礙，但是此庭乃天一金母運用天、地、人三才真火，採取西方真金熔鑄而成。異日英、雲等來此居住，道成時節，雖可煉金來補，到底不如原來，留一缺陷，豈不可惜？金蟬所發，乃是瑛姆寄形化身妙用，本屬虛設。那隻大手一經追出，數百里外，必被飛娘看破，所幸你們尚未窮追。飛娘近來所煉幾件厲害法寶，又要留為三次峨嵋之用，不到危急，不肯輕易施展；否則你們追去，必受傷害無疑。這中央主柱，自從三女取寶百十年後，被三鳳一日無心中發現柱中封鎖符籙，她不知何用，試一演習，主柱忽然自行封閉。內中還藏有別的法寶，也未被三女發現取出。嗣見別根柱內有大同小異的符咒，彼時三女道法日深，漸漸悟出那符是一開一閉。試一演習，果然應驗。只是當時忘記了主柱的開法，一直無法重開。那天一真水，便藏在左側第三根玉柱之中玉瓶葫蘆之內。如果事前封閉，也難開取。

「偏巧初鳳被奪其魄，這次慶壽，把所有庭中玉柱全數開放，以便酒闌，將壽筵移來，人前顯耀。三鳳素極狂妄，初藏時雖加封鎖，因為初鳳這一來，仗著裡外俱有埋伏，既是全數讓人觀光，不便留此一處，也未諫阻。可笑飛娘枉是自負，竟會被三女魔法瞞過。爾等可去取來，再往黃精殿帶了新收諸弟子，回返峨嵋，中途有人相候呢。」

這時眾人見那幾行玉柱上下渾成，並無開裂之痕。方在尋思，朱梅忽將兩手一搓，一片火星散將開來，往柱間飛去，那些玉柱便燃燒起來。一陣烏焦臭味過去，眾人眼前一亮，見庭中玉柱依然瑩潔，透體通明，內中寶物紛呈異彩，晶光寶氣掩映流輝。再加妖氣已盡，氛霧全消，襯著金庭翠檻，越顯奇觀。

金蟬首先跑到第三根柱前，見那盛著天一真水的玉瓶果在其內，另外還有一個葫蘆。一同取下一看，上面俱有朱書篆文，寫著「地闕奇珍，天一聖泉」八字。大功告成，好生欣喜。忙與朱梅看了，揣入法寶囊內。再隨眾人去看其餘玉柱，每根俱藏有奇珍異寶，還有許多不知名的仙藥，件件霞光燦爛，照眼生纈，眾人見了，俱都驚喜非常。

朱梅道：「紫雲三女因想人前賣弄傢俬，把宮中寶物大半收來，陳列此間，給我們省了不少的事。可惜我當時無暇兼顧，被周、李二弟子的紫青雙劍將金母降伏海嶺豬龍遺留下的數十件法寶全數斬斷。又忙於追趕許飛娘，未想起收取，被一個手疾眼快的妖人搶拾了六件逃走。易靜看出此寶有用，去拾時，已經不全了。」

說罷，將柱間寶物分別去留，指示眾人。留的仍置柱內，照柱中開閉符偈，全數封閉。庭頂被飛娘沖裂之處，約有碗大，也經朱梅將從柱中取出來的一個玉球擲上去，行法堵住。然後率領眾人走出庭外，說道：「此宮異日應為靈雲、紫玲等所居，我等去後，無人防守，內中還有不少寶物，難保不啟異派妖人覬覦。來時齊道友托我將長眉教祖的兩儀微塵陣移設此間，原不妨事。不過宮中妖人太眾，此時雖已死傷逃亡殆盡，但是來時瑛姆曾示先機，暗示靈雲等異日來此修道，還不甚容易。以我道力，幾次占算，也似有些微朕兆，竟會算不出是否有人潛伏於此。

「微塵陣雖能籠罩全宮海面三千里方圓，外人不能擅入，假使此時有人伏在宮內，這裡有的是靈藥仙草，盡可在此潛修，只不能出去，毫無妨礙。固然事有前定，我卻偏要和瑛姆拗一下，詳搜全宮，到一處，封鎖一處。萬一連我也事昧先機，防備不周，留有遺孽在此，那要緊的所在他也無法進去。」當下朱梅先將金庭行法封鎖，然後率領眾人，挨次巡視全宮，逐處加以封鎖。紫雲宮面積何等廣大，饒是步行迅速，也耽誤了不少時候。等到巡行殆遍，最後至黃精殿，準備領了龍力子等幾個初投門下的男女弟子再往後苑宮殿中，去帶神獸龍鮫，轉回峨嵋時，那龍鮫已在殿上，龍力子正騎在牠的背上，呼叱為戲。見了朱梅等到來，連忙下騎，隨了趙鐵娘等，上前參拜。

朱梅便問龍鮫怎得到此？

龍力子道：「弟子因久候真人不至，知殿外妖法業已破去，走往殿台探望，見牠從後苑那一面跑來。因聽真人行時說，要將牠帶回峨嵋，以前弟子曾看守過牠，知道降伏之法，恐被逃走，便上前將牠喚住，與牠說了真人恩意，勸牠投順，引上殿來，不久真人便來了。」

正說之間，朱梅忽然心中一動。想起易氏弟子追趕妖人，中途尚有險阻，須去救援，不宜在此久延。以為龍鮫通靈，降伏之後，必是久候自己不至，自行走出尋找。適才巡視全宮，不見絲毫朕兆，瑛姆所示仙機和自己卦象上所現可疑之點，定是另有應驗。宮殿已經去過，到處都曾施展玄門捉影搜形之法尋查，料無遺漏。那地方不關重要，無須再去封鎖。當下便帶了眾人，走出黃精殿，仍由甬道出去，飛到九宮柱前。問起金萍，果見金鬚奴、慧珠二人夾著初鳳，周身雲光圍擁，由此飛出。初鳳已是神志失常，叫囂不已，好似發狂中邪模樣。問畢，大家一同飛出甬道，走出延光亭。

第十五章　辟魔神梭

眾人正準備回山之際，朱梅笑問英瓊道：「你的神雕佛奴呢？」英瓊聞言，方想起來時，因為甬道神沙厲害，曾吩咐神雕只在空中飛巡，不可下落，卻忘了大海茫茫，附近數千里，並無牠存身之所。自己二次入宮時，就未見牠影子。這時方才想起，不知飛往何方。連忙引吭呼喚，不見神雕飛下。

正要飛空尋找，輕雲攔道：「你那神雕耳目最是靈敏，平時數百里內聞呼即至，你連喚數聲不見影子，不是不耐久候，飛轉峨嵋，便是出了別的事故。朱師伯既那般說法，必然知道，為何捨近求遠？」

英瓊聞言，忙向朱梅拜問。朱梅道：「你那神雕本就通靈，自來峨嵋，道行益發增進。牠本來自負，這次恐牠為甬道神沙所傷，不許下去。牠在空中盤飛時久，不覺厭倦，當時恰巧有兩個許飛娘約請赴宴的妖人從崇明島趕來赴宴，被牠在遠處看見，不等近前，便迎上去。那妖人是姑侄兩人，一老一幼，初見神雕，妄想收牠。不料一照面，便被神雕抓去飛叉，將小的一個抓裂投入海中。那老的一個看出不妙，便即往回路遁走。神鵰貪功不捨，展翼追去，兩下裡飛行均極迅速。正在追逐之際，恰值我從峨嵋趕來，無心中看見，最初相隔尚有十里遠近。彼時我因紫雲宮事機緊急，緩到一刻，必有人要遭毒手。又認得那逃走的妖人，是江蘇崇明島金線神姥蒲妙妙，邪法頗非尋常，恐神鵰閃失，曾用千里傳音之法，連喊數聲，神鵰竟未回顧。

「兩下裡本是背道而馳，瞬息間相去已是數百里外。我當時錯以為神鵰兩翼藏有白眉禪師神符，至多被困一時，決無大害，無暇分身，並未回頭追去。如今未歸，必在島上被妖法陷住。此時大功告成，援救易氏弟兄無須多人。你與輕雲有紫郢、青索雙劍，只要遇事謹慎，百邪不侵。再將天遁鏡帶去，必能成功無疑。」又命石生將鏡交與英瓊，吩咐即時動身，往崇明島趕去。二人一聽神鵰有難，慌忙接鏡，拜別起身。

朱梅又對眾人道：「易氏弟兄現在必是被困在銅椰島上。島主天癡上人門徒眾多，雖是異派，並不為惡多事。他二徒少年任性，不知進退，咎有應得。我與島主曾有數面之交，既不便前去，又不能不去，事出兩難。只可暫由易靜、蓉波、紅藥三人前去通名拜島，看他如何對付，相機行事。我自在暗中趕去相助。餘人由金蟬、石生率領，回轉峨嵋覆命便了。」說罷，又吩咐易靜等三人一些應付機宜，各按地方分別起身。

且不說金蟬、石生展動彌塵幡，帶了新入門的弟子，回轉峨嵋覆命。卻說易靜、紅藥、蓉波三人駕遁光離了迎仙島，照朱梅所說方向，往銅椰島飛去。先是大海茫茫，波濤浩瀚，渺無邊際。

飛行了好一陣，才見海天相接處，隱隱現出一點黑影，浮沉於驚濤駭浪之中。知道離島已近，連忙按落遁光，凌波飛行。眼看前面的島越顯越大，忽見島側波浪中突出許多大小鯨魚的頭，一個個嘴吻刺天，紛紛張翕之際，便有數十道銀箭直往天上射去。再往島上一看，島岸上椰林參天，風景如畫。岸側站定二三十個短衣敞袖，赤臂既足的男女，每人拿著三五個椰實之類，彈丸一般往海中躍去，正在戲鯨為樂。正要近前，那些男女想已看見三人來到，倏地有四個著青半臂的少年，往海中躍去，俱都踏在一條鯨魚項上，將手一揮，那四條鯨魚立時撥轉頭，衝破逆浪，直向三人泅來，其行如飛，激得海中波濤像四座小山一般，雪花飛湧，直上半天，聲勢甚是浩大。

三人早得矮叟朱梅指教，不等來人近前，忙即由易靜為首，一按劍光，飛身迎上前去，說道：「煩勞四位道友通稟，南海玄龜殿易靜，奉了家父易周之命，偕了同門師姊妹陸蓉波、廉紅藥，專誠來此拜謁天癡上人，就便令舍侄易鼎、易震負荊請罪。」

那四人見了易靜等三人面生，正要喝問，一聞此言，立即止鯨不進，互相低語了幾句，為首一人說道：「來人既拜謁家師，可知銅椰島上規矩？」

易靜躬身答道：「略知一二。」那人道：「既然知道，就請三位道友同上鯨背，先至島岸，見了我們大師兄，再行由他引見家師便了。」

說罷，其餘三條鯨項上所站的青衣少年，俱往為首那人的鯨背上縱來，讓出三條巨鯨，請三女乘行。三女也不客氣，把手一舉，飛向三鯨項上立定。那四人將手一揮，在前引導，同往海岸前泅去。這時海面群鯨俱已沒入海中。岸上二十多個男女，也都舉手迎賓。

等三人由鯨背上飛身抵岸，人群中便有一個長身玉立，丰神挺秀的白衣少年，從人群中迎上前來。這人便是島主天癡上人的大弟子柳和，本是潮洲海客柳姓之子，三歲喪母，隨父航海，遇著颶風，翻船之際，乃父情急無奈，將他綁在一塊船板上面，放入海中，任他隨水漂流。不想一個浪頭將他打在一隻大鯨魚的背上。

也是他生有夙根，由那鯨背了他，泅游數千里，始終昂頭海面，未曾沒入水裡。直泅到銅椰島附近，被天癡上人看見，救上岸來。彼時上人成道未久，門下尚無弟子，愛他資質，便以椰汁和了靈丹撫育，從小便傳授他道法。雖是師徒，情逾父子。

上人後來續收了四十七個弟子，獨他在眾弟子中最得鍾愛。上人島規素嚴，門人犯規，重則飛劍梟首，輕則鞭笞，逐出門牆。當許飛娘約請異派仙賓往紫雲宮祝壽時，路過南海覆盆島，見下面有一個穿青半臂，短袖跣足的男子在那裡練飛叉，迥異尋常家數，猜是海外散仙之流，按落遁光，上前問訊。才知是上人第十九名弟子，名叫哈延，奉命在覆盆島採藥煉丹的。飛娘一想：「久聞天癡上人大名，門下弟子個個精通道法，各人練就飛叉，勝似尋常飛劍。只是這多年來，從未聞他預聞外事。如能將他師徒鼓動，勾起嫌隙，豈非峨嵋又一個大勁敵？」

便用一番言語蠱惑哈延，說峨嵋如何妄自尊大，不分邪正，專與異派為仇，勸他加入自己一黨，同敵峨嵋。怎奈哈延知道師門法重，不敢輕易答應。飛娘見說他不動，又將紫雲宮三女慶壽，鋪張揚麗，加以渲染。說那裡朱宮貝闕，玉柱金庭，海底奇景，包羅萬象。那神沙甬道，又是如何神妙。大家俱是同道，何不抽暇同往觀光，以開眼界？

哈延少年喜事，不覺心動。只因當時煉丹事重，不能分身。便由飛娘分了一粒沙母，傳了入宮之法，約定三女壽辰那天，恰好丹成，趕去參與盛會。哈延因與三女素昧平生，初次前去祝壽，還備了兩件珍奇寶物，以為見面之禮。

彼時飛娘並未料到紫雲三女就要瓦解，不過多約能人，既可壯自己的聲威，又可藉此聯絡，以便逐漸往來親密，可以乘機為用。誰知哈延到日前往，按照飛娘指示到了宮內，剛和三女見面，入席不久，便生禍變。

先本不想多事，後來見所有來的賓客俱都紛紛上前應戰，惟獨自己袖手旁觀，未免有些難堪。欲待上前，又覺來人個個劍光法寶神妙無窮，略一交接，敵我勝負之勢，已可看出大半。自己與主人既是素昧平生，便是許飛娘也不過一面之識；再者師門家法嚴厲，不准在外面惹事生非。冒昧出手，稍有閃失，不特給師門丟臉，回去還受重責，太不上算。

好生後悔，當初不該輕信人言，無故多事。此時哈延如若見機遁走，本可平安回島。偏是少年好勝，總覺在此一走，不好意思似的。正是進退兩難，遲疑不決。

這時殿上外來的妖人連同宮眾，除了幾個首要與英瓊、輕雲、易靜、金蟬等捉對兒廝拼外，人數尚多，聲勢也還不弱。偏偏易氏弟兄仗著九天十地辟魔神梭護身，只管在殿上左衝右突，從光華擁護中施展法寶飛劍，追殺敵人。宮中諸人，自是敵他不過，所向披靡，紛紛傷亡。那飛娘約來的妖人，卻頗有幾個能手，一見易氏弟兄這等猖狂，俱都憤怒異常，也各把妖法異寶一一施展出來，準備將易氏弟兄置於死地。

易鼎、易震哪把這些妖人放在心上，一見妖人勢盛，群起合攻，反正敵人無法侵害，弟兄兩個一商量，索性將神梭停住，任他夾攻。等到敵人妙法異寶盡數施展，層層包圍之際，先將光華縮小，一面暗中運用玄功，發揮神梭威力，突地手掐真訣，喝一聲：「疾！」辟魔神梭立時疾如潮湧，往四外暴脹數十倍。一面將太皓鉤等厲害法寶從神梭上施光小門內飛將出去。

一干妖人見易氏弟兄在大家法寶飛躍之下，忽然隱入光華之內，停在殿中不動，也不再探頭現身，俱當他們被別人法寶所傷，尚未身死，紛紛收了法寶，施展妖法，放出雷火合圍。後見那團光華逐漸縮小，有那不知來歷的，恨不能撿個便宜，收為自有。那自問不能收得的，便想連人帶寶，化為灰燼。幾個在劫的妖人，連同那些該死的宮眾，不由越走越近。萬沒料到易氏弟兄並未受傷，倏地暗施辣手。那神梭何等神妙，這一暴脹開來，首先是將雷火妖氛驚散。接著便由合而分，化成無數根數丈長的金光，朝四外射去。再加以寶鉤、寶玦同時飛躍，疾同電掣。眾妖人見勢危急，再想用法寶飛劍抵禦，已是無及，傷的傷，亡的亡，能全身遁逃的，不過才兩三個。至於那些宮眾，更是連看都未看清。

哈延相隔本遠，還在逡巡猶豫之際。易氏弟兄的九天十地辟魔神梭發揮威力，光華暴脹處，金霞紅光似電弩一般飛來。如非哈延也是滿身道術，防禦得快，差點也被打中。不由心中大怒，仗著天生一雙神眼，看出敵人乘勝現身，忙將一面飛鈸朝著光華中的敵人打去。偏巧易氏弟兄見妖人雖是死亡不少，還有幾個不曾受傷的，似要乘機遁走，一時貪功心盛，把神梭光華一縮，重又合攏，打算追了過去，哈延飛鈸怎能打中。

哈延知道敵人有此寶護身，無奈他何，正尋思如何出這口惡氣。猛一回頭，二鳳身遭慘死，初鳳、金鬚奴、慧珠三人又復逃走，料出事情不妙，想了想，還是忍氣回島為是。剛要起身，飛娘已捨了易靜，去助三鳳。同時敵人方面也有多人一擁齊上，夾攻飛娘、三鳳。心想：「難怪飛娘說峨嵋派倚強凌弱，得理不讓人，真是可恨！」

就這尋思晃眼工夫，三鳳已斃於飛劍之下。許飛娘一縱遁光，往外逃走。哈延暗道一聲：「不好！紫雲宮全體瓦解，此時不走，等待何時？」便息了交手之想，滿打算追上飛娘，一同遁出宮去。這時甄艮已隨了英瓊、輕雲、金蟬三人飛往金庭，事機瞬息。只甄兌一人，因見地下殘斷的法寶，形狀奇古，精光照人，想拾兩件回去，略微緩了一緩，不及同駕彌塵幡同去。甄兌一見落了後，不顧再拾地上法寶，一縮遁光，正要追趕，身剛飛起，恰巧哈延迎面飛來。

甄兌新勝之餘，未免自驕，一眼看見對面飛來一個周身青光閃閃的妖人，哪裡肯容他遁走，一指劍光，飛上前去截堵。他卻不料哈延早防敵人暗算，用的是東方神木護身之法，尋常飛劍哪能傷他。一見有人攔阻，越覺敵人欺人太甚，絲毫不留餘地，正好想要重創他一下。劍光飛到，故意裝作不覺，卻在暗中將飛鈸朝甄兌打去。甄兌見來人只顧逃遁，劍光飛上前去毫無所覺。

方以為成功在即，忽覺眼前青光一亮，便知不好。忙縱遁光避開，施展法寶抵禦，已是無及，竟被那青光掃著一下，立時墜落。哈延方要再下毒手，將他結果，這時恰值易鼎、易震駕神梭追殺別的妖人趕到，見甄兌受傷，忙駕神梭追將過來。

因為這一日工夫俱是所向披靡，以為乃祖這九天十地辟魔神梭妙用無窮，有勝無敗，未免恃勝而驕，哪把哈延放在心上。他們卻不知哈延雖非天癡上人最得意的門下，卻也不是尋常，這時遁走，只緣顧慮太多，並非怯敵。一見易氏弟兄追來救援，知道他們法寶厲害，再加那旁又飛來了幾個少年男女，聲勢越盛，想將受傷敵人制死，已不可能。又見易氏弟兄輕敵，上半身顯露在外，並不似適才那般的時隱時現。便揚手一連兩面飛鈸打去，滿想自己飛鈸出手迅疾，乘其不意，一下可將敵人打傷，略微出氣。然後便用本門最精妙的木公遁法，地行逃走，順神沙甬道遁出迎仙島回去。

那易氏弟兄與他也是一般急功心意，哈延那裡打出飛鈸，這裡早將太皓鉤放出。剛把第一面飛鈸敵住，哈延的第二面飛鈸又到。若換別人，這一下不死也帶重傷。幸而防身寶物神妙，易氏弟兄又應變機警，眼前青光一晃，便知不妙，忙將頭往回一縮，神梭上的小門便自封閉，光華電轉。耳邊噹的一聲響過處，青芒飛瀉，那面飛鈸被神梭上旋光絞成粉碎。真個危機瞬息，其間不容一髮，稍有些微延緩，必被打中無疑。

易氏弟兄因適才敵人在用許多雷火法寶攻打，只在神梭光華之外，並未絲毫近身，沒料到敵人法寶如此神速，雖未受傷，不由勃然大怒。哈延因敵人現身有隙可擊，才將兩面飛鈸接連打出，以為必中無疑，誰知仍然無用。

第一面吃一鉤寒光敵住，未分勝負，還不要去說它。第二面因為深入光華之中，眼看成功，敵人忽往現身的小門內一縮，立時光圈飛轉，將鈸絞為萬點青熒，散落如雨，轉瞬在光霞之中消滅淨盡。師門至寶，一旦化為烏有，也是又驚又悔，又惜又恨。心想：「再不見機，少時必要身敗名裂，不能逃生。」不敢再為戀戰，將手一抬，收回法寶，便往地下遁去。

按說易鼎、易震已經獲勝，又毀了敵人一件法寶，窮寇本可不必追趕。偏生好勝心切，又見甄兌受傷，自己也險些被他打中，二人都是初次人前出手，未吃過虧，把敵人憤恨到了極處，一面又看中敵人那面飛鈸，想要人寶兩得，哪裡肯容他逃走。見敵剛一飛出殿外，便往地中遁去，正合心意。自己原是奉命對付道行本領稍次的妖人與那些宮眾，現在敵人傷亡殆盡，在眼前逃去的，只剩這一個最可惡。反正大獲勝利，使命已完，何不收個全功？決計隨後追趕，也一指神梭，穿入地中追去。這番還加了點小心，恐又遭敵人暗算，並不探頭現身，只從梭上圓門旋光中，覷準敵人前面那一道疾如流星的青光，跟蹤追逐不捨。

哈延起初只想遁回島去，再約集同門師兄弟，向天癡上人請罪，心中已悔恨萬分。還以為神沙甬道不比別的地方，自己尚是仗著飛娘轉贈的沙母和通天靈符，才得穿行自在，敵人決不會追來。誰知入地不久，又聽風雷之聲，起自身後，回頭一看，敵人竟未放鬆自己，依舊追來。光霞過處，沖激得那四外的五色神沙如彩濤怒湧，錦浪驚飛，比起地面上的威力還要大得多。來勢之迅疾，較自己遁法似有過之，並無不及。驚駭之餘，益發咬牙切齒痛恨敵人。

暗忖：「師父所賜飛鈸，乃東方神木所製，適才被他一絞，便成粉碎，此寶定是西方太乙真金煉成無疑。自己既奈何他們不得，看來意，無論逃到哪裡，他們必追到哪裡。反正無故惹事，至寶已失，師父責罰，在所難免。索性一不作，二不休，拼著再多擔些不是，將這兩個仇敵引往銅椰島去，師父無論如何怪罪，也必不准上門欺負。再者，還有那麼多同門師兄弟，島上有現成相剋異寶。敵人不去，此仇只可留為後圖；如若追去，決無倖理，豈不是可以稍出胸中這口惡氣？」想到這裡，耳聽身後風雷之聲越追越近，不敢怠慢，忙運玄功，把遁光加快，亡命一般往前途逃走。

不多一會，便奔出神沙甬道，到了迎仙島。剛剛穿出地面，後面易氏弟兄也駕神梭追到。依了易鼎，紫雲宮業已瓦解，大功告成，同來諸人俱往金庭取寶，既可藉此觀光，一開眼界；又可得眾人結伴，同往峨嵋，赴那千年難遇的群仙盛會。敵人地行甚快，不易追上，與其徒勞，不如回去。

偏巧弟兄二人適才現身時，是易震當先，差一點沒被飛鈸打在頭上；再者他和甄兒雖是初交，彼此極為投契，性情又剛，嫉惡如仇，執意非追不可。易鼎拗不過，只得暫且由他，原打算追出延光亭，追不上時，強制他回去。出地時方要勸阻易震，不想哈延此時換了主意，早就防到他們要半途折轉，出亭時故意緩了一緩。易震看敵人在前面不遠，眼看就要駕遁光升起，哪裡肯捨，一催所駕神梭，加緊追去。

易鼎因敵人授首在即，也就不去攔他。就這一遲疑之間，兩下裡飛行俱是神速異常，一前一後，早已破空升起。等到易鼎想要勸阻易震折回去時，業已飛出去老遠。兩下相隔，不過一二里之遙，只是追趕不上。易震因易鼎再三制止他前進，恐回去晚了，不及見金庭奇景，剛有些變計，略一遲緩，前面敵人倏地停止，回身大罵：「峨嵋群小，倚多為勝。我今日赴會，忘攜法寶，任爾等猖狂。仙府就在前面島上，現在回去取寶，來誅戮爾等這一干業障。如有膽量，便即同去；如若害怕，任爾等無論逃避何處，俱要尋上門去，叫爾等死無葬身之地，一個不留！」說完，便催遁光，加緊逃走，晃眼工夫，已是老遠。

這一席話，休說易震聽了大怒，連易鼎也是有氣。明知敵人口出狂言相激，必有所恃。繼想乃祖易周，曾說這九天十地辟魔神梭，如果用來和人交戰，真要是遇上道行法力絕高的前輩，或是異派中數一數二的能手，雖未必能夠斷其必勝，要是專用它來逃遁，卻是無論被困在什麼天羅地網，鐵壁銅牆之中，俱能來去自如，決受不著絲毫傷害。能夠克制此寶的，只有南北陰陽兩極精英凝結的玄磁。

但是此物乃天靈地寶，不是人力可以移動，此外別無所慮。這次來救姑姑易靜，便可看出此寶威力。彼時神沙甬道中雷火猛烈，千百根神沙寶柱齊來擠軋，聲勢何等偉大，尚且不懼，目前追的這個妖人，雖在倉促中沒顧得問及他的姓名來歷，看他本領，除了能在地下飛行外，並無什麼出奇之處。

這裡雖是南海，距離南極磁峰尚有數萬里之遙，即使妖人果真想將自己引到那裡，借用太陰玄磁暗算，見機抽身，也來得及。否則便追到他的巢穴之中，勝了固好，如不能，盡可衝破妖法而出，有何妨礙？既有了易勝難敗之想，再加易震從旁再三慫恿，說妖人如此可惡，不將他除了不解恨。起初不追也罷，追了半日，空手回去，也不好看。反正紫雲宮已為峨嵋所有，金庭奇景，早晚看得見，無須忙在一時。因這幾種原因一湊合，易鼎不由活了心，便依了易震，同駕神梭追去。何況又受了一激，自然益發加緊追趕，恨不能立時追上妖人，置於死地，不再作中途折回之想。

哈延見敵人果中了激將之計，雖然欣喜，及見來勢迅疾，比起流星還快，也不免有些心驚膽寒。忙催遁光，電掣虹飛，往前急駛，哪敢絲毫怠慢。還算好，逃未多時，銅椰島已是相隔不遠，才略微心寬了些。

未等近前，早將求救信號放出。易氏弟兄正追之際，眼望前面敵人由遠而近，再有片時，不等到他巢穴，便可追上，決不致趕到南極去，越加放心大膽。正在高興，忽見前方海面上波濤洶湧，無數黑白色像小山一般的東西時沉時沒，每一個尖頂上俱噴起一股水箭，恰似千百道銀龍交織空中。

二人生長在海岸，見慣海中奇景，知是海中群鯨戲水。暗忖：「這裡鯨魚如此之多，必離陸地不遠，莫非已行近妖人的巢穴？」

再往盡前面定睛仔細一看，漫天水霧溟濛中，果然現出一座島嶼影子。島岸上高低錯落，成行成列的，俱是百十丈高矮的椰樹，直立亭亭，望如傘蓋，甚是整齊。易鼎見島上椰樹如此之多，好似以前聽祖父、母親說過，正在回憶島中主人翁是誰。還未想起，說時遲，那時快，就這微一尋思之際，不覺又追出老遠，離島只有三數十里，前途景物，越發看得清清楚楚。又追了不大工夫，倏見島上椰林之內縱出五人，身著青白二色的短半臂，袒肩赤足，背上各佩著刀叉劍戟葫蘆之類，似僧非僧，似道非道，與所追妖人裝束差不多。這些少年直往海中飛下，一人踏在一隻大鯨魚的背上，為首一個將手一揮，便個個衝波逐浪，迎上前來。

五隻大鯨魚此時在海面上鼓翼而馳，激得驚波飛湧，駭浪山立，水花濺起百十丈高下。前面逃人好似得了救星，早落在那為首一人的鯨背上面，匆匆說了幾句，仍駕遁光，往前飛走。沒有多遠，便有一隻巨鯨迎了上來，用背馱了他，回身往島內泅去。易氏弟兄見了這般陣仗，仍然無動於衷。算計來的這五個騎鯨少年，定是妖黨，不問青紅皂白，更不答話，一按神梭，早衝了上去。又於那旋光小梭門中，將寶鉤、寶玦一齊發出，直取來人。

那五個騎鯨少年在島上聞得師弟哈延求救信號，連忙騎鯨來救，一見哈延神色甚是張皇，後面追來的乃是一條梭形光華，只有兩個人影隱現。哈延與為首的一個見面，又只匆匆說道：「我闖了禍，敵人業已追來，大師兄呢？」為首的一個，才對他說了句：「大師兄現在育鯨池旁。」言還未了，哈延便駕遁騎鯨，往島上逃去。

五人聽他這一說，又見來人路數不是左道旁門，以為哈延素好生事，定是在外做錯了事，或是得罪了別派高人，被人家尋上門來。銅椰島名頭高大，來人既有這等本領，又從這麼廣闊的海面追來，必知島上規矩和島主來歷，決無見面不說話就動手之理。師門規矩，照例是先禮後兵。欲待放過哈延，迎上前去，問明來歷與起釁之由，再行相機應付，所以並未怎樣準備。及至那梭形光華快要追到面前不遠，為首一個忙喊：「道友且慢前進，請示姓名，因何至此？」

誰知來人理也不理，不等他話說完，倏地光華往下一沉，竟朝自己衝來。五人不知此寶來歷，見來勢猛烈迅疾，與別的法寶不同，適才哈延又是那等狼狽，不敢驟然抵禦，一聲招呼，各人身上放出一片青光，連人帶鯨，一齊護住，齊往深海之中隱去。易震見敵人空自來勢這赫，卻這等膿包，連手也未交，便自敗退，不由哈哈大笑。一看前面哈延已將登岸，心中忿極，便不再追趕這五個騎鯨少年，竟駕神梭急趕上去，片刻到達，哈延已飛入椰林碧陰之中。易氏弟兄仍是一點不知進退，反因那幾個騎鯨少年本領不濟，更把敵人看輕，一催神梭，便往椰林中追去。

那些椰樹俱都是千百年以上之物，古幹參天，甚是修偉，哪禁得起神梭摧殘。光華所到之處，整排大樹齊腰斷落，軋軋之音，響成一片。入林不遠，因為樹木茂密，遮住目光，轉眼已看不見敵人的青光影子。二人一心擒敵，一切都未放在心上，只管在林中往來衝突，搜尋不休。不消多時，忽聽一聲鏜響，聲震林樾。接著便見前面一大片空地上，現出一個廣有百頃的池塘，池邊危石上立著幾個與前一樣打扮的少年，為首一個，正和哈延在那裡述說。二人以為擒敵在即，便追將過去。那邊少年見神梭到來，彷彿不甚理睬。眼看近前，相隔還有數十丈左右，為首的一個忽從石旁拿起一面大魚網，大喝一聲：「大膽業障，擅敢無禮！」

手揚處，那魚網便化成一片烏雲，約有十畝方圓，直朝二人當頭飛到。二人猜是妖法，正要與他一拚，說時遲，那時快，兩下裡都是星飛電駛，疾如奔馬，就要碰個迎頭。忽聽空中一聲大喝道：「來人須我制他，爾等不可莽撞！」言還未了，那片烏雲倏地被風捲去。

這時二人因為敵人就在地面立定，飛行本低，見敵人法寶剛放出來，又收回去，正猜不出是何用意。忽聽前面敵人拍手笑語，定睛一看，那些穿半臂的少年業已回身，背向自己，齊朝前面仰頭翹望，歡呼不已，好似不知神梭就要衝到，危機瞬息神氣。再順著他們所望處一看，只見一個筆直參天的高峰矗立雲中，相隔約有十來里光景，並無別的動靜。易鼎雖沒有易震那般過於自恃，也料出敵人必有詭計。

剛在猜想，猛覺所御神梭的光華似在斜著往前升起。弟兄二人俱在疑心，百忙中一問，並非各人自主，連忙往下一按。誰知那神梭竟不再聽自己運轉，飛得更快，好似有什大力吸引，休說往下，試一回身轉側，都不能夠。晃眼工夫，竟超越諸少年頭上老高，彈丸脫弦一般，直往前上方飛去，越飛越快，快得異乎尋常。一會，前面雲中高峰越離越近，才看出峰頂並非雲霧，乃是一團白氣，業已朝著自己這一面噴射過來，與神梭光華相接。就在二人急於運用玄功，制止前進的片刻之間，神梭已被白氣裹向峰頂黏住，休想轉動分毫。忙用收法，想將神梭收起逃遁時，那神梭竟似鑄就渾成，不能分開絲毫。知道情勢已是萬分危險，急欲從梭上小圓門遁去，又覺祖父費了多年心血煉成的至寶，就這般糊裡糊塗地葬送在一個無名妖人手裡，不特內心不服，而且回家也不好交代。

略一躊躇，忽覺法寶囊中所藏法寶紛紛亂動。猛想起敵人將自己困住，尚未前來，囊中現有的太皓鉤等法寶，何不取出，準備等敵人到來，好給一個措手不及，殺死一個是一個。那法寶囊俱是海中飛魚氣胞經楊明淑親手煉成，非比尋常。如非二人親自開取，外人縱然得去，也不易取出其中寶物。

二人想到這裡，剛把囊口一開，還未及伸手去取，內中如太皓鉤一類五金之精煉成的寶物，俱都不等施為，紛紛自行奪囊而出，往前飛去。因有神梭擋住，雖未飛出，卻都黏在梭壁上面，一任二人使盡方法，也取它們不動，這一急真是非同小可。正在彷徨無計可施，旋光停處，五條黑影伸將進來。易鼎一面剛把寶玦取在手中，想要抵禦，已是不及，倏地眼前一暗，心神立時迷糊，只覺身上一緊，似被幾條粗索束住，人便暈了過去。等到醒來一看，身子業已被人用一根似索非索的東西捆住，懸空高吊在一個暗室裡面。知已被擒，中了妖人暗算，連急帶恨，不由破口大罵起來。罵了一陣，不見有人答應。捆處卻是越罵越緊，奇痛無比。罵聲一停，痛也漸止，屢試屢驗。無可奈何，只得強忍忿怒，住口不罵。這時二人真恨不如速死，怎奈無人答理，始終連那妖人的影子都未見過。

就在這悔恨欲絕之際，耳聽遠遠洞簫之聲吹來，連吹了三次，也未聽出吹的是什麼曲子。恍如鸞鳳和鳴，越聽越妙，幾乎忘了置身險地。易震忍不住，剛說了聲：「這裡的妖人，居然也懂得吹這麼好聽的洞簫。」

簫聲歇處，倏地眼前奇亮，滿室金光電閃，銀色火花亂飛亂冒，射目難睜。二人以為敵人又要玩弄什麼妖法，前來侵害，身落樊籠，不能轉動，除了任人宰割外，只有瞪著兩隻眼睛望著，別無法想。

一會工夫，金光斂去，火花也不再飛冒，室頂上懸下八根茶杯粗細、丈許長短的翠玉筆，筆尖上各燃著一團橄欖形的斗大銀光，照得合室通明。這才看清室中景致，乃是一間百十丈大小的圓形石室。從頂到地，高有二十餘丈，約有十畝方圓地面，四壁朗潤如玉，壁上開有數十個門戶。離二人吊處不遠，有兩行玉墩，成八字形，整整齊齊朝外排開。當中卻沒有座位，只有兩行燦如雲霞的羽扇，一直向前排去。盡頭處，緊閉著兩扇又高又大的玉門，上綴無數大小玉環，看去甚是莊嚴雄麗。

待了一會，不見動靜。那八朵銀花，也不見有何異狀。正在互相驚異，忽又聽盡頭門裡邊笙簧迭奏，音聲清朗，令人神往。晃眼之間，所有室中數十個玉門全都開放。每個門中進來一個穿白短半臂的赤足少年，俱與前見妖人一般打扮，只這時身上各多了一件長垂及地的鶴氅。進門之後，連頭也未抬，從從容容地各自走向兩排玉墩前面立定，每墩一人，只右排第十一個玉墩空著。

兩排妖人站定後，上首第一人把左掌一舉，眾妖人齊都朝著當中大門拜伏下去。那門上玉環便鏗鏗鏘鏘響了起來，門也隨著緩緩自行開放。二人往門中一望，門裡彷彿甚深，火樹銀花，星羅棋布，俱是從未見過的奇景。

約有半盞茶時，樂聲越聽越近，先從門中的深處走出一隊人來。第一隊四個十二三歲的俊美童子，手中提燈在前；後面又是八個童子，手捧各種樂器。俱穿著一色白的蓮花短裝，露時赤足，個個生得粉裝玉琢，身材也都是一般高矮。一路細吹細打，香煙繚繞，從門外緩緩行進。還未近前，便聞見奇香透鼻。

這十二個童子後面，有八個童子，扶著一個蓮花寶座，上面盤膝坐定一個相貌清癯，裝束非僧非道的長髯老者，四外雲霞燦爛，簇擁著那寶座凌空而行。盡後頭又是八個童子，分捧著弓、箭、葫蘆、竹刀、木劍、鉤、叉、鞭之類。這一隊童子剛一進門，便依次序分立在兩旁羽扇之下，放那寶座過去。那寶座到了四排玉墩中間，便即停住。玉門重又自行關閉。那燦若雲錦的兩排羽扇，忽然自行向座後合攏。隨座諸童子，也都一字排開，恭敬肅立在羽扇底下。二人細看室中諸人，卻不見從紫雲宮追出來的那個妖人，好生奇怪，俱猜不出這些妖人鬧什把戲。

明知無幸，剛要出聲喝問，座中長鬚老者忽然將右手微微往上一揚，地下俯伏諸人同時起立就位，恭坐玉墩之上。

長鬚老者只說了一聲：「哈延何在？」

上首第一人躬身答道：「十九弟現在門外待罪。」

長鬚老者冷笑道：「爾等隨我多年，可曾見有人給我丟這樣臉麼？」兩旁少年同聲應道：「不曾。不過十九弟哈延今日之事，並非有心為惡，只緣一時糊塗，受了妖婦之愚，還望師主矜原，我等情願分任責罰，師主開恩。」

長鬚老者聞言，兩道修眉倏地往上一揚，似有恨意。眾少年便不再請求，各把頭低下，默默無言。略過了一會，上首第一人重又逡巡起立，躬身說道：「十九弟固是咎有應得，姑念他此番採藥煉丹，不無微勞，此時他已知罪，未奉法諭，不敢擅入。弟子不揣冒瀆，敬求師主准其參謁，只要免其逐出門牆，任何責罰，俱所甘願。」長鬚老者略一沉吟，輕輕將頭點了一下。那為首少年便朝外喝道：「師主已降鴻恩，哈師弟還不走進！」說罷，從石壁小門外又走進一個半臂少年，正是易鼎、易震所追之人，這才知道對頭名叫哈延。在這一群人當中，中坐長鬚老者，方是為首的島主。

第十六章　三女負荊

易鼎、易震雖沒聽過哈延是何來歷，看這種排場神氣，必非尋常異派可比。因為他擒來敵人尚未收拾，反怪罪門下弟子，不該受了妖婦許飛娘愚弄，言談舉動，甚覺出乎意料，不由看出了神。眼看哈延滿臉俱是憂懼之色，一進門便戰兢兢膝行前進，相隔寶座有丈許，便即跪伏在地，不敢仰視。

長髯老者冷冷地道：「無知業障！違棄職守，擅與妖人合污。昔日我對爾等說過，目前正逢各派群仙劫數，我銅椰島門下弟子雖不能上升紫府，脫體成真，仗著為師多年苦修，造成今日基業，早已化去三災。又煉成了地極至寶，不畏魔侵，何等逍遙自在！此番命你煉丹，關係重大，你就要往別處遊玩，也應俟回島覆命以後。你卻聽信妖婦慫恿，帶了丹藥，私往紫雲宮赴宴。幸還逃了回來。

「我那丹藥，乃長生靈藥，以眾弟子之力，費了數十年苦功，方始採集齊備。如今雖分作多處燒煉，缺一不可。其餘八人，俱已覆命，獨你遲來。如在紫雲宮將此丹失去，你縱百死，豈足蔽辜！易周老兄家教不嚴，有了子孫，不好好管教。既然縱容他們出來參與劫數，就應該把各派前輩尊長的居處姓名一一告知，也免得他們惹禍招災，犯了人家規矩，給自己丟臉。滿以為他那九天十地辟魔神梭所向無敵，就沒料到會闖到我的手裡。這雖然是他的不是，若非你這業障，他們也未必會尋上門來晦氣。我處事最講公平，我如不責罰你，單處治易家兩個小畜生，他們也不能心服口服。你如不願被逐出門牆，便須和易家兩個小畜生一般，各打三百蛟鞭。你可願意？」

哈延聞言，嚇得戰兢兢地勉強答道：「弟子罪人，多蒙師父開恩，情願領責。」

長髯老者把頭微點了點，便喝了一聲：「鞭來！」立時便從座後閃出兩個童子，手中各拿著一根七八尺長烏光細鱗的軟鞭，走向座前跪下，將手中鞭往上一舉。

長髯老者笑指易氏弟兄道：「你二人雖然冒犯了我，但是此事由我門弟子哈延所起。當時你們如不逞強窮追，那只有他一人的不是，何致自投羅網？今日之事，須怨不得我無情。此鞭乃海中蛟精脊皮所煉，常人如被打上幾鞭，自難活命。你二人既奉令祖之命，出來參與劫數，必然有些道行，還熬得起。首先整我家規，打完了我自己的門人，再來打你們，省得你們說我偏向。你二人挨打之後，我保你們不致送命。即使真個嬌養慣了，禁受不起，我這裡也有萬木靈丹，使你二人活著回去。歸報令祖時，就說銅椰島天癡上人致候便了。」說罷，便命行刑。

易氏弟兄先聽長髯老者說話挖苦，易震忍不住張口要罵，還是易鼎再三以目示意止住。及至聽到後來，已知長髯老者並非妖邪一流，至少也與乃祖是同輩分的散仙。自己不該一時沒有主見，闖此大禍，悔已無及。再一聽說來歷，不由嚇了個魂不附體。

想起祖父昔日曾說，凡是五金之精煉成的寶物，遇上南北陰陽兩極元磁之氣，均無倖理。現時正邪各派群仙中只有三五件東西不怕收吸。不過兩極真磁相隔一千零九十三萬六千三百六十五里，精氣混茫，仙凡俱不能有，又係天柱地維，宇宙所托，真磁神峰大逾萬里，無論多大法力，俱難移動，雖然相克，不足為害。惟獨南海之西，有一銅椰島，島主天癡上人得道已數百年，不知怎地會被他在島心沼澤下面地心中尋著一道磁脈，與北極真磁之氣相通。他將那片沼澤污泥用法術堆凝成了一座筆直的高峰，將太乙元磁之氣引上峰尖，幾經勤苦研探，竟能隨意引用封閉。

當初發現時，天癡上人同兩個門徒身上所帶法寶、飛劍，凡是金屬的，全被吸去，人也被磁氣裹住，幾乎葬身地底。多虧他一時觸動靈機，悟出生剋至理與造化功用，連忙赤了身子，師徒三人僅仗著一個寶圈護身逃出。自從築煉成了這座磁峰以後，門人逐漸眾多，道力也日益精進，於正邪各派劍仙散仙之外自成一家。他每隔三十年，必遍遊中土一次，收取門人，但論緣法，不論資質，雖然品類不齊，仗著家法嚴厲，倒也無人敢於為惡。他門下更有一樁奇特之處：因為磁峰在彼，專一吸化金鐵，所有法寶、飛劍，不是東方太乙神木所製，便是玉石之類煉成，五金之屬的寶物極少。他那磁峰，雖比兩極真磁之母力量要小得多，可是除了世間有限的幾件神物至寶外，只要來到島上，觸惱了他，將峰頂氣磁開放出來，相隔七百里內，不論仙凡，只要帶著金屬兵器，立時無法運用，不翼而飛，當時連人一齊吸住，真個厲害已極。當時全家聚談，只當長了點見聞，並沒在意。不想初次出門，無心遇上。料他必與祖父相熟，哪裡還敢再出惡言。

正在尋思之間，地下哈延一聽上人喝呼行刑，跪在地下，說了聲：「謝恩師打！」早不等那兩個童子近前，起身兩臂一振，身上穿的半臂便自脫落。再將手往上一舉，從寶頂垂下一根和捆易氏弟兄長短形式相近的長索，索頭上繫著一個玉環，離地約有二十來丈左右。哈延腳點處，縱身上去，一把將環抓住。

那兩個童子先用單腿朝寶座前一跪，左手拖著長鞭，右手朝上一揚，便即倒退回身，揚鞭照定室中懸著的哈延打去。好似練習極熟，打人並非初次，動作進退，甚是敏捷一致，姿勢尤為美觀。那蛟鞭看去長只丈餘，等到一出手，卻變成二十多丈長一條黑影。二童此起彼落，口裡還數著鞭數，晃眼工夫，哈延上身早著了好幾下，身上立時起了無數道紫槓。痛得他兩手緊攀玉環，渾身抖顫，牙關錯得直響，兩隻怪眼瞪得差點突出眶外，看神氣苦痛已極。

易震因他是個罪魁禍首，恨如切骨，見他受了這般毒打，好生快意。全沒想到天癡上人存心這樣，既保持了銅椰島尊嚴，等異日易周尋上門來時，又好堵他的口，還可問他索賠折斷的千年銅椰古樹。打完哈延，便要輪到他弟兄二人頭上。易鼎雖然知道厲害，但是事已至此，也沒可奈何，只得懸著心，看仇敵受責，聊快一時。二童揮鞭迅速，不消片刻，已打了一百餘下。哈延雪白的前胸後背，滿是紫黑色肉槓，交織墳起。二童子仍是毫不詢情地一味抽打不休。

正打得熱鬧之間，忽聽遠處傳來三下鐘聲，天癡上人將頭朝左側為首的一個少年一揚。那為首少年便跪下來，說了幾句，意思好像代哈延求情，說話聲音極低，聽不清楚。餘人見狀，也都相繼跪下。

上人冷笑道：「既是你等念在同門義氣苦求，也罷，且容這業障暫緩須臾，饒卻饒他不得。現有外客到此，還不快去看來。」當下吩咐止刑。二童長鞭住處，哈延落了下來，遍體傷痕，神態狼狽已極。一落地便勉強膝行到寶座前，跪伏在地，人已不能動轉。這時那為首少年業已謝恩退了出去。

上人道：「有人拜島，不知是否舊交？這裡不是會客之所，爾等仍在此相候，我到前面會他。」說罷，仍由服侍諸童扶了寶座，往前走去。走到石室前面盡頭，上人將手一指，立時壁間青光亂轉，頃刻間，現出一個三丈多高大的圓門。除了兩旁諸少年和那手執刑具的四個童子外，俱都隨定寶座，跟了出去。易氏弟兄先前只猜那裡是片玉石牆壁，通體渾成，並無縫隙。如今忽又現出圓門，算計外面還有異景。恰巧上人出去，並未封閉，扭轉頭順圓門往外一看，這兩間大石室想是依山而築。門外那間要低得多，看得甚是清楚。上人仍然在諸童圍侍中，端坐在寶座之上。只兩旁少去兩排玉墩，添了幾個略微同樣的青玉寶座，盡頭處，敞著向外面，設有一排台階，兩邊有玉欄桿，有些類似殿陛，餘者也都差不多。來客尚未走到。再看室內跪伏的哈延，已由兩個少年扶起。

先前行刑二童，各從一個同樣的葫蘆裡取出幾粒青色透明的丹藥。另一少年取來一玉瓶水，將丹藥捏散，化在裡面，搖了兩下，遞與哈延口邊，喝了幾口。然後由那行刑二童各含了滿口，替換著朝哈延噴去，凡是受傷處全都噴到。眼看那麼多條鞭傷，竟是噴一處好一處。等到一瓶子水噴完，哈延已可起立。先跪倒謝了眾同門求情之恩，又向二童謝了相救之德。

二童低語道：「恩師法嚴，我兩個奉命行刑，不敢從輕，實出不已。現在拚著擔點不是，隨了各位前輩師兄略盡私情，雖可暫時止痛，這新傷初癒，二次責打，還要難熬。師兄休得見怪。」

哈延自是遜謝。易鼎正看得出神，易震偶一回頭，忽然「咦」了一聲。易鼎回頭往圓門外一看，適才出去的那個為首少年，正領了三個女子，恭恭敬敬，歷階而升。一見便認出當中走的是自家姑姑女神嬰易靜。其餘二女，一個是陸蓉波，一個是廉紅藥。俱是同破紫雲宮自己人，不知怎會到此？料與自己有關，不由驚喜交集。見易震幾乎要出聲招呼，忙用眼色止住。

易靜早看到兩個侄兒綁吊在裡屋之內，心中雖然有氣，並未形於詞色，仍如未見一般，從從容容，隨了引導，行近寶座前立定，躬身施了一個禮，說道：「晚輩易靜，因往紫雲宮助兩位道友除魔，事後才知兩個舍侄追敵未歸，忽奉家父傳諭，命晚輩同了瑛姆門下廉紅藥，峨嵋齊真人門下陸蓉波，來此拜山請罪。就便帶了兩個無知舍侄回去，重加責罰。不知上人可能鑒此微誠否？」

上人聞言，微笑道：「我當令尊不知海外還有我這人呢。既承遠道惠臨，總好商量。且隨我去裡面，再一述這次令侄輩在此行為如何？」說罷，不俟還言，將手一揚。那寶座便掉轉方向，仍由諸童扶持，往圓門中行進。易靜、紅藥、蓉波三人只得跟著進去。寶座剛回原位，上人吩咐看座。那為首少年將手朝著地下一指，便冒起三個錦墩，一字排開在寶座前側面。

上人命三女落座之後，才笑指哈延，對三女道：「這便是我那孽徒哈延，因受妖婦許飛娘蠱惑，往紫雲宮赴宴，失去寶物，壞了我門中規矩，咎有應得，原與令侄輩無關。只是他未奉師命，違棄職守，犯的乃是本門戒條，在外卻無過惡，事前又不知你們和紫雲三女為難。道家往來宴會，常有之事。適才已派人問明，當時他見你們兩家動手，本要回來，無奈你們防備緊嚴，心辣手狠，一味殘殺不休，令侄輩又不肯網開一面。他心裡不服，才用法寶傷人，原想藉此逃走。誰知令侄輩不容，破了他的法寶。他已地行逃遁，還要執意斬盡殺絕，仗著令尊神梭威力，苦追不捨，非置諸死地不可。這也是他孽由自作，不去管他。後來追到我銅椰島，我門下均守我規矩，並未敢速然動手，只由海岸上幾個值日的門人騎鯨上前，訊問來歷姓名。此時令侄輩如照實說出，以禮來見，不特不致被老夫擒住，還須重責哈延以謝，豈不是好？

「怎奈令侄輩一味逞強，見了我的門人，不分青紅皂白，才一照面，便即倚強行兇。他們未奉我命，仍是不敢交手，連忙回島稟告時，令侄輩已經追到島上，橫衝直撞，如入無人之境，將我數千年的銅椰仙木撞折了七十四根。後來我門下弟子吳遇見來人鬧得大不像話，正要用四惡神網傷他們，我已聞聲出來，看出是令尊子孫，不願下此毒手，才收去寶網，用太極元磁之氣取了神梭，將他二人用意繩擒住，懸吊此間。我想此事釁自我門人所開，專責令侄，未免說我不講理，心有偏向；如果專責哈延，未免又使眾門人不服，說我畏懼令尊，人已打上門來，還一點不敢招惹，未免說不過去。為此我先命哈延供出情由，查明雙方曲直。

「本擬用蛟鞭當著令侄打完了哈延，再同樣代令尊責罰子孫，然後命人送他二人至玄龜殿，請令尊來此，將我那七十四株銅椰神木醫治復原。我雖講情面，處事極重公平。既然令尊得信，派你三人來此，代令侄求情請罪，我如不允，未免又是不通情理。不過他三人其罪惟均，要打要罰，須是一樣才妥。可惜你三人來遲了一步，哈延已經挨了一百餘下蛟鞭，令侄輩卻是身上塵土未沾。就這麼放走，縱然令尊家法嚴峻，將他二人處死，我們也未看見；萬一護短溺愛，哈延也打得略有一點冤枉。我想還是省事一些，由我處治。哈延之責，尚未足數，也不必再補。令侄輩照他數目領責，也決不使其多挨一下。如何？」

易靜見上人說話挖苦，早就生氣，因守矮叟朱梅之誡，一面強忍忿怒，一面還想措詞反駁。那易震素來刁鑽，見三女前來，膽氣頓壯。開始還以上人是乃祖好友，不敢亂說，靜候他重釋前嫌，一走了事。後來一聽，不但沒有允意，反連乃祖也罵其內。反正難免吃苦，把心一橫，忍不住破口大罵道：「不要臉的老鬼！用障眼法兒打門人，還好意思說嘴。你看你那孽徒身上有傷麼？」

天癡上人原不護短，家法也嚴，只因來人將他心愛仙木撞折，才動了真怒，執意非打來人一頓不可。又因哈延雖然無知闖禍，平素卻無過錯。明知當時挨打，雖多受苦痛，打完之後，眾門人必要徇情庇護，雖未授意醫治哈延鞭傷，並未禁止。偏巧打到半截，三女前來拜山，師徒俱未料到是為了此事而來。上人一出去見客，眾門人見哈延打得可憐，師父又沒有禁令，忙不迭地給他醫治，卻不想授人以柄。上人進來時看見哈延身上傷痕平復，並未在意。及至被易震一駁，匆促中，竟回不出什麼話來。眉頭一皺，勃然大怒道：

「小畜生，無端道我偏向，難道我還怕你祖父易周，成心弄假不成？你無故犯我銅椰島，決難寬容。我也照樣用障眼法兒打你，打完也給你醫便了。」說罷，便命行刑。

三女當中，蓉波是轉過一劫之人，又在石內苦修多年，道力雖高，尚無火性。易、廉二女早就按捺不住，一見上人反臉，話又傷人，如何還能忍受。因知上人厲害，還不敢造次，只想將易氏弟兄救了逃走。剛互相一使眼色，往易氏弟兄飛去。同時地下兩個行刑童子，巴不得師父喊打，手中鞭便已揚起。猛聽鐘聲連響，這次卻是起自室後。上人臉上方有些驚訝，室中一道青光飛入，一個穿白半臂少年現身跪稟道：「磁峰上起了一片紅光，磁氣忽然起火，請師父快去！」

言還未了，就在這三方忙亂之際，忽見圓門外現出一個赤足駝背的高大老頭，聲如洪鐘，大喝道：「癡老頭，別來無恙？你這麼大年紀，還欺凌後輩則甚？人我帶去，你如不服，明年秋月岷山白犀潭尋我，不必與人家為難。」

說時，早把手一招，易氏弟兄綁索自然脫落，剛巧被易靜一手一個接住。地下兩童的蛟鞭已打了上來，眼看打在三人身上。恰巧蓉波見二女動手，隨後趕到，一見來了救星，二女業已得手，二童揮鞭打上，喝聲：「不得無禮！」

手指處，兩片碧熒熒的光華將蛟鞭接住，絞為兩段。天癡上人聞得磁峰有警，本已大吃一驚。又看從圓門中來的那個駝子，乃是多年未見的神駝乙休，益發又驚又怒。剛要伸手取寶，滿室金霞，紅光照耀，一陣霹靂之聲，連乙休和易靜等五人俱都不知去向。室後鐘聲更是響之不已。全島命脈，存亡所關。又知神駝乙休用的是霹靂震光遁法，瞬息千里，追趕不上。還是救護磁峰要緊。只得捨了不追，一指寶座，如飛駛向磁峰一看，一溜火光，疾同電閃，一瞥即逝，磁峰要緊之處仍是好好的，並無動靜，才知中了人家調虎離山之計。

磁峰人不能近，只不知乙休用的是什法兒，會使它起火。自己誤以為敵人勾動地心真火，使其內燃，鬧了個手足無措。枉有那麼高的道行法力，竟吃了這等大虧，不禁咬牙切齒痛恨。從此便與易周、乙休二人結下深仇，日後互相報復，不可開交。如非乾坤正氣妙一真人親率峨嵋長幼三輩同門趕到，以大法力解圍，幾乎被乙休穿通海眼，宣洩地氣，點燃地心真火，燼天沸海，闖出無邊大禍。此是後話，不提。

且說易靜、紅藥二人剛剛飛近易氏弟兄身前，易氏弟兄已經脫綁墜落。因為事出突然，只覺身子一鬆，往下落去。等到得知遇救脫險，正要飛身逃走，易靜也搶上前來，將他二人一手一個夾起。因為幾方面都來得異常迅速，又忙著救人，又是同時發現乙休到來，並未看清，一得了手，只想逃走，連乙休的話都未聽明。正想招呼後面的蓉波，猛又見下面兩條鞭影打將上來，想躲萬來不及，正拚著挨他一兩下。恰巧蓉波趕到，用法寶玉鉤斜斷了長鞭，倖免一鞭之厄。就在這倉皇駭顧之間，倏地霹靂大震，滿室俱是金光紅霞。除蓉波一人稍後，看出是神駝乙休施展法力之外，易靜、紅藥俱當作天癡上人為難，又知道元磁真氣厲害，凡是金屬的法寶都施展不得，方在有些膽寒，未及動作，三女眼前一暗，身子已凌空而起。易靜、紅藥仍以為落入險境，還想冒險施為，打脫身的主意。猛聽耳旁有人喝道：「爾等三人業已被我救走，不准妄動。」

蓉波未受驚駭，又曾見極樂真人用過這種遁法，神志較清，忙喊：「易、廉二位姊姊，休得猜疑。適才敵人正對我們要下手時，來了一位前輩仙人，用霹靂震光遁法，將我等救出險地了。」易靜、紅藥聞言，才想起雷聲霞光發動時，彷彿曾聽有人在與天癡上人答話，原來竟是救星，不由喜出望外。

約有兩個時辰光景，眼前又是一亮，身已及地。易靜等五人定睛一看，存身之處，乃是一座絕高峰頂，四外雲氣混茫，千百群山，只露出一些角尖，環繞其下。上面滿是奇松怪石，盤繖攫拿，乘著天風，勢欲飛舞。只偏西角頂邊上，繁陰若蓋的老松下面，有一塊平圓如鏡的大盤石，石上設有一盤圍棋，殘局未終。石旁只坐定一個丰神挺秀的白衣少年。眾人剛一現身，便忙著迎上前來，口稱：「老前輩，頃刻之間，便將五位道友救出羅網。可曾與天癡上人交手麼？」

五人聞言，回頭一看，身後紅光斂處，現出一人。除蓉波外，餘人方得看清來人是個身材高大，裝束奇特的紅臉駝叟。只有易氏弟兄和紅藥見聞較寡，不知他的來歷。蓉波、易靜雖未見面，久已聞名，一看這等身材裝束，早料出是神駝乙休無疑，慌忙一同跪下，謝了相救之德。

乙休只將手一擺，便答那少年道：「我們兩次對弈，俱是一局未終，又惹閒事。好笑朱矮子現有龍雀朱環，不敢去招惹癡老頭，偏要請我去替他們解圍，自己卻在暗中搗鬼。我和癡老頭本來無怨無仇，他為人好高，我這回雖未肯傷他，已給他一個大沒趣，日後怎肯甘休，這不是無事找事麼？」

少年笑道：「天癡上人法力道行，在諸位老前輩中，原屬平常。但是他那元磁真氣，卻是厲害無比，如非老前輩法力無邊，親展拿雲手，朱師伯一人前去，怎能這般容易？如今救了這五位道友，不但齊師伯感謝盛情，便是朱師伯與家師、易老前輩、瑛姆等，也感佩無地了。」

乙休笑道：「我昔日受齊道友相助之德，無以為報，給他幫點忙，也應該。不過朱矮子為人，太取巧一點。」眾人見乙休講話，只得行完了禮，躬身侍側，靜聽他說完了話，告辭起身。

乙休還待往下說時，似聞頭上有極細微的破空之聲，晃眼落下一人，正是矮叟朱梅。眾人慌忙上前拜見。那少年也忙著行禮，口尊師叔。朱梅先不和乙休說話，劈頭便對少年道：「我從銅椰島出來時，中途遇見往南海獨魚峰借九火神爐的李鬍子，說你師父已到了凝碧崖，你還不快去？」

少年聞言，慌不迭地便向乙休拜別，行完了禮，和眾人微一點頭，便自一縱遁光，破空飛走。

乙休大聲嚷道：「朱矮子，你這人大沒道理。我下棋向沒對手，只有諸葛警我和岳雯這兩個小友，可以讓他們一子半子，時常抽空到此陪我，解個悶兒。適才一局剛快下完，便接到你從紫雲宮轉來求救的急信，我幫了你的忙，你卻攪散我的棋局。」

朱梅笑道：「駝子莫急。近日這些後輩俱都有事在身，又忙著早日赴會，人家不好意思拒卻，你偏不知趣，只要遇上，定下個不休。他等一來道行未成，正是內外功行吃緊的當兒，又都有個管頭，哪似我等道法高深，遊行自在？這孩子無法脫身，又不敢不辭而別，經我這一說，正合心意。你沒見他連我都未行禮告別，就一溜煙地走了嗎？虧你還是玄門中的老手，永留殘局豈不比下完有趣？如真要下時，他兩人俱是我的師侄，不是小友，用不著客套，等會散事完之後，我命他們輪流奉陪如何？要不你就同我們追到峨嵋，當著許多同輩小輩的道友，逼他二人下棋好麼？」

乙休笑道：「矮子無須過河拆橋，形容我的短處。我這人說做什麼就做什麼，就追往峨嵋下棋，有何不可？不過我還有點事須辦，又厭鬧喜靜，接了齊道友柬帖，到了赴會之日，不能不去而已。我真要下棋時，他要走得了，才怪。」

朱梅道：「以強凌弱，以老逼小，足見高明，這且放過不談。你適才將人救走就罷了，偏和人訂的什麼約會？休看你此時幫了我一個小忙，到時你仍須借重於我。我那無相仙法，本可使人看不見你的影子。我去時已經在磁峰上放起幻火，用了個調虎離山之計，你如暗中將人救走，怎會結此深仇？我原因癡老頭人頗正直，家法又嚴，不願過於傷他臉面，才約你相助，暗中行事。這一來你不必說，我早晚也不免與他成了仇敵，那時勢必欲罷不能。好則鬧個損人不利己，否則還難保不是兩敗俱傷，何苦多此一舉？」

乙休嗤道：「我向來不喜鬼鬼祟祟行事，癡老頭他如識趣，不往岷山找尋便罷；他如去時，休說我不能輕饒了他，便是山荊，也未必肯放他囫圇回去。我們素不喜兩對一，總有一人與他周旋便了。」

朱梅笑道：「你少在我面前說嘴。你自與尊夫人反目後，已有多年，兩地參商，明明藉此為由，好破鏡重圓，和尊夫人相見。否則哪裡不好做約會，你單約他在岷山去？不過你那年鴛湖劍斬六惡，將尊夫人兄嫂弟侄盡行誅戮，委實怨你心辣手狠，不給她留點香火之情，害她應了脫皮解體，身浸寒潭的諾言，已經恨你切骨，立誓與你不再相見，只恐在用心機吧？」乙休微笑不答。

朱梅又道：「聞得癡老頭近年頗思創立教宗，發奮苦修，道行遠非昔比。他那劫後之身，也逐漸凝固，再過些時，便可復原，無須驅遣煙雲，假座飛行了。我等適才佔了上颪，一則出其不意，二則故意破壞他的全島命脈，使其心分兩地，所以才鬧得他手忙腳亂。如真要明張旗鼓，以道力法寶比較高下，真無如此容易呢。你兩家結成仇敵，他勝固無望，但是他有三光化劫之能，為各派仙人所無，要使其慘敗，卻也未必能夠。

「他屢受小挫，決不甘休，勢必常年尋你為仇，又無法制他死命，長期糾纏不休，豈不麻煩惹厭？現今除極樂真人與我和白谷逸外，尚無人能夠制服於他。依我之見，趁此釁端初啟，仇怨未深之際，我等同往峨嵋請齊道友，與他補下一封請柬，約上齊道友，在群仙盛會上，由齊道友出席講和，略給他一點面子消釋前嫌，再歸於好。既免得日後逼他與異派妖邪同流合污，走入絕路，將多年苦煉清修毀於一朝之忿；又免得你多了這麼一個死纏不捨的累贅，誤卻你異日飛昇的功果。豈非兩全其美？」

乙休冷笑道：「我向來不知什麼顧忌，也從未向人服過什麼低。既已做了就做了，他如死纏，怨他自找滅亡。你不要管，我自有法兒制他。你如不聽我話，私請齊道友下了請柬，那時大家無趣。我尚有事他去，煩告齊道友，說我盛會前兩個時辰準到便了。」說罷，袍袖展處，滿峰頂儘是紅雲，人已不知去向。眾人慌忙拜送不迭。朱梅歎道：「這駝子真有通天徹地之能，鬼神莫測之妙。只為他性情古怪，任意孤行，已歷三劫，還是如此倔強。此事由我邀他相助而起，如不事前與齊道友商妥，盡量設法代為化解，不特害了別人，又誤自己，一個不巧，雙方都鋌而走險，還要闖出無邊的大禍呢。」

易靜請問道：「弟子來時，家父曾命紫雲事完，歸途順道回家一行，就便攜取禮物。不想兩舍侄中途遭難，生了波折。這裡已離峨嵋不遠，本可無須回去。只因家父所煉九天十地辟魔神梭現在遺陷銅椰島，意欲回家一行，不知可否？」

朱梅道：「此梭雖為天癡上人收去，並無傷損，早晚珠還，不足為慮。令尊先因開府盛會上頗有兩個不願相見的舊雨，行止未決，所以才命你歸途繞道回家攜取禮物。如今發生銅椰島的事端，適才接了我的飛劍傳書，又加全家都願觀光，已定日內起程，盡可不必回去。倒是現時因各異派知道峨嵋盛會在邇，長幼兩輩同門均須親往，長一輩的他們奈何不得，於是各約能手，專與小一輩的同門為難。

「我和白道友等四五人，俱受齊道友重托，四處接應小輩門人回山，繁忙已極，此時須往漢陽白龍庵一行。我算計英瓊、輕雲二人往崇明島救援神雕，尚欠一個幫手。先時你是分身不得，此時正可代我前去，一得勝急速同返峨嵋，不可過於貪功。開府盛會，相隔已無多日了。」

易靜領命，拜辭起身。朱梅又命廉紅藥領了蓉波、易鼎、易震三人，同往峨嵋進發。然後一道金光，破空飛去。不提。

且說英瓊、輕雲二人辭別矮叟朱梅，逕往江蘇崇明島，去救神雕佛奴。一路上儘是無邊大海，駭浪滔天，波濤山立。飛行了好一會，才看見前面海天盡處，現出幾點黑影，知將到達。正待催著遁光趕去，忽然前邊海面上捲起一陣颶風，天際陰雲密佈，激成一片吼嘯之聲，震動天地，海水被風捲起數百丈高下，化成好些根擎天水柱，在怪霾陰雲中滾滾不休。二人只當變天，仍然逆風而行，並沒在意。

這時前面島嶼已在陰雲瀰漫之中失了影子。遁光迅速，不消頃刻，已與那些水柱相隔不遠。二人知道這類水柱力量絕大，本未打算衝破，只圖省點事，繞越過去。那些水柱好似俱有知覺，二人遁光剛剛穿進，倏地發出一片極淒厲的怪吼，飆馳電掣，齊向二人擠攏。

輕雲首先覺出嘯聲有異，地隔崇明島又近，不禁心裡一動，疑是妖人弄鬼。忙喊英瓊留神時，英瓊見四外水柱壓來，除了直衝過去，無可繞越，早嬌叱一聲，運用玄功，一按遁光，直往水柱叢中穿去。輕雲見英瓊已有了準備，也將身劍合一，跟蹤直穿過去。這一紫一青兩道光華，恰似青龍鬧海，紫虹經天，那些水柱雖有妖法主持，如何禁受得住，只聽霹靂也似一聲大震過處，頭一根水柱挨得最近，先被紫光穿裂，爆散倒塌，銀雨凌空。餘下數十根，只一挨近，也都如此。

二人所過之處，巨響連聲，那麼多的高大水柱，轉眼工夫，紛紛消滅。柱中不少大魚水族，沾著一點劍光，便即破腹穿胸，隨浪高擲，橫屍海面。水柱既消，颶風隨息。再一注視前面，青螺浮沉，一座孤島，業已呈現面前。

一會到了島上一看，地方甚是廣大，巖壑幽深，花木繁秀，四面洪濤圍繞，頗具形勢。沿海一帶，奇石森列，宛如門戶，尤稱奇景。二人只得重又飛起，駕遁光分途搜尋。幾次發現巖洞，俱是潮濕污穢，不似修道人居處之所。約有半個時辰過去，已抵全島中心，忽見一座高峰，矗立前面，峰頂彷彿平廣，參天直上。

第十七章　洗髓伐毛

且說英瓊和輕雲飛越峰頂一看，峰頂直塌下去，深約百丈。原來那裡是古時的一個大火山口，年代久遠，火已熄滅。又經了人工佈置，把穴底填平開闢，約有百畝方圓，自上望下，形若仰盂。當中一片，地平如鏡，石比火紅，不生一草一木。但有兩具丹爐，一大一小。四壁上卻儘是奇花異卉鋪滿，蘭草尤多，五色繽紛，無殊錦繡。近地十餘丈的峰壁，也都齊整整往裡凹進，成了一個大圓圈。北面略高，似有一座洞府，隱在壁內。

正在端詳，猛聽神鵰一聲長嘯，從下面傳來，知道到了妖人巢穴。英瓊一著急，剛要飛下，輕雲連忙一把拉住，低語道：「我等不知敵人虛實，雖說不怕，也是小心些好。適才海面上旋風來得奇怪，分明敵人已經有了覺察。我等到此一會，他始終沒有露面，必有嚴密準備。你看下面石土和形勢佈置，處處暗合奇門生剋妙用。他在明處，我們在暗處，不可不防。你慢下，待我試他一試。」

說罷，便從法寶囊內將在峨嵋無事時從紫鈴、寒萼、若蘭三人煉來當作玩意的法寶，取了一件出來，手掐靈訣，朝下一擲。這種法寶，雖是一班小輩同門煉來取笑之物，實用有限，聲勢卻是不小。一出手，便是一片五彩霞光，帶起千萬團雷火，直朝下面打去。輕雲原因來時遇見颶風惡浪，又遍飛全島，敵人不會不知，想將敵人引了出來，在明處交手，以免中人暗算。或是試探出下面是否實景，再行下去。眼看霞光雷火才行打落地面，竟似點燃了一座火池般，忽然轟的一聲大震，千百丈烈火紅光，夾著一片煙雲，比電還疾，立時噴將起來。

二人早有準備，忙運劍光護身升起。正待觀察準了路數迎敵時，就在這起落停頓之間，那麼聲勢駭人的烈火煙雲，竟如曇花一現，轉瞬消滅。再定睛往下一看，適才所見之處，已變作了一座完整的峰頂，上面雜花群樹，綠色油油，紅紫芳菲，爭妍鬥艷。那座火山穴口，已經不知去向，心中好生驚異。

英瓊只埋怨輕雲：「做事太小心，適才如果硬衝下去，直搗他的巢穴，妖人縱有厲害埋伏，自己有紫郢、青索二劍防身，也決無吃虧之理。如今被妖人堵塞死了門戶，想來用的是五行挪移妖法。如是真山，何時才可以攻入妖窟呢？」

輕雲道：「你不要忙。看神氣，你說敵人用的是五行挪移大法，一點也不假。據我猜想，這裡原有火山穴口；也就是他的窟穴。必見我等來勢厲害，不敢輕敵，特地設下埋伏，以逸待勞。說不定神雕被陷，也由於此。他既把我等一件玩物當成了真，冒冒失失將埋伏發動，事後必無不知之理。略遲片刻，縱無人出來應戰，也必恢復原形。人已尋上門來，豈能一躲了事?不過他志在擒敵，我等人尚未下，他就施為起來，於理不合。不是這裡無人主持，便是另有作用，比這個還要厲害得多，我們還是不可大意呢。」

二人談論了一會，那峰頭仍是好好的，一點沒有可疑之兆。英瓊執意說那峰頭是障眼法，妖人怯敵不出，下面必是妖穴，要和輕雲身劍合一，衝峰而下。輕雲想了想，也覺不為無理，便依了她。當下雙劍合璧，將青紫兩道劍光，匯成一條數十丈長的彩虹，照準峰頂，往下攻去。

那石峰雖然堅硬，怎禁得這兩口光耀峨嵋、光大門戶的至寶奇珍，只見滿峰頂上花草狼藉，枝幹斷折，沙石驚飛，聲震天地。一條彩虹，在塵霧瀰漫中，上下衝突，恍如電閃龍飛，不消片刻工夫，已攻穿了數十丈深的一個大洞。計算適才所見火山穴口的深度，已將到底。只是上下四方，仍是石土，並無異狀。

輕雲猛然觸動靈機，忙拉英瓊飛了上來，說道：「瓊妹，我們白費力氣，上了人家的大當了，妖人用的是移花接木之計。妖窟必在左近，他見埋伏未將我等困住，已將妖窟移回原處，分我們心力，遷延時刻，暗中必還另有奸謀，尚未完成，否則早已出面。還不快隨我尋去。」說罷，招呼英瓊，一同起身空中，算計妖窟必在濱海之處，便往來路飛行。

飛出約有三十餘里，果然在路上叢山之中尋到，所見形勢佈置，與前一般無二，仍是不見一人。二人正要飛下，忽從正面凹壁大洞之中，飛出一道白煙，現出一個周身穿白，容顏妖艷，短衣赤足的少婦。一見面便喝道：「且慢動手！爾等何人？為何來此侵犯？毀損仙景，通名納命。」

英瓊怒道：「你便是金線妖婦蒲妙妙麼？我們乃峨嵋門下李英瓊、周輕雲的便是。大膽妖婦，快將我神雕放出，饒爾不死；否則教你形神俱滅，永世不得超生！」

那白衣少婦怒罵道：「原來你便是那萬惡扁毛畜生的主人呀！我姑母金線神姥，豈能和你這班小輩交手？你仙姑乃是神姥的侄媳玉飛來鳳四仙姑。我丈夫往紫雲宮赴宴，與你們有何仇怨，被你那扁毛孽畜所傷，死於非命？我和姑母正要火煉完了孽畜，再尋你們算帳。還敢大膽尋上門來，叫你們今日死無葬身之地！」

言還未了，英瓊一聽神雕現受妖火之危，早發了急，首先一指劍光，飛上前去。鳳四姑想是知道厲害，並不迎敵，只把兩足一頓，仍然是一團白氣圍繞全身，只管隨著劍光追逐，上下左右飛避，疾如電掣，竟與紫郢劍一般神速，暫時兀自傷她不了。英瓊見妖婦既然出面，只管逃避，並不施展法寶飛劍迎敵，正在不解。輕雲早就看破敵人心意，喝道：「大膽妖婦，休使緩兵之策，看我飛劍取爾狗命！」

說罷，手一指，一道青光飛上前去。鳳四姑早知雙劍威名，因奉金線神姥之命，恐敵人下去快了，妖法尚未佈置完竣，故使緩兵之策。先想借問答激將拖延片刻，誰知英瓊心急，沒等她說完，便即動手。她哪裡敢和紫郢劍抵拚，只得把她多年煉就專長淫毒之氣施放出來，護住全身，在空中飛馳奔避。仙劍神妙無窮，幾次險些送命，本就膽戰心寒，知難持久。在進退維谷之際，心事已為輕雲看破，又是一道青虹飛起。不由嚇了一個亡魂皆冒，哪裡還敢戀戰，撥回頭，亡命一般往下面洞中逃走。

英瓊自然不捨。輕雲明知妖婦這般行徑還有詭計，無奈英瓊無法喚阻，恐其勢孤失閃，也一按劍光，跟蹤追下。二人因頭一次的經歷，以為下面必有埋伏，俱都留神應變。誰知大出意料之外，落地後一點動靜全無。英瓊當先，緊追鳳四姑，眼看追到凹壁正中的洞門，兩下相隔約有十丈左近。忽見洞門裡冒起一團極濃的白霧，敵人在霧影中一閃即逝。

等到近前，用飛劍驅散妖霧一看，兩扇滿繪符籙的石門業已關得緊緊的。耳邊漸聞神鵰長嘯之聲，心中焦急，不問青紅皂白，一指劍光，便往門上衝去。緊接著，輕雲趕到，飛劍在旁相助。那石門雖有妖法封固，也禁不住這兩口仙劍的威力，只衝得石門上火花四射，煙霧蒸騰，不消頃刻，已將石門攻破，見裡面黑暗暗的。剛要往洞中衝入，猛聽一個鴞鳥般的怪聲大喝道：「無知賤婢，死在目前，還敢在此猖狂麼！」

二人還未看清敵人所在，猛然眼前一陣奇亮，千萬道又長又細的金光似密雨一般撲面飛來。知道敵人發動埋伏，當即飛退出洞，準備破了妖人法寶，再行衝進。倏地又是一陣大震過處，地底火花飛射，四壁凹處無數小洞穴中，像炮火一般打出許多火球。同時那千萬道金光早在空中交織成了一面密層層的光網，當頭罩下。二人知非善與，忙將雙劍合璧，化成一道長虹，在光網火球之中上下衝突了好一會。那光網破了一層，又是一層，地底火花和四壁火球，更是隨射隨發，越來越密，風火熊熊，甚是震耳。雖有仙劍護身，不畏傷害，卻也令人心驚目眩。二人見妖人法寶層出不窮，既不能將她一時消滅，又無後退之理。而且鬥了這些時，連妖人的影子俱未看見。

風火聲中，漸聽神雕鳴聲越急。英瓊恐神雕被妖光煉死，暗忖：「照這般相持不下，挨到幾時？不如冒險衝進洞去，將神雕先救了出來。能將妖人除了更好，不能，便仗雙劍之力，衝了出來，豈不是好？」想了想，把心一橫，忙一招呼輕雲，二次往洞裡面衝進。

輕雲不知用意，見她涉險，緊迫中無法攔阻，又不便任其獨往，分了雙劍之力，彼此不利，只得隨著一同往裡衝進。二人剛一進洞，見那金光千絲萬縷，蓬蓬勃勃，往外拋出。二人也不管他，逕自衝破千層光網，直飛進去。

到了裡面一看，地方甚大，合洞光明，都成青色，迥不似先前那般黑暗，正中有一個矮小法台，台上立著一個大轉輪，飆飛電駛，旋轉不休，那千萬道光絲便從輪中發出。輪後高坐一個身穿金色坎肩，赤臂赤足，豹頭環眼的胖大老婦。旁邊立著兩個相貌奇醜的女童，也是差不多的打扮。正要飛身過去，百忙中忽聞神雕嘯聲。回頭一看，左側也有一個法台，台上有一座和洞外所見相同的丹爐。爐前不遠，光絲密網中，倒吊著神雕。適才逃走的妖婦鳳四姑正站向爐旁，披髮仗劍，往爐中一指，便從爐中升起一團綠火，向神雕燒去。二人見神雕掙扎狼狽，知道苦難無窮，又急又憐，也不願再和妖人對敵，逕飛上前。劍光繞處，光絲先已衝破。再往神雕腳上一繞，便已脫綁飛起。二人忙用劍光將牠護住，往外衝出。這時金線神姥蒲妙妙正和鳳四姑在洞中主持，見敵人仙劍神妙無窮，金線烈火不能奏功，也甚驚心。

剛準備行使那最惡毒的妖法取勝，不料敵人來得這般神速，才一發現，飛虹電轉中，神雕已被救走，再想施為，已是無及。不由勃然大怒，決意與仇敵拚個你死我活。一聲怪嘯，將手往上一舉，霹靂也似一陣炸音過處，洞頂前半截立時爆裂四散，現出那兩座法台。往前一看，敵人業已飛身上去。一時情急，正待棄了法台不用，追將出去，一道青紫二色的長虹自天飛墜，敵人二次又飛將下來。

原來英瓊、輕雲二人起初聽矮叟朱梅說，妖人姑侄一個為神雕抓裂海中，一個又被神雕追走，估量無什出奇本領。不料蒲妙妙妖法另成一家，邪術也頗驚人。所煉法寶，俱有一番設置，不便隨身攜帶。再加她雖然在崇明島潛修多年，為人狡獪淫凶，自知所煉三七下乘魔法尚未煉成，除了鳳四姑等偷偷在民間作惡害人外，從不輕易惹事。各異派同惡相濟，固然無什仇隙；便是正派中人，只一遇上，便即避去，絕少正面衝突。這次受了飛娘代約，以為前去赴會，自己並無仇敵，用不著格外戒備。萬不想行至中途，會遇見神雕佛奴，乃侄三手仙郎蒲和又不知死活，遇上這等嫉惡如仇的仙禽，躲還怕躲不及，竟敢妄想收為己有，一照面，便被神雕抓死。

蒲妙妙心痛愛侄，看出神雕威力不尋常，法寶飛劍決難傷牠。一個不小心，被牠抓住，便有性命之憂。除卻引牠回去，用島洞中設置的三七輪和碧血神焰，不能將牠制死，以報殺侄之仇。當下便一縱三七遁法，誘敵逃走。也是神雕該遭此劫，貪功心盛，竟不聽矮叟朱梅招呼，展翼追去，一到便被三七輪上發出來的金光線綁吊起來。再由鳳四姑發動碧血神焰，打算用妖法將神雕煉化成灰。

那碧血神焰甚是厲害，只這一半日之間，神雕鐵羽竟被燒殘好些。正在危急之間，恰好英瓊、輕雲趕到，將牠救出。二人有了這一番經歷，才知妖人並不似自己預料那般易與，又忙著趕向峨嵋，與諸同門會晤，只想救雕逃走，本不想再貪功戀戰。及至飛到上面一看，神雕佛奴已是遍體傷殘，哀鳴不已。

英瓊素來把神雕愛如性命，幾曾見牠吃過這等虧苦，心中痛惜到了極處，把妖婦恨如切骨。忙從懷中取了兩粒從峨嵋帶出來的靈丹，餵與神雕服了。見牠尚能飛翔，吩咐在上面守候，見機而退，不可下去，免得又遭毒手。一面怒對輕雲道：「周師姊，這兩個妖婦如此可惡，差點將我佛奴燒死，如不殺她，此恨難消。我們適才已經領教過了，並無別的伎倆。她那妖法鬼火，也奈何我不得。你如能助我一臂之力，一同下去除她，為佛奴報仇更好；否則，便請護送佛奴回去，我不殺她，誓不為人！」說罷，不俟輕雲答言，便往下面飛去。

英瓊說時，輕雲已聽得下面山崩地裂之聲，金光火雲中，碎石塵沙飛揚而上。再加適才眼見敵人許多施為，妖法決不只此。臨來時，矮叟朱梅又有「救雕即回，不可貪功，免生別的枝節，種下異日隱患」之言。況且神雕在白眉禪師座下聽經多年，早通靈性，鐵羽鋼翎，飛劍尚難傷牠分毫，竟為妖火燒殘，還不知受有內傷無有。既然救出，原該回山，給牠醫治才是。就說為牠復仇，也應俟諸異日。

這等操切行事，縱免喪生，也難操勝算；無奈英瓊性情剛烈，素來天真，心直口快，說得出便做得到。除了尊長，誰也拗她不過。自己比她年長，既攔不住，怎能任其孤身入險？略一尋思，只得雙劍相合，跟蹤同下。

神雕這次受傷，英瓊簡直氣瘋了，仗著雙劍護身，不怕妖光邪火，哪還管什青紅皂白。因為放妖火煉化神雕的是鳳四姑，一落地，首先看見妖人前半截洞府業已震揭開去，顯露出那兩座法台，金線神姥與鳳四姑一邊一個，正在作勢欲起。仇人見面，分外眼紅，一縱劍光，疾逾飛電，便朝鳳四姑射去。

鳳四姑見敵人二次下來，仗有金線神姥在前，癡心還在暗幸，敵人得了便宜不退，自投羅網，必遭金線神姥毒手。誰知敵人比起上次救雕，還要來得神速，剛剛發現影光，轉眼已到身旁。不由大吃一驚，不及抵禦，忙化白氣飛起時，這次雙劍合璧，威力大長，不比適才在上面只是英瓊一人，想逃活命，哪裡能夠，長虹捲處，血肉紛飛。也是鳳四姑平日淫孽太重，應遭惡報，連聲也未出，立時形神俱化，為仙劍所斬，死於就地。再一繞，斷了台前爐鼎。

英瓊氣憤稍除，忙收回劍光，從妖光邪火中，去殺金線神姥時，法台依然，金光如絲，仍然見台上妖輪懸轉，千條萬縷密層層拋射不已，敵人卻不知去向。惱得英瓊性起，飛劍光過去，朝著妖輪亂繞亂轉，一片爆音，密如串珠，連軸帶輪，斬成粉碎，只剩殘餘下來的妖光邪火瀰漫四外。

英瓊、輕雲二人合著雙劍，一陣上下衝突，那妖光沒有妖輪主馭，不消片刻，又都掃蕩殆盡。英瓊四顧，不見妖婦蹤跡，無從洩忿。一眼看見當中那兩座爐鼎隱隱放光，四壁妖火仍發個不休，知是妖婦有用之物，打算毀了洩忿。劍光飛過，先將大的一座斬裂瓦解。正要再破去那座小的，猛聽妖婦在暗中大喝道：「此乃紅髮老祖五行神爐，賤婢毀它不得，看我仙法取你狗命！」

言還未了，劍光過處，爐鼎碎裂地上。英瓊聞得妖婦語聲，正待跟蹤尋追，忽然天旋地轉，四外塵昏，除劍光所照之處，到處黑霧漫漫，神號鬼哭。輕雲抬頭一看，上面一片沉沉黑影，已是當頭壓下。猛地想起妖婦還會大挪移法，定使移山妖術。適才曾用緩兵之計，自己破敵全仗神速，保不定還有別的厲害妖法，否則朱真人不會那般叮囑。忙拉英瓊先行遁走。英瓊新勝氣銳，又知妖婦尚在暗中藏避，執意搜尋，殺以快意，以為縱有妖法，也非雙劍對手，哪裡肯退。

輕雲既不便捨她獨行，眼看暗影越降越低，看不出是什麼路數。耳畔又遙聞妖婦道：「無知賤婢，已經入我埋伏，任你飛劍厲害，一萬年也衝不出去。」

輕雲知道不妙，一著急，猛又想起身旁帶有天遁鏡，起初因妖光邪火，非仙劍之敵，不曾取用，何不取出試試？一面隨著英瓊飛馳，一面將鏡取出，百十丈金霞，立時脫手而出，頭上暗影竟被阻住不下。偶然抽空，往四外一照，迥非以前景象，鏡光竟照不見底，敵人更是聲影毫無。先照著上面衝去，衝了好一會，總是不能出險。又往橫裡衝去，亦復如是。二人飛行何等迅速，算計上下左右，衝得均有老遠，毫無效果。英瓊也才著起急來。只是事已至此，無法可施，幸而還有仙劍寶鏡護身，尚未受著別的傷害。

英瓊更恐身子被困，神雕在上面又為妖人擒走。正在焦急，忽聽一陣霹靂，一大團烈火紅光自側面打來。因為寶鏡正照上面，猝不及防，連二人劍光都被震盪了一下。剛剛吃了一驚，連忙回鏡去照時，猛聽一個女子聲音喝道：「周、李二位妹姊在下面麼？妖婦已被我趕走。她用的乃是顛倒五行挪移乾坤迷形大法，二位中了她的詭計，以橫為直，以上為下。我發了一粒滅魔彈月弩，能給二位引路，照此衝出，便即脫困。」

二人一聽語聲，乃是女神嬰易靜，心中大喜，忙照火發處衝出，妖婦已走，妖法無人主持，果然轉瞬脫險。

易靜道：「我如晚來片刻，她妖法完成，此山便合，二位越下越深，勢必陷入地肺，為地水火風所困，除了各諸尊長親來，連我也無法處置了。此法甚是厲害，昔日鳩盤婆曾以困我，故爾識得。二位姊姊在困中時，無論往何方飛行，均被妖婦行法顛倒，移向下面。她又故意開通地下，引人入陷。如非仙劍、寶鏡功用神妙，她再一使別的邪法異寶，豈能倖免？

「妖婦想是行法匆忙，上面忘了掩蓋。我奉朱真人之命，來此相助，一到便見神雕在峰頂上和妖婦飛撲。妖婦一手掐訣，口中唸咒，幾次飛劍傷牠。神雕想是受傷甚重，迴非初見時神駿威武，大有不敵之勢。我用法寶逐走妖婦。一看下面黑暗沉沉，時有劍光閃動，便知二位入陷，尚屬不深，便用滅魔彈月弩給二位衝出一條路徑。」

正說之間，英瓊忽聞神雕啞聲長鳴。英瓊初上來，便望見牠蹲伏在路旁危石之上，神情甚是狼狽。因正和易靜相見，想聽完了話，再行過去。一聽易靜只將妖婦逐走，並未誅除，本就覺著遺憾。及聞神雕鳴聲有異，忙回首一看，神雕已離地盤旋低飛，兩爪在攫拿，頗似和人追逐神氣，卻不見有敵人蹤跡。

正待飛身過去，猛聽易靜喝道：「大膽妖婦！不知逃命，還敢暗中弄鬼麼？」說罷，揚手一道寒光，早飛上前。英、雲二人聞言醒悟，知道妖婦轉身回來，意欲暗算，哪裡容得。英瓊手指劍光，朝神雕撲抓之處飛去。輕雲因妖人身形隱起，不便追殺，又將天遁鏡取出照去。三人法寶、飛劍同時發動，蒲妙妙饒是滿身妖術，也禁受不起，鏡光照處，首先破了她的隱身之法。妖婦身形一現，三人飛劍便疾如閃電，飛追過去。

金線神姥蒲妙妙原因愛侄夫婦慘死，痛恨英、雲，又知雙劍神妙，無法抵禦，生怕毀了自己洞府，把多年辛苦佈置的妖陣施展出來，意欲顛倒仇敵神智，使其仗雙劍之力自行衝入地肺。然後用挪移大法移山封閉，再將地水風火發動，將英、雲炸成灰煙。正在施為之際，神雕救主情切，勉強掙扎，奮起神威，上前拚命。

蒲妙妙知道此雕厲害，初遇時連用許多邪法異寶，俱不能傷牠分毫。最後好容易才將它誘入洞中，用金光神線將它擒住。如今轉光輪已為英、雲所毀，無物可制；一面又要運用陣法，去困陷下面的敵人，不禁著起忙來。見來勢猛烈，只得先放出一團煙霧，護住身子，一面飛劍迎敵。因為兩面兼顧，不由便分了點心神。英、雲二人也就蒙受其福，沒有當時便深陷地肺之內。

蒲妙妙和神雕鬥了一會，神雕是劫火餘生，受創太重，威力大減，不但為妖婦飛劍所阻，飛不上前，並且時候久了，漸有支持不住之勢。幾番長嘯，欲警醒主人，聲音又為妖法阻隔，透不下去。蒲妙妙見神雕勢蹙不支，方在欣喜功成在即，正在大罵：「不知死活的扁毛畜生，少時不教你化為飛灰，誓不為人！」不料女神嬰易靜忽然飛來，一到便運用法寶飛劍攻上前去。蒲妙妙情知萬難抵禦，暗中咬牙，嘆息了一聲，便自化成一團白氣逃走。易靜謹守朱梅之誡，又知妖法厲害，恐時候久了英、雲受傷，忙著救人，也未追趕。

蒲妙妙本可就此逃生，也是惡貫滿盈，已經逃出，仍要回去，自投羅網。逃至中途，越想越恨，越傷心。又想起那座五行神火爐鼎，借自紅髮老祖門下，原是私相授受，如今為敵人毀去，異日以何相還？當下把心一橫。因為此事係由那隻惡雕而起，目前雖奈何不了敵人，那雕新受火傷，適才見牠已不似以前威猛，估量敵人此時必要到穴底去救被困之人，何不偷偷趕了回去？如果新來的敵人不明陣法，正好連她一齊陷身在內；否則乘她救人之時，將那隻惡雕除去，也可略報殺侄之仇。

想到這裡，連忙隱著身形回轉。誰知易靜早已防到她去而復回，只用滅魔彈月弩衝破妖氣，人卻守在上面，並未下去。蒲妙妙到了一看，就這片刻之間，人已被她救出，不由大吃一驚，益發知道來人不是易與，哪敢輕易上前。正在徘徊欲退，神雕神目如電，蒲妙妙隱身法怎能瞞得牠過，仇人相見，自然拚命飛撲上去。

蒲妙妙又驚又怒，癡心還想傷了神雕，再行逃走。易靜、英、雲已經發覺追來，隱身法又為天遁鏡照破，只得飛身逃走。易靜生性也和英瓊一般的嫉惡如仇，不過經歷得多，比較持重罷了。先時不追，原是勢難兼顧。妖婦後回，已經惱恨。再見英、雲業已當先追去，早把朱梅來時囑咐忘在九霄雲外，一催遁光，也跟著緊緊追趕。妖婦這時隱身法已被破去，任她飛行迅速，也沒有三人的劍光來得快，不消多時，已被三人追出百里之外，眼看首尾啣接，略一遲延，便要身首異處。

方在亡命遁逃，忽見西南方一片紅雲疾如奔馬，正從斜刺裡穿過。妖婦定睛一看，驚喜交集，連忙一催妖煙，迎上前去。後面三人正追之際，見下面山勢越發險惡，妖婦忽然改了方向。往側一看，高山惡嶺，蜿蜒前橫，山後紅雲瀰漫如飛，從側面橫湧過來，相隔益近。妖婦業已投入紅雲之中，一同往下落去。

三人追高了興，決意除敵，忙按落遁光，追了下去。紅雲開處，現出一夥紅衣赤足，手持長劍幡幢，怪模怪樣的妖人，兩下裡勢子都是異常迅疾。英瓊當先，見妖婦正與為首妖人說話，一落地，不問青紅皂白，早一指紫郢劍，一道紫虹，飛將過去，攔腰一繞，便即屍橫就地。

蒲妙妙還以為遇見救星，那些來人個個厲害，與峨嵋頗有淵源，敵人不會不知來歷。即使冒昧動手，有那些寶幡雲幢，也能保得住性命。不想雙方來勢倉猝，為首一人聽她說沒幾句，方在發怒喝問，英瓊劍光已經飛到。喊聲不好，不及救護蒲妙妙，忙一縱紅雲飛起時，蒲妙妙已為飛劍所斬。為首妖人不是見機逃避得快，差點也被殃及。不由勃然大怒，一聲怪嘯，將手中長劍一揮，連同手下十餘個同黨，各將幡幢招展，立時紅雲瀰漫，彩霧蒸騰，眾妖人全身隱入雲霧之中。

英瓊斬了妖婦，方覺快意，忽見紅雲瀰漫，密層層圍將上來，知是妖婦餘黨所為，哪放在心上，還想追殺和妖婦對話的為首妖人時，忽聞一股異香透鼻，立時覺著神昏體俯，搖搖欲墜。才知那紅雲聲勢雖不大，比起雷火妖光，卻要厲害得多。喊聲：「不好！」連忙一振心神，一面運用玄功，屏住邪氣；一面飛轉劍光，繞護全身，四外找尋敵人蹤跡。那輕雲、易靜也雙雙趕到。

易靜閱歷雖較英、雲為廣，竟也未看出紅雲的來歷。一見英瓊劍斬妖婦，為紅雲所困，便一同衝殺上前。輕雲青索劍剛剛飛起，易靜微聞異香，估量紅雲中含有毒氣，連忙屏息凝神，手揚處，滅魔彈月弩發將出去，一團光華射入紅雲之中，爆裂開來。

便聽有一妖人大喝道：「來者便是峨嵋門下，如此欺人，我等還去則甚？他們倚仗紫郢、青索雙劍厲害，我等不可輕敵，且稟告師尊去。」接著，又聽那十多個同黨齊聲喝道：「瞎了眼的無知賤婢，休得逞能！如無膽量，莫要追趕，我等去也。」說罷，聲息寂然。

這時滿地紅雲，甚是濃厚，看不見敵人的蹤跡。英、雲二人因恐為邪香所中，業已雙劍合一。輕雲又將天遁鏡取出運用，只管上下衝突，掃蕩妖氛。有此三寶護身，還不怎樣。易靜道高人膽大，見紅雲來得異樣，與別的妖法不同，雖經自己發了一回滅魔彈月弩，可是那些被震裂的妖雲仍是成團成絮，略一接觸，又復凝在一起，聚而不散。除了英、雲合璧的雙劍還能將它衝裂得五零四散外，連天遁鏡的光華也只能將它逼開，不能消滅，心中好生驚異。一聽妖人要走，暗忖：「英瓊小小年紀，竟能直入敵人群裡，劍誅首惡。如今敵人仗著妖法護身，看不見影子，何不也顯一顯神通？縱不能將敵人全數誅戮，好歹也殺他兩個。」

想到這裡，剛將身藏七寶取出備用，誰知敵人已恨三女恃強欺人到了極點，不過深知雙劍厲害，無法傷害，又恐紅雲為三女破去，萬分不已，才準備全師而退。易靜這一念貪功，恰好授人以隙。為首妖人正率眾退卻之際，忽見對面一女從法寶囊內取出一件形式奇特的寶物，金光閃閃，正在施為。便憑一道劍光護住上身，忙取出一根大白刺，照易靜下半身打去。接著將手一揮，率領一干同黨，一面收轉火雲，逕往來路上遁去。

第十八章　重逢慈父

那大白刺從千年刺蝟身上長刺中抽出，經過紅髮老祖多年修煉，分給眾門人作防身之用。雖不似白眉針、烏金芒那樣厲害，卻也非同小可，中在人身上，不消多時，便遍體發熱，毒氣攻心，人如癱了一般，不能轉動。

幸而易靜久經大敵，身帶靈藥異寶甚多，又長於諸般禁制之術，當她手中拿著法寶剛要發放，忽見一絲白光朝腿上射來，知是敵人法寶暗算，躲避不及，連忙運用玄功，一固真氣，迎上前去，兩條腿便堅如鐵石。那白光也剛巧飛到，左腿著了一下。因得事前機警，敏於應變，就勢用擒拿法一把抄起一看，乃是一根其細如針，其白如銀，約有尺許長短的毒刺。雖沒深進肉裡，左腿浮面一層，已覺火熱異常。顧不得再使法寶，一面行法護身，以防敵人再有暗算；一面取了一粒丹藥，嚼碎敷上。

再查看敵人蹤跡時，匝地妖氛，倏地升起，似風捲殘雲一般，團團滾滾，往前飛去，最前面紅雲簇擁之中，隱現著一夥執長幡的妖人，已經遁出老遠。心中大怒。見英、雲二人尚未發覺，敵人在妖雲邪霧掩蓋之中遁去，還在運用雙劍和天遁鏡掃蕩殘氛。忙喊道：「妖人已逃，我等還不快些追去！」一言未了，英、雲二人也看出妖人逃走。也是活該異派中遭劫人多，一任三仙二老怎樣優容顧全，結果終於無事中生出事來，以致雙方發生仇隙，鬧到後來，雖然正勝邪消，畢竟在數難逃，彼此均有損害。此是後話不提。

三人中，英瓊最是嫉惡如仇，遇上便想斬盡殺絕，為世除害，才稱心意。易靜當時如主張窮寇勿追，英瓊歸心本急，輕雲尤甚，就此回去，還不致惹出亂子。偏是易靜吃了點虧，輕覷敵人，以為無什本領，妖雲不如劍光迅速，志在報復。這一主張追不打緊，連輕雲素來持重平和的人，見易靜、英瓊俱已當先飛起，也不能不跟著追去。起初易靜只說不消片刻，便可追上。誰知敵人一經加緊飛行，竟如火星飛隕，並不遲慢，急切間且追他不上。

三人只顧窮追，也沒留神前面什麼所在。到底三人遁法不比尋常，比較妖雲要快一些，追了有好一陣，居然快要追上。三人原是相並而行。英瓊忽想起適才追趕妖婦，尚只辰巳之交，神雕佛奴並未跟來，途中還彷彿聽見牠長嘯之聲，因為殺敵在逸，也未留神。如今日已平西，又追了不少的路，不知牠為妖火所傷，究竟有無妨害？心剛一動，猛一眼看見下面叢崗復嶺，山惡水窮，峭壁排雲，往往相距腳底不過咫尺，但那最高之處竟要飛越而過。不由脫口喊了聲：「好險惡的山水！」

輕雲極少往來南疆一帶，聞言只朝下看了一眼，也未在意。易靜卻被這句話提醒，往下一看，不知何時已行近南疆中洪荒未闢的地界。想起那伙妖人俱是苗民的裝束生相，自己幼隨師父修道多年，各派有名望的散仙劍仙會過的頗多，只紅髮老祖未曾謀面。久聞他乃南疆異派中鼻祖，不但道法高強，極重恩怨，更有化血神刀、五雲桃花毒瘴和許多厲害法寶，輕易招惹不得。那伙妖人說不定便是他的門下，這事還須仔細些才好。剛一有了戒心，還未及招呼英、雲二人，忽見妖雲前面一股子紅光，有大碗粗細，筆也似直上出重霄，約有數百丈高下。晃眼工夫，忽然暴散，化為半天紅雲，與所追妖雲會合，直落下去，映著半邊青天和新升起又圓又大的新月，越顯得其赤如血。

這時兩下裡相距本近，三人雖在觀察應變，遁光並未停止。還沒有半盞茶時，紅光紅雲俱都斂盡。飛行中，忽聽下面眾聲吶喊：「大膽賤婢，速來納命！」

三人低頭一看，下面乃是一個葫蘆形的大山谷，口狹腰細，中底極大。盡頭處是座危崖，崖中腰有一座又高又大的怪洞。洞前平地上，妖人平添了兩三倍。先前見過的一夥居前，各人手執幡幢，兵形排開。中間是兩短排，各持刀叉弓箭。後面又是一長排，有的臂繞長蛇，有的腰纏巨蟒，個個紅中包頭，形式恰是一個離卦象，也分不出何人為首。

三人看出敵人佈陣相待，已經追到人家門上，就此望塵卻步，未免不是意思。易靜和英瓊俱打先下手為強的主意，按遁光往下一落。見敵人筆直站在各自部位上，毫無動靜。

只當中第一人舉手剛喊了一聲：「賤婢！」

二人的飛劍早長虹電掣發將出去。輕雲在後，看出敵人聲勢大盛，未必能操勝算，不得不多加幾分小心，一面飛劍相助，一面忙把天遁鏡朝前照去。三人飛劍剛一近前，忽見敵人陣後厲聲大喝道：「原來是朱矮子主使你們來的。爾等且退，待我親去擒住三個賤婢，再與她們師長算帳！」

說時，一片紅光閃過，所有敵人全部不見，只現出一個面赤如火，髮似硃砂，穿著一身奇怪裝束的山人。方一照面，便有一道紅光從衣袖間飛出，赤虹夭矯，宛如游龍，映得附近山石林木都成一片鮮紅，光華電閃，芒焰逼人，比起英、雲二人的雙劍正也不相上下。

這怪人一出現，再加上這道紅光一起，休說女神嬰易靜，便連英、雲二人也看出來人是紅髮老祖，知道不好惹，俱都心驚著忙。英、雲二人又知道此番峨嵋開山盛會，邀請外教群仙，便有此人。

英瓊暗忖：「事已至此，如果釋兵相見賠罪，對方定然不肯寬恕，回得山去，難保不受罪責。倒不如以錯就錯，給他一個裝作不知，稍微一抵禦，便即抽身遁走，比較好些。」

想到這裡，便朝易靜、輕雲一使眼色。易靜早看出適才離火陣的厲害，暫時隱去，不過遮掩敵人耳目。明白英瓊心意，便大聲道：「無知山妖，擅敢與崇明島妖婦蒲妙妙朋比為惡。今日如不將爾等如數掃蕩，決不回去！」一面指揮劍光作戰，暗中卻將七寶取了兩件到手，準備施為。

紅髮老祖自以為那把化血神刀天下無敵，雖聞紫郢、青索雙劍之名，並未見過。及至交手，才知果然奧妙無窮，化血神刀大有相形見絀之勢。不由大怒，將手朝紅光一指，一口真氣噴將出來，那紅光立時分化，由一而十，由十而百而千，變成了無數紅光，電捲濤飛，朝三人包圍上來。

英、雲二人喊一聲：「來得好！」收了天遁鏡，各將手一招，身劍雙雙合一，化成一道青紫二色的長虹，迎上前去，雙劍合璧，平添了若干威力，飛入千萬道紅光叢中，一陣亂攪，幻成滿天彩霞。眨眼工夫，紅光益發不支。紅髮老祖一見大驚，知道再延片刻，便要為雙劍所破。暗恨：「賤婢竟敢到我妙相巒門上欺人，我看在你們師長分上，只打算生擒爾等，送往峨嵋問罪，爾等卻如此可惡！」

想到這裡，頓生惡念，準備收回飛刀，引三人追入陣地，發動六陽真火，煉成灰燼。剛把手朝空中一指，紅光如萬條火龍，紛紛飛墜。滿擬二人劍光隨後追來，便可下手。不料易靜先前另有一番打算，見化血神刀來勢猛烈，自己飛劍不比紫郢、青索，決非對手，早乘英、雲二人身劍相合飛起抵禦時，抽空將劍收回，另取一件法寶，往空擲去。再用六戊潛形之法，隱過一旁，靜待時機，好助英、雲二人全師而退。這時一見紅髮老祖一面收轉化血神刀，一面卻在捏訣唸咒，向陣地上蹈步作法。知要誘敵入陣，恐二人貪功追去危險，忙將身一起，迎著二人劍光，倏地現身喝道：「窮寇勿追！還不一同回山覆命，等待何時？」

二人也和紅髮老祖一樣，先見易靜忽然收回劍光，又有一道光華星飛電駛朝來路遁去，轉瞬不見，俱以為易靜乘隙逃走。英瓊還在暗笑她一人先逃，沒有道義。二人知易靜道法高強，素來自恃，既然不戰而退，越可見紅髮老祖不可輕視。只因化血神刀來勢太急，如不取勝，無法脫身，只得運用玄功，拚命抵禦。仗著雙劍威力，雖將化血神刀戰敗，因有許多顧忌，本無僥倖貪功之想。劍光剛緩一緩，恰值易靜現身警告，大家不約而同，立時會合一處，向來路遁去。

三人遁光迅速，得勝反退，出乎敵人意料之外，原可無事。偏巧易靜小心過甚，知道紅髮老祖厲害，定要隨後追來，未必能夠脫身，一面現身警醒二人速退，手中的滅魔彈月弩連同一粒除邪九煙丸，早先後朝著紅髮老祖打去。紅髮老祖這時剛將化血神刀收去，以為英、雲二人必要追來，正待發動陣勢。

忽見敵人雙劍光華遲了一遲，先前遁去的女子重又出現，還未聽易靜張口，就在這一晃眼間，便有一團茶杯大小碧熒熒的光華打來，急迫中竟未看出那是什麼寶物。冷笑一聲，將手一指，一團雷火迎上前去。滿擬這不似雙劍精妙，不過是件異常法寶，一下便可將它炸裂，無足輕重，並未放在心上。雷火發出去後，目光仍注定空中，恰聽見後現女子招呼敵人速退，益發憤怒。忙即移動陣法，待要阻住敵人逃走，口裡一聲號令，把手一揮。適才陣地上站立的數十個門徒，剛剛現出身來，那團雷火已與碧光相撞。霹靂一聲，碧光立時爆發，只聽一陣絲絲之聲，碧光裂處，化為九股青煙，像千萬層濃霧，自天直下，籠罩天地，前面只是一片清濛濛的煙霧，將敵人去路遮蔽，什麼也看不見。

紅髮老祖聞見一股子奇香刺鼻，猛想起此煙厲害，喊聲：「不好！」忙將真氣一屏，大喝：「眾弟子速運玄功，收閉真氣，不可聞嗅，待我破它。」言還未了，前排持幡的門人已聞著香味，倒了好幾個。氣得紅髮老祖咬牙切齒，二次將化血神刀飛起，化成一片火也似的光牆，打算去阻住青煙侵入。又把兩手一陣亂揮，斗大雷火連珠也似朝青煙中打去，霹靂之聲，震得山搖地動，那青煙果然被震散了許多。這些事兒，差不多都是同時發作，說時遲，那時快。紅髮老祖雖然法力高強，因為事均出於倉猝，先前又未安心施展毒手，所有厲害法術法寶均未使用。及至積忿施為，已是無及。加上對方臨變機警，動作神速，處處都不如敵人快，所以上了大當。

當第一團雷火震散青光之際，紅髮老祖聞了一點異香，雖然警覺得早，防禦得快，畢竟也受了點害，兀自覺著頭腦有些昏昏，不過能夠支持罷了。這時一面忙著亂發雷火，去破敵人青煙；一面還在妄想化身追敵。誰知化血神刀和手中雷火剛發出去，猛又見紅光雷火中飛來一道光華，業已近身，躲避不及，不禁大吃一驚。忙將元神振起，身子一偏，避開胸前要穴，一聲爆響，左臂已挨著了一點，幾乎齊腕打折。那光華斜飛過去，又中在身後一個心愛門人身上，狂嘯一聲，倒於就地。等到元神飛上重霄一查敵人蹤跡，星河耿耿，只絕遠天際，似有一痕青紫光華飛掣，略看一眼，即行消逝不見，哪裡還能追趕得上。只得飛身下地，救治受傷門人。連遭傷敗，益發暴怒如雷，痛恨峨嵋到了極處。

原來紅髮老祖接了峨嵋請柬，本想親身前去參與盛會。因聞妖尸谷辰元神漏網以後，新近又遁入南疆量尤山一帶極隱僻之處潛伏。自己自從三仙二老火煉綠袍老妖以後，準備在南疆獨創宗教，大開門戶，已將各處洞府連同眾門人修道之所一齊打通，方圓有數千里地面，恐遠遊峨嵋無人坐鎮，妖尸谷辰前來侵犯。師徒商量，決計自身不往，只選了十二個道行較高的門人前去送禮觀光。

偏巧那去的十二弟子中，為首一個名叫雷抓子，除了姚開江、洪長豹外，就數他多得紅髮老祖傳授。只是生性好色，每每背了紅髮老祖，藉著出山採藥之便，結識了好些異派中的妖婦淫娃。他在紅髮老祖門下的職司，是監守寶庫和採藥、生火三事，手裡邊管領著九山十八洞的爐鼎神灶。

蒲妙妙備知底細，心存叵測，格外和他結納，以備向他借用，因此兩下裡私交最為深厚。雷抓子戀奸心熱，卻不過情面，竟不顧師父怪罪，偷偷將一座五行神火爐鼎，借與蒲妙妙去煉寶物丹藥。雷抓子知道南疆異派本不禁忌男女情慾，結識的妖婦，又均出於自願，並未為惡人間，即使被師父知道，也不過申斥幾句。只是那五行爐鼎乃師父當年得道時第一座煉丹煉寶的爐鼎，平時最為珍愛。起初因蒲妙妙再三懇求商借，別的爐鼎均甚龐大，只這座最小，便於搬動，以為略用即可送還。

誰知蒲妙妙姑媳二人鼎到了手，煉完丹藥，又煉法寶，源源不絕，久借不歸。每次向其索要，總是以婉詞媚態相卻，當時不忍翻臉索鼎，一直延了兩三年工夫。前些日忽聽師父說起，不久便要取出應用。偏巧紅髮老祖近來又未派他出門，更不便假手別的同門去要。惟恐事情敗露，監守自盜，罪必不小，枉自焦急了多日。

好容易盼到峨嵋赴會，師父不去，只命他率眾前往參與，正可趁此時機，繞道往崇明島，抽空向蒲妙妙索要，私傳開放寶庫之法，叫她姑媳偷偷將那五行神火爐鼎送回原處。他只顧畏罪情虛，毫不計及利害，竟打算以開放寶庫秘法傳給外人，正中了蒲妙妙姑媳二人的詭計。如非英、雲、易靜三人斬盡殺絕，蒲妙妙姑媳相次伏誅，此法一傳，蒲妙妙勢必乘此機會，私開紅髮老祖寶庫，將許多至寶重器全數盜走。那時抓子聞言，決不敢回轉師門，被逼無奈，必與妖婦同流合污，投到妖尸谷辰門下，引狼入室。紅髮祖損失了許多重要法寶，自難為敵，不必等到天劫降臨，已早葬送在妖尸妖女之手了。閒話休提。

抓子慾令智昏，方在引為得計，先騙眾同門，說有一好友，也往峨嵋赴會，曾有同往之約，要眾人繞道同去。及至行近崇明島，又說無須多人同往，令大家在途中相候，只自己一人少去片時，約了那人，便即同去。眾人明知他鬧鬼，因師門規矩，尊卑之分素嚴，抓子從師最早，又奉命率領，誰也不敢違抗議論。正在商量何地降落，蒲妙妙已狼狽逃來。一見面首先告訴峨嵋門下無故欺人，自己往紫雲宮赴宴，並未招惹她們，被她們先使惡雕抓死侄兒，隨後又斬盡殺絕，追到崇明島，炸裂了洞府，殺了侄媳，末後將那座五行神火爐鼎毀去等語。

蒲妙妙情知紅髮老祖現與峨嵋通了聲氣，話不動人，雷抓子至多當時庇護，保全性命，決不肯輕易與來人抵敵。只顧絮叨訴苦，還仗著有這許多厲害幫手，敵人縱不看紅髮老祖情面，也傷害自己不了。

誰知雷抓子因她屢次失信，好生不願。又聽到自己最愛的情人被殺，更加動容。及至聽到寶鼎已毀，這一驚尤其非同小可，不由悔恨交集。仍以峨嵋是友，不會一見面就驟然動手，方在喝問蒲妙妙失鼎底細，有無補救之策。一個疏忽，忘了防禦，英瓊劍光又來得迅速異常，稍一不慎，便被波及。不顧得再救蒲妙妙，剛縱遁光避開，蒲妙妙業已屍橫就地。

這一來，越顯得蒲妙妙所說峨嵋門下橫暴之言，一些不謬。當時急怒交加，也不暇再問青紅皂白，便即動起手來。其實彼時只要一說姓名來歷，輕雲知是紅髮老祖門下，況且妖婦已死，決不與輕啟仇怨，勢必攔阻英瓊，向對方說明經過。彼此同返峨嵋，稟明師長，對那已失爐鼎想一補救之策。不但雙方不致成仇，也不致事後紅髮老祖查出根由，痛恨雷抓子，逼得他受罪不過，懷恨在心，逃往妖尸谷辰門下，引狼入室，幾乎闖出大禍，使數十萬苗民身家性命，連同數萬里山林川澤膏腴之地，化為劫灰了。後來雷抓子見來人劍光厲害，再不速退，必無倖理，心恨敵人刺骨。左右要受師父重責，便把心一橫，決計回轉深山，給峨嵋勾起仇怨。還恐來人不迫，又在暗中傷了易靜一下。

恰巧三人一時不知輕重，追了前去。易靜急於脫身，放出九煙丸，掩住敵人耳目，打了紅髮老祖一滅魔彈月弩。由此雙方變友為敵，直到後來九仙聚會，再斬妖尸，由神駝乙休化解，方得言歸於好。可是紅髮老祖門人已傷亡大半，而峨嵋好些小輩同門也都受傷不淺了。

且說易靜、英瓊、輕雲三人一見對方是紅髮老祖，無心冒犯，後悔已來不及。心想：「與其被他擒住受辱，還不如回山去自受處分要強得多。」

女神嬰易靜，更仗著自己闖禍是在未拜師以前，或者不會受過，當時只顧脫身逞能，連用法寶傷了紅髮老祖和許多門人，並未計及日後利害輕重。及至三人駕遁光逃出老遠，回顧沒有追趕，大家略按遁光歇息時，易靜才和英、雲二人說起。

輕雲逃時匆促，尚不知此事，聞言大驚道：「易姊姊，你闖了大禍了！這紅髮老祖量小記仇，和本門好幾位師長有交，掌教師尊此時還下帖請他。我們上門忤犯，亂子已是不小。單單逃回，還可說事前不知，他的門下又都未見過，見他們護庇妖婦，我們疑是同黨。等到他本人出現，看出就裡，他又那般凶惡，若被擒去，玷辱師門，不得不暫時抵禦，以謀脫身之計。這一來，我們已經遁走，還回手用法寶傷他，他雖是異派旁門，總算是以下犯上，太說不過去。我想他如就此和本門為仇，不去峨嵋，還較好一些。他如能隱忍，逕去赴會，當著老幼各派群仙質問掌教師尊，訴說我們無狀，姊姊這時還算外客，尚不妨事，我二人至幸，也得受一場責罰，豈非無趣？」

易靜臉一紅，尚未答言，英瓊笑道：「周姊姊想是和大師姊常在一起，受了熏陶，潛移默化，無一件不是萬般仔細，惟恐出錯。天下事哪裡怕得了許多？你只顧事事屈著自己說，卻不想當時易姊姊如不施展法寶將他打傷，照若蘭姊姊平時所說紅髮老祖的行徑和法力，豈能不追我們？要是一個不小心，被他趕上，擒了去，受他一場責辱，押著我們往峨嵋一送，那時丟人多大？與其那般，還不如死呢。既然抵敵為的是脫身逃回，誰保得住動手不傷人？我們吃了虧，也還不是白吃麼？」

易靜笑道：「畢竟李姊姊快人快語。師尊如果責罰，紅髮老祖乃我所傷，我一人領責便了。」

輕雲道：「我們既在一處，禍福與共，錯已鑄成，受責在所不計。不過昔日在黃山，聞得家師常說，目前五百年群仙劫運，掌教真人受長眉師祖大命，光大門戶，身任艱難，非同小可。一則因各派群仙修煉不易，格外成全；二則為了減少一些敵黨阻力，凡是雖在異派旁門，並無大惡，或能改惡從善者，不是勉予結納，便是加以度化誘導，使其自新。那紅髮老祖起初並非善類，因以前追雲叟白師伯夫婦甫成道時，曾在南疆受了桃花瘴毒，蒙他無心中相助，屢次苦勸，方行棄惡歸善，又給他引進東海三仙與許多前輩師長，由此化敵為友。論道行，他乃南疆劍仙中開山祖師，門人眾多，非同小可。我們這一次與他成仇，豈不是從此多事，連累師長們操心麼？」

英瓊道：「事已至此，說也無益。適才不見佛奴飛來，想必受傷沉重。牠獨留崇明島，莫不又遇見別的妖人？我們快尋牠去。」

輕雲道：「你休小覷佛奴，牠已在白眉禪師座下聽經多年，自從做了你的坐騎，多食靈藥仙丹，更非昔比。近來我看牠已不進肉食，想是脫毛換骨之期將到，故有這一場火劫。適才見牠雖受重傷，仍能飛翔。依我看，牠必能為自身打算，不會仍在崇明島，我們走後，定已飛回峨嵋了。」英瓊終不放心，仍強著輕雲、易靜，繞道往崇明島一行。

剛剛飛起空中，行了不遠，忽見正西方一片祥光，疾如電駛，從斜刺裡直飛過來。彩氣繽紛，迥非習見，連易靜也看不出是何家數，來勢甚疾，不知是敵是友。方在猜疑，那樣光已經飛到。英瓊見光霞圍繞中，現出一個高大僧人，朝著自己把手一抬，便往下面山頭上落去。不禁狂喜萬分，顧不得再說話，跟著朝下飛落，斂遁光拜倒在地，抱著那僧人的雙膝，淚如泉湧，兀自說不出一句話來。易靜、輕雲見英瓊朝那僧人追去，忙也跟蹤而下。輕雲見了這般情狀，已經猜出來人是誰，正要上前相見。

忽聽那僧人含笑說道：「瓊兒，我隨你白眉師祖已得了正果，早晚飛昇極樂。便是你也得了仙傳，異日光大師門，前路正遠。我父女俱是出世之人，怎還這般情癡？我此次與你相見，原出意外，別久會稀，正該快聚兩日，只管哭它則甚？」說時，輕雲已上前跪下，口稱伯父。一面又招呼易靜，上前拜見道：「這便是瓊妹妹的令尊李伯父。與家嚴為異姓兄弟，久共患難。現在白眉禪師門下。」易靜早知不是常人，聞言益發肅然起敬，忙即上前拜倒。

原來這僧人正是本書開頭所說的李寧。二人上前拜見之後，英瓊眼含清淚，哭問：「爹爹怎得到此？」

李寧道：「我近來獨在一處靜養參修，本沒想到能和你們相見。今早做完功課，心裡忽然動了一動。出去一看，恰值恩師座下神雕飛來，啣著師父法旨，言說他老人家因念群仙重劫，再遲數紀飛昇。適才接了你師父請柬，命我相代前往參與，就便解說紅髮老祖與你們結仇之事。並說今日是黑雕佛奴脫毛換體之際，現在崇明島身受火劫，命我帶了天地功德水，先去為牠淨身洗骨。到了崇明島一看，你們追敵已經去遠，黑雕早得白雕預告，成心犯此重劫，等我前去相救，並未走開。當時我帶了佛奴，飛往離此百餘里的依還嶺上，替牠剪毛洗身。赴會以前，準可換了毛羽復原。適才在山頂閒眺，運用慧目神光，察看你們歸未，一會便見你們遁光似要往崇明島飛去，知是尋找佛奴，特地追來相會。目前凝碧仙府長幼各派群仙已到了不少。你們的師長正用天一真水點化神泥，摶煉新得那口仙劍。此劍乃達摩老祖遺寶，煉成以後，與紫郢、青索，堪稱鼎足而三了。」

說罷，又對輕雲道：「昔見侄女，尚在孩提之中。後遇令尊，始知拜在餐霞大師門下，當時瓊兒晝夜歆羨，恨不得也做個劍仙才好。不想沒有多日，令尊與你妹妹，連那趙燕兒，俱都作了同派同門。我也身入禪門，參修正果。想起當年，我和令尊、楊叔父三人，號稱齊魯三英，積了多少殺孽。除楊叔父早逝外，竟能有此結果，真乃幾生修到的仙福。須要好好努力潛修，勿負師門栽培期許才好。

「你楊叔父有二子一女，小的兩個頗有夙根，現在流落江湖，仍操舊業，終非了局。你和瓊兒異日如果相遇，務要設法度化引進，以完小一輩的交情。後日我見令尊，再行當面囑託，也使他好記在心裡。此時你姊妹二人，可隨我去至依還嶺，小聚一二日，等佛奴傷癒復原，同往峨嵋，也還不遲。只不知易道友可願同去？」

易靜久聞白眉和尚是近數百年第一神僧，李寧是他傳授衣缽的門徒，況又是英瓊之父，知道此去必然還有原故，連忙躬身答道：「老前輩盛意見招，哪有不去之理？」英瓊、輕雲二人自然更無話說。

李寧便命三人站好，大袖揮處，一片祥光瑞靄，簇擁著騰空而起。三人俱都驚羡佛法精奧，比起玄門道術，又是另一番妙用。百餘里途程，頃刻便到。祥光飛近嶺半，便即落下，一同步行而上。三人見那依還嶺正當峨嵋歸途的西南方，伏處深山之中，並不見怎樣高。滿嶺儘是老檜松柏楩楠之類的大木，鬱鬱森森，參天蔽日，奇花異卉，遍地皆是。加以澗谷幽奇，巖壑深秀，珍禽異獸，見人不驚。端的是一座靈山勝域，非同凡境。

李寧率了三人，且行且說道：「此嶺為西南十七聖地之一。僻處南疆萬山之中，四外都是崇山惡嶺包圍，更有數千里方圓的原始森林隔斷，人入其中，縱不迷路，也為毒蛇野獸所傷。再加環山有一條絕澗，廣逾百丈，下有千尋惡水，便是猿猱也難飛渡。只有我們所走的這條來路，為南來入嶺捷徑。可是這條路上儘是沼澤，澤底污泥，瘴氣極毒，終年不斷。所以自古迄今，常人竟無一個可以到此。

「百年前有一佛女，在此嶺上修道，因為她是人家棄嬰，為靈獸啣上嶺來撫育，後服本山所產靈藥成仙，生無名字，便以嶺名做了道號，人稱依還神姑。飛昇以後，所顯靈跡甚多。將來此嶺的主人，也是你們同門，與瓊兒頗有一些因果淵源。那神女修道的洞府，深藏在嶺頂幻波池底，外人不知底細，定難進入。今借佛奴脫體之便，一則使你們先行認清出入道路，好為異日之用；二則池底洞中，藏有神女遺留的毒龍丸，乃古今最毒烈的聖藥，專能降妖除怪，異日頗有大用。但是神女遺偈，取丹的人須是女子，方能如願到手。

你們少時取了這毒龍丸，還可將池底神女所植的十二種靈藥仙草，連根移植回去，豈非絕妙？」說時，已達嶺頂。那嶺原是東西橫亙，長約數十里，就只當中隆起如墳，最高最大。

英瓊到了上面，一路留神細看，並未見佛奴蹤跡。正開口想問，耳聽泉聲淙淙，嚮個不絕，彷彿就在近前，四周一看，卻找不著在哪裡。這時已走到一片樹林以外，正當嶺的中心地帶。眼看前面生著一大片異草，綠波如潮，隨風起伏不定。李寧忽然笑道：「瓊兒，我們已經到了幻波池邊了。你覺得看不見佛奴影子，心中奇怪麼？我們慢慢下去，好讓大家見個仔細。」

說罷，將手往那片異草中心一指，那草便往地底陷落下去。眾人飛身一看，只見離頂數丈之間，清波溶溶，雪浪翻飛，從四外奔來，齊往中心聚攏，現出一個數頃方圓的大池。原來那地方是一個大深穴。適才所見異草，乃是一種從未見過的奇樹，約有萬千株，俱都環生穴畔，平伸出來，互相糾結，將穴口蓋沒。除當中那一點較稀外，別的地方都被樹幹纏繞得沒有絲毫空隙。樹葉極為繁密，根根向上挺生，萬葉怒發。每葉長有丈許，又堅又利，連野獸都不能闖入。休說遠處看不見下面有池，便是近看，也只能看見些微樹幹。眾人俱都稱異不置。

李寧道：「這還不算，真的奇景，還在下面呢。」說罷，又朝下面池水左側波浪較平之處一指，那池倏地分開，現出一個空洞，望下去深幾莫測。李寧這才率領眾人，由水空之處飛身而下，約有數百丈深，方行到底。

英瓊等抬頭往上一看，那池竟凌空懸在離地數百丈的空隙，波光閃閃，一片晶瑩。細一觀察，才知穴頂一圈，俱是泉源。因為穴口極圓，水從四方八面平噴出來，齊射中央，成了一個漩渦。然後匯成一個大水柱，直落千丈，宛如一根數百丈長的小晶柱，上頭頂著一面大玻璃鏡子。那穴底地面，比上穴要大出好幾倍。有五個高大洞府，齊整整分排在四圍圓壁之上。底中心水落之處，是一個無底深穴，直徑大約數丈，恰好將那根水柱接住，所以四外都是乾乾淨淨的，並無氾濫之跡。再看地平如砥，四壁石英雲母相映生輝，明如白晝。越顯得宇宙之奇，平生未睹，益發讚妙不置。

李寧道：「這依還嶺共有兩處，一個得靜之妙，一個得靜之奇。你們將來自知。南向一洞，為聖姑生前修道之所，此時尚不能入內。西洞為煉丹爐鼎所在，她飛昇之時，毒龍丸剛剛第二次煉成，尚未開爐，便即化去。那十二種仙草，也在其內。此洞與其餘三洞相通，關係日後不小，大家務要留心，以為異日之用。佛奴現正在丹爐上面養傷，大約再有一日，便可痊癒了。」說罷，便率眾人往西洞走去。

眾人先見五洞五樣顏色，因為只顧看那水幕晶柱，未甚在意。這時走近南洞，見那洞門質地頗類珊瑚，比火還紅，上面有兩個大木環，雙扉緊閉。英瓊上前推了兩推，未推動。及至走向西洞一看，形式大略相仿，兩扇洞門金光燦爛，上面也有兩個黑環，洞門俱是圓拱形，關得嚴絲合縫。如非門色與石色不一樣，幾疑通體渾成。

李寧笑道：「你們雖然道法深淺不同，俱都得過仙人傳授。這門曾經聖姑封鎖，可有打開之法麼？」

易靜平日雖頗自恃，聞言知非容易，惟恐萬一出醜，輕雲只是謙退，俱不則聲。英瓊多年不見慈父，一旦重逢，早就喜極忘形，聞言便答道：「女兒先推那紅門，沒有推動，今番且來試試。」

李寧笑道：「瓊兒畢竟年幼無知。你看兩個姊姊道法俱比你高，均未說話，只你一人逞能。試由你試，但是不許你毀傷這洞門。」

英瓊原想紫郢劍無堅不摧，打算齊中心門縫來上一劍。一聽不准毀傷，便作難起來。

李寧又道：「此洞須留為異日之用，並且內中還有層層仙法埋伏，休說不可妄為，即使欲加破壞，你易、周二位姊姊哪個沒有法寶、仙劍，還能輪到你麼？你夙根稟賦，至性仙根，無一不厚，只是涵養還差。此番開府盛會以後，教規愈嚴，門下弟子不容有絲毫過犯。你殺氣太重，凡事切忌魯莽，以免有失，悔之無及。」

英瓊聞言，便藉此停手不前，只管望著乃父，嘻嘻憨笑，口稱：「女兒謹遵，不敢忘記。」

李寧這才走上前去，先對著那門躬身向南，默祝了兩句。然後伸出左手三指揑著門環，輕敲了兩下。將右手一指。一片祥光閃過，便聽門上起了一陣細樂，那兩扇二丈多高大的金門，徐徐開放。

李寧仍在前引導，走進洞去。眾人見那頭一層石室甚是寬大，室中黃雲氤氳，僅能辨物。李寧走到盡頭，拉著壁上一個金環，往懷中用力一帶，再往右一扭，忽覺眼前奇亮。又是一陣隆隆之音，當中三丈多高的一塊長方形石壁，忽往地下沉去。

進門一看，乃是一個與門一般大小的曲折甬道。頂上一顆顆的金星，往前直排下去，每隔二三丈遠，必有一個，行列甚是整齊，金光四射，耀眼生花。行約七里，才行走到第二層洞府的門前。那門比頭一層要矮小一半，門黑如鐵，上有四個木環。李寧如法施為，祥光閃過，門即開放。眾人見那門寬只四五尺，卻有四五尺厚，恰似兩根石柱一般。它不往內開，竟向壁間縮了進去。眾人入內一看，比頭層還要高大出約兩倍，四壁儘是奇花異草，正當中設著一座大丹爐。

英瓊急於要見神雕佛奴，正待趕奔過去，忽聽李寧道：「瓊兒先莫忙，將這兩條路要看明瞭，省得明日走時匆忙，有了遺誤。」說罷，便指著那縮進壁中的兩扇方門道：「這門設有聖姑仙法，不知底細的人固然不能關閉。即使知道運用，能開能放，絕不能使其平開平放。那兩條要道，均在兩扇門裡。且待我用金剛大力神法試它一試。少時我如將門抵住，你和輕雲可由門中入內，約進二尺，朝內的一面，便現出一個尺許寬的小門，與門的空處恰好合榫，一些也錯不得。只一錯過少許，任是天上神仙，也難出入。我行法頗費精力，你二人分頭進去，得了通入別洞的要道急速回來，不可深入，以免我支持不住，將你二人關閉在內，出來不易。易賢侄女如願去，可與瓊兒一路。」

李寧囑咐已畢，走向門中，盤腿坐下，兩手掐著靈訣，朝著兩旁一抬一放，那門便朝中央擠來。李寧忙將兩掌平伸，一邊一個，將門抵住，閉目合睛打起坐來。二人見那門心離地尺許，果有一個一人高的洞。輕雲向左，英瓊向右，易靜跟在英瓊身後，三人分兩路入內。

輕雲進有二尺，見壁上現出尺許寬的一個小門，裡面黑洞洞的。因恐時候久了不便，索性駕起遁光前進，那路又狹又曲折，飛行了一陣，漸行漸高，忽見前面有了微光，出去一看，已達室外。那室四壁漆黑，約計高出地面已有數十丈，奇香襲人，四壁黑沉沉空蕩蕩的。劍光照處，只當中一座長大黑玉榻，上面平臥著一個羽衣星冠的道姑，美艷絕倫，安穩合目而臥，神態如生，甚是嫻雅，那微光便從道姑頭上發出。輕雲猜是聖姑遺蛻，忙躬身施禮默祝，道了驚擾。正要近前細看，忽見道姑靈眸微啟，瓠犀微露，竟似回生一般，緩緩坐了起來。輕雲雖然久經大敵，不覺也嚇了一跳，忙往後退了兩步。那道姑也隨著臥倒。似這樣三起三落。

輕雲知聖姑不願人近前，方在遲疑進退，忽聽一聲長嘯，似龍吟般起自榻底，陰風大作，四壁搖搖欲倒。猛想起李寧來時之言，不敢久停，慌不迭地回身遁走，一路加緊飛行，暗中默記道路，不消片刻，已達門外。恰巧英瓊、易靜也同時由對面駕遁光飛出。再看李寧面色，已不似先時安閒，頗有吃力神氣。

三人剛一飛出門外，李寧倏地虎目圓睜，大喝一聲，一道祥光閃過，接著便聽叭的一聲大震，兩扇門業已合攏。李寧道：「不料聖姑仙法，竟有如此厲害。起初我只說至多我運用神力，支持不住，將你三人關閉在內，須由別洞走出，多費一些事罷了。誰知我看爾等久不出來，元神剛一分化入內，一邊是埋伏發動，一邊是艷屍復活，大顯神通。幸你三人見機，逃避得快，又是事先向聖姑默祝，否則事之成敗，正難說了。照此看來，異日盤踞此洞的人，雖有艷屍玉娘子崔盈勾引，既能涉險入內，本領卻也了得呢！我等到此，異日得益不少。你三人所行之路，務要處處緊記才好。」

第十九章　藏珍在鼎

輕雲驚問道：「李伯父之言，莫非侄女所見並非聖姑遺蛻麼？」

李寧道：「聖姑遺蛻藏在中洞，雖可相通，尋常怎能得到？那具艷屍，便是我所說的玉娘子崔盈，也是左道中數一數二的人物。去今百年以前，因來此洞盜寶，為聖姑太陰神雷所殛。還算她事前預有準備，早防到了，人雖死去，元神不曾受傷。她因捨不得那臭肉身，又想借這洞天福地躲去一重大劫，索性留守在此，晝夜將元神附著死體虔修，靜等兩甲子後復原，佔據此洞，為所欲為。如今歷有百年，身子已能起坐。再有一二十年，便可重生了。

「適才非賢侄女逃遁得快，勢必連你也禁閉在內。青索劍雖利，你一個肉身，終不能駕著它穿透千尋石壁。你有我先入之言，誤認她為聖姑，容易上她圈套。只一被她元神迷住，你便失了本性，淪為她的爪牙，一同等到出困之日，助紂為虐，萬劫不復了。我起初只聞人言艷屍被禁在此，不知深居何處。如非一時觸動靈機，分神入內觀察，也難知底細呢。」

英瓊道：「以爹爹的法力，何不趁著她未成氣候以前，帶了女兒與二位姊姊，合力將她除去，豈不是少卻許多後患麼？」

李寧道：「瓊兒你哪裡知道，此事關係群仙劫運，如能弭禍無形，還用你說麼？聖姑也不將這毒龍丸與仙草留給你們了。」

輕雲要問英瓊、易靜入門所見，英瓊猛想到佛奴尚未見到，忙往室中火鼎前跑去。李寧也同了輕雲、易靜跟去。走到爐前，先命三人跪下，虔誠通白，才將手一指，一片祥光，將鼎蓋托起，李寧便命三人快快取丹。

三人見爐火中托著一朵青蓮，曇花一現般頃刻消失。聞得鼎內異香撲鼻，比起先時所聞還要濃烈。各將身劍合一，飛入鼎內一看，適才花現處有一隻碧玉蓮蓬，立在鼎的中心，內中含著蓮子大小的十粒丹藥，顏色翠綠，透明如晶，每人拾起幾粒。李寧便吩咐勿聞此丹，更不可搖動那碧玉蓮蓬，大家要速速退出。

三人依言出來。英瓊上下四顧，未見佛奴存身何處，忍不住又要問時，李寧道：「我先不知艷屍所在，恐她暗中走來加害佛奴，已用佛法隱過。待我收法，你們就看見了。」說罷，朝上一指，又是一片祥光閃過，佛奴果然高懸在鼎的上面，離地約有四五十丈，周身毛羽業已落得淨盡，僅剩一張白皮，緊包著鋼身鐵骨，閉目倒掛，狀如已死，神態狼狽之極。英瓊連喊兩聲佛奴，才微抬了抬眼皮。慢說英瓊見了傷心落淚，便是輕雲也惋惜不置。

李寧笑道：「癡兒，這正是牠的成道關頭，你不替牠喜歡，卻哭什麼？牠已服了靈丹，刷毛洗骨，如今正在斂神內視。明日此刻，便換了一身白毛，與你師祖座下白雕一樣靈異了，你傷心怎的？你不見牠身上已生了一層白茸麼？」

英瓊定睛往上一看，佛奴身上果如輕霜似的，薄薄地生了一層白茸。雖知乃父之言決不會差，佛奴已是轉禍為福，終究有些憐惜，便想飛身上去撫慰一番。李寧攔道：「佛奴生有至性，牠此時正當養性凝神緊要關頭，不可便去擾牠。明日便可功行完滿，何必忙在這一時？待我行法，將這爐鼎神火重新燃起，助牠些力吧。」英瓊只得戀戀而止。

李寧吩咐三人隨意遊散，逕自走到爐鼎後面，盤膝坐定，口宣佛咒，兩手合掌，搓了兩搓，然後朝著爐中一放。便聽爐鼎中有了風火之聲，一朵青蓮花似的火焰，冉冉升起，離鼎約有丈許高下，止住不動。再看李寧，業已瞑目入定。

輕雲見洞側不遠橫著一條玉榻，甚是寬長，形式奇古，便拉了英瓊、易靜二人坐下，重問適才右壁探路之事。才知英瓊、易靜二人也和輕雲一樣，由李寧指示的門心窄縫裡飛行而入。初進去時的門戶道路，俱和輕雲所經之路差不多。不過經了幾個轉折之後，那條甬路卻漸漸越走越深，漸漸聞地底波濤之聲，洋洋盈耳。路盡處也有一個小門，出去一看，面前頓現出一片奇景。那地方大約數百畝，高及百丈，四壁非玉非石，乃是一種形如石膏，白色透明的東西凝結而成。內中包含著千萬五色發光的石乳，大小不一，密若繁星，照得各洞透明，纖塵畢睹。地面平坦若鏡，光鑒毫髮，卻有許多石乳到處突起。經了一番人工，就著乳石原形加以雕琢斧修，成為許多用具，如同几案、屏風、雲床、丹灶、飾物、鳥獸之類。猿蹲虎踞，鳳舞龍蟠，樣樣明潔如晶，映著四壁五色繁光，炫為異彩。再尋那水聲發源之處，乃是洞中心一個十畝方塘。那塘甚深，塘中雲霧溟檬，波濤澎湃，激成數十百根大小水柱，直上塘邊，水花亂滾，珠迸雪飛，景尤奇絕。

二人正在留連觀賞，易靜猛一眼看到近洞頂的壁上面有好些處地方水光閃閃，流走如龍。仔細一看，想起下來時所見幻波池奇景，不禁恍然大悟，便和英瓊說了。英瓊隨她所指處一看，再一聽解說，也就把疑團打破。

原來這裡的石壁俱都有縫，可通上下。那十畝方塘便是幻波池的水源，從洞頂幻波池中心直落千尋，下入深穴，流回潭中。因就天然的形勢，再經當初洞中主人苦心佈置，用絕大法力壓水上行，由各處石縫中萬流奔赴，直射到上面幻波池四外的那一圈發水口子，使其奪關奔出。這四外的水飛出數十百丈，射在中央，衝力絕大，又極平匀，所以上下看去，只見茫茫一白。那四外的水到了中央，此激彼撞，經過一番排蕩迴旋，才成了一個絕大漩渦，引著那股子洪瀑下臨深淵。上面的人以為是一個大水池子；下面的人又疑池在上面，被一根擎天水柱托起。那水落到深穴以後，便歸入這個方塘裡面，重新往上噴射，循環往復，永無休歇，可是水量增減極微，所以那大洪流池下面受不到淹沒。真正巧奪天工，奇妙到了極處。

二人讚賞了一陣，因為時間甚暫，不可久留，還想有所發現。易靜因此來除將幻波池水源探出外，別的尚無所得。四面景物雖然奇麗，連連飛巡兩周，俱與異日無關重要。算計這洞中如此神秘，說不定珍奇寶物藏在塘中，為水所隔，看它不出。與英瓊一商量，決計一同辟水入塘，查看究竟。當下便由易靜行法，各駕遁光，一同飛身穿波而下。先以為塘中也和上面幻波池一樣。誰知下面的水其深無際，二人下沉了百十丈還未及底。漸覺那塘竟下寬上窄，下圓上方，大小相差幾十倍。正降之間，猛見四壁有許多凹進去的深溝，一條極長而細的銀鏈光色燦爛，橫拖在那裡，看不到頭，也不知有多少丈長短。

英瓊心中奇怪，隨手抓起那鏈子剛拉得一拉，耳中忽聽李寧低喚：「瓊兒、賢侄女速回，遲便無及。」

二人一聽大驚，知有變故，連忙捨了鏈子，飛身上塘時，四外波濤忽如排山倒海一般擠壓上來。二人雖有飛劍法術護身，也被撞得蕩了幾蕩。同時又見水深處有千點碧熒，飛舞而上。二人哪敢怠慢，各運玄功，加緊飛昇。及至衝出波心一看，上面已是陰風怒號，怪聲大作，四壁搖晃，似要倒塌。百忙中窺見入口小門，剛得飛身出去，偶一回顧，小門已合，群響頓寂。仗著飛行迅速，雖然頃刻出險，因為來去匆忙，變生瞬息，聞警之時急於奪路逃回，經行之路並未記清，不似輕雲去時就處處留心，默識於心。以致後來二人三入幻波池，救起燕兒，費了許多手腳。此是後話不提。

三人談了一陣，見四壁俱都植有奇花異卉，不下百餘種，俱非常見。因李寧入定，也未去取，互相觀賞品評，各人俱看中了好幾種。再看頂上青蓮，光焰純碧，裡外通明，懸立空隙，甚是美觀。上面懸的神雕，身上白茸毛已似長了好些，英瓊自是欣喜。似這樣過有兩三個時辰，李寧才行睜眼，將手往爐中按了兩按，那朵青蓮便沉入鼎中，轉眼消滅，還了原質。

李寧道：「佛奴經我用天池真水刷毛洗骨，筋髓皆寒，如無這座現成爐鼎和我本身元陽之火融精暖骨，復原決無這等快法。牠周身新毛已生，元氣已復，只須再過一晝夜，便可長成。瓊兒如要看牠，此刻已無妨了。」

英瓊巴不得有這一句，忙即飛昇頂上，到了神雕身旁，用手微一撫摸，那些新長的茸毛真是比雪還白，入手溫暖，柔滑異常。以前鐵羽鋼翎，早已脫落淨盡。不禁伸手把神雕的頭摟在懷內，一陣心酸，落下淚來。神雕見主人這等愛撫，也微睜二目，將頭連點，意似感激。一會輕雲、易靜也一同飛了上來觀看。英瓊還只管撫慰不休，直到李寧相喚，才隨了輕雲、易靜一同降落。

李寧道：「癡兒癡兒，似你這般情長，異日怎得容易解脫？」

英瓊笑問那些花草何時取走，怎能生在石內。

李寧笑道：「這裡奇花異草雖多，異日凝碧仙府大半俱有，且勝於此。可供攜取的靈藥，只有一二十種。此時勿急，而且取時也非容易，等到行時，我自有吩咐。這裡共是五洞府，九條甬道，八十七間五房石室。除卻中洞是聖姑仙蛻所在外，北洞上層為艷屍潛踞，異日妖窟便在那裡。北洞下層為幻波池的發源，全洞命脈，埋伏重重。這兩處最關重要，你們三人已經去過，可一而不可再。餘如東、南二洞和那上下三層，五六十間仙房石室，復道盤踞，盡多奇景。

「適才我恐你三人歷久涉險，分化元神，入內救護，以防不測，無意中得見壁間仙偈。那東洞中層，竟是藏珍之所。當年聖姑封藏，留待有緣，便乘入定之際，慧珠內瑩，默察未來。此去雖不免要受一些驚恐，終有同道解化，取寶同歸。你們既入寶山，豈可輕回？只是那洞三層通路，俱有仙法封鎖隔斷，既不能仗著爾等仙劍法寶將它毀壞，好好進去又非容易。說不得我只好略存私心，仗我佛法，相助入內了。」

英瓊道：「爹爹說我們進去要受驚恐，難道爹爹這麼高深的法力，都不能破麼？」

李寧道：「你哪裡知道，聖姑生性，最惡男子，直至成道化去時，仍未能免除這點私見。我已見過她三處遺偈，關於洞中靈藥異寶，俱都寓有傳女不傳男之意。她彼時所學，不是玄門正宗。嬰兒成形脫化以後，只能遨遊十洲，絕跡獨行，介乎地仙之間，不能飛昇紫府，證列天仙。更恐二番入世壞了道基，不願再歷一劫。現在上崑崙仙山自本巖潛修，要煉過九百年後，方遂飛昇之願。只有你師祖能以佛力助她減卻許多苦修，也只有我可以代求。有此一段因緣，我方能為你三人開路。至於洞裡如何，此去約要多半日才能畢事，險阻甚多，全仗你三人同心合力，相機應付，不便一同入內，以免違背她的本意。」

英瓊聞言，拉著李寧之手，面帶愁容道：「女兒和爹爹多時不見，夢裡都在想念。好容易才得相會，爹爹又說赴會之後，便即回去，此別茫茫，不知何日重見？一想起就萬分難受，還有多少話，均未顧說。適才為了入洞探路與救助佛奴，已耽擱了好些時候，不得隨侍爹爹說話，如今又要耽擱上大半天。明日回山，爹爹與許多師長們相見，不能與女兒多談。師長們都說女兒這口紫郢劍，足稱無敵，爹爹同去尚可，既不同去，寶物有什希罕，由周、易二位姊姊入內取寶，女兒隨侍爹爹，在外相候便了。」

李寧道：「你自身經歷，一一盡知，無須再為詳說。此乃千載一時良機，不可輕易放過。裡面說不定有仗雙劍合璧之處，你怎能不去？你既有如此孝思，等到開府以後，只須多積內外功行，不愁沒有相見之日，何必重此半日之聚？」

英瓊不敢違命，見進來時的門戶已閉，便問道：「易姊姊說，此門已難開了。我們去往東洞，可打此門而出麼？」

李寧看了易靜一眼，笑對英瓊道：「畢竟易賢侄女道力見解，都勝似你二人。以我法力，此門再開，雖然比先前費事，尚非甚難。只緣左側艷屍已經警覺有人來此，既恐將這裡寶物取走，又恐斷了她的出路，現在正潛伏出口，乘機欲動，靜等我將此門一開，門中甬路略有一線可通之隙，她的元神便即飛出。有我在此，雖然不能為害，一則她的運數未盡，二則還要假借她的手聚殲幾個首惡，完成峨嵋幾個小輩同門的功行，尚得暫留她活上幾年。既然放將出來，佛奴在此，便非除去不可，除又費手。為免生事，我便在你們遁出時，用大力金剛禪法將此門封固，須等艷屍出世機緣到來，始由她引一同惡黨羽到此破法，將她放出。這洞上下三層，到處都是復壁甬路，除已被封鎖者外，無不貫通。易賢侄女既能觀察隱微，足征道力。可知除卻此門，尚有其他出路麼？」

易靜躬身答道：「侄女適才聽周姊姊詳說探險經過，忽然想起侄女所經之路，所見之景，此洞外分五行，暗藏五相，通體脈絡相通，分明似一人體。此地西洞屬金，金為肺部，此門頗似左葉六塞之脈，出路必在右側，旁通肺管之處。尋得此道，繞向南洞心部，循脈道以行，便達東洞。不知是否？」

李寧讚道：「賢侄女來此不久，經歷無多，居然領會到此，異日成就，實未可量。我不願用法寶法力毀傷此壁，也為的是將來有許多用處之故。這裡外面看去，俱是石壁，所有道路，可經人行者不下十數，全都暗藏壁內，應就時辰，還有富餘。你三人可各去尋來，看看你們眼力如何？」

英瓊、輕雲一聞易靜之言，早就往右側注視，見壁上石形雖然間有凸凹，卻是通體渾成，並無縫隙。這時再走過去，幾番推彈查看，毫無可疑之狀，一些看不出路在哪裡。以為易靜既然悟到，必能查出。

及至一看易靜，也和二人一樣，說雖容易，行起來卻難。二人自知道淺，還未怎樣。易靜素來好勝，聞得李寧誇獎，意頗自負，自己見解既然不差，必可按圖索驥。誰知這等難法，好生內愧，急得滿面通紅。

李寧道：「不是你們眼力不濟，只緣不能有所毀壞，受了限制。見壁上許多磊塊之處，毫無痕縫，又恐意料不中，所以說不出來。全洞為人形，是個臥像。你們再略微審詳部位，便可看出來了。」

易靜本就看出右壁滿是大小不一的磊塊，惟獨靠裡一面有一大片石壁墳起，圓拱平滑，血痕萬縷，隱現其間，覺著奇怪。聞言忙奔過去，用力一推，沒有推動。猛聽英瓊驚喜道：「在這裡了！」說罷，便飛身過來，拉著那塊拱石，朝外一面的邊沿往外一扳，也未扳動。

易靜見狀，心中一動，也學她的樣，兩手扳著朝裡一面的邊沿，試輕輕往懷中一帶。說也奇怪，那一片十來丈方圓，數萬斤重的石壁，竟是隨手而起，拉開有二三尺遠近。英瓊、輕雲忙趕過去相助，三人合力，居然將那石扳了開來，現出蓮蓬也似七個圓孔。最大的一個偏下約有三丈，其餘也可通人，不禁同聲歡笑起來。

原來那塊大石正是通行門戶。一則石體龐大，又經過聖姑神工修飾佈置，嚴絲合縫，密如渾成，如非知道底細的人，決難看出；二則三人為壁間許多奇形怪狀的磊塊所惑，沒想到那大的石壁竟和門一般，可以移動開閉。及至英瓊見易靜看出部位，奔將過去查看，忽見石下水漬之痕甚為明顯，細看石色和別處不同，貼壁之處似實若虛，上下俱有空隙，有好些地方彷彿嵌在壁內。

猛想起莽蒼山靈玉崖妖屍古洞中暗壁，頗與這裡相似，算計可以拉開，不料果然猜中。不過開的一邊，卻在靠裡洞的一面。七個圓洞現出以後，三人覺著靠上面兩洞微微有光影閃動，寒氣侵人。

正不知何洞可以通行，李寧已走將過來說道：「這裡門戶甬路，俱就原來形狀，略加修改佈置。除卻幾處有法術封鎖外，無一處不是巧奪天工。就拿這扇子石來說，其重何止數萬斤，因那一邊藏有千年精鐵煉成的機軸，便是常人也能移動。你們說奇也不奇？」

三人轉入門裡，隨李寧手指處一看，下半截緊貼地上，看不出什麼痕跡；上半截有一根二寸粗細光華燦爛的鋼軸，一頭插在石門上面，由上下合榫處露出尺許，被一個大小相等的有柄玉環圈住，玉柄就在內壁門上，如生了根一般釘住。機軸俱都深藏在內石壁裡，外面哪裡看得出來？

英瓊道：「這門軸極細，既是千年精鐵所煉，不必說了。這麼一個小小的玉環，卻管著十來萬斤重的石門，定是一件寶物。」

李寧道：「這倒不過是個尋常玉環，因為施有禁法，堅逾精鋼。各地類此之物甚多，無什希罕。這七個洞，暗分日月五星。最上一洞，乃是萬流交匯之處。中層斜列三洞，其中左右二洞一通中洞，一通北上洞，已被封鎖。下層左右二洞，一風一火，俱不可深入。只二層和下層居中兩洞的圓甬路，一個是由南洞去往東洞的曲徑，一個是明日我們起行時的出路。我們此時且由這二層小洞中走去，餘下留待後來。我當先引路，所經甬路，有幾處轉折和彎路，均與別洞相通，須要記住才好。順著一邊左轉，便是出路了。」

說罷，一按祥光，逕往中層當中洞內穿去。三人也即跟蹤而入。兩洞相隔雖然不算很近，四人飛行何等迅速，原本無須多時。但因此行一半為了探悉路徑，以備日後之用，加以甬道盤曲迂迴，李寧一手指點解說，時行時止，約有刻許工夫，才將這一條黑沉沉的長甬路走完。

四人正行之間，見甬路盡處紅光如火，門內焰影幢幢。出去一看，乃是一個極高大的石洞，正當中有一盞倒掛的大燈，燈形頗似一人心，由一縷銀絲繫住，從頂上垂將下來，上面發出七朵星形的火光，赤焰熊熊，照得合洞通紅。燈下面是個百畝方圓，形如蓮花的水池，深約三尺，清可見底。內外石色俱是紅的，水色俱是青碧，細看綠波溶溶，彷彿是什麼液體一般。

李寧道：「這洞便是南洞的主洞。池中所貯，並非真水，乃是石髓。上面所懸心燈之火，便是吸取此髓而發。發出來的火焰，又被此池吸收了去。如此循環不息，亙古常明。燈上面洞頂便是萬流總匯。聖姑用法術逆水上行，成為幻波池奇景，全仗此火之力。這裡也是全洞最緊要的所在，異日一旦落在妖人手裡，他知此髓乃是天材地寶，既可供他引火煉丹煉寶，服了以後又可抵得許多採補之用，於左道旁門大有益處，勢必不管此洞興廢，取用無饜。如非你們幾個小輩同門來此驅除，為峨嵋創立別府，遲早燈盡髓枯，全洞失了水火交濟之功，池水不復上行，上層洞府雖仍存在，下層定為水淹，毀了這千年奇景，縱使他用妖法禁制，暫時仍和以前一樣，畢竟靈氣全無，失卻天然，豈不可惜？

「此外洞門已閉，經由東西二洞甬道，省事得多。過去便是東洞藏寶之所，難關將到，你們務須仔細。少時你們行至甬道中見光之處，可將各人所帶法寶飛劍施展出來，護身前進，以防不測。

「我只能護送你們走完東洞甬路，走出內側門，等開了第二重洞門，便不能再進了。到了裡面，危機四布，埋伏重重。你們既要將它破去，才能到達藏寶之所，又要留神，不傷原來奇景。後洞設有聖姑打坐的雲床，須去虔誠通白，萬不可隨意取攜。這些大半是我從遺偈中參詳出來，時日短促，無暇入定默察內中情景。至於何處有什險難，尚無所知，全仗你們相機應付了。」囑咐已畢，三人俱都驚喜交集，兢兢業業，如臨大敵一般，隨定李寧往東洞飛去。

這條甬路，孔道卻是長方形的，只有一個，就在右壁。還未進去，便微聞遠遠狂飆怒號，如萬木搖風，驚濤飛湧，聲勢浩大。甬路裡面更是酷寒陰森，黑沉沉的，只是一片濃影。劍光照處，反映成綠色，人行其中，鬚眉皆碧。比起西洞到前洞經行之處，要覺大得多。

有時看見壁上俱是一根根又粗又大和樹木相似的影子，路徑迂迴甚多，上下盤曲。連經了好些轉折，三人因為李寧催促速行，不要回顧，路雖比較長些，劍光迅速，一會便即通過那一條長甬路，飛出南洞側門之外。

三人見那地方正是南洞的外層洞府，也是一間廣大石室，滿壁青光照眼。靠裡一面有三座洞門，當中洞門最為高大，兩旁較小。只左邊來路的一門開著，中門和右側門俱都雙扉緊閉。門是青色，門上各釘著兩個朱環，氣象甚是莊嚴。室中陳設頗多，形式奇古，大半皆修道人所用，也未及細看。

三人正待李寧開了中門入內，忽聞異香透鼻，令人心神皆爽。又聽李寧微微「咦」了一聲，回頭一看，見李寧從地下拾起一根殘餘的香木，餘燼猶燃，面現驚訝之色。英瓊忙問何故。

李寧道：「我們來遲了一步，已有人先往洞中去了。」

英瓊驚問道：「爹爹佛法高深，這洞如此難開，又不為外人所知，難道事前竟未覺察麼？」

李寧道：「我雖能入定，默察未來，但是功行還淺，非倉猝之間所能做到。此番奉你師祖之命，說此洞幽僻合用，可助佛奴脫毛換骨，方知這裡有許多奇景，來此洞尚是初次。直等第二次發現甬路中聖姑所留遺偈，才得備知梗概。我到此才只一晝夜工夫，哪能盡悉？此香乃東海無盡島千載沉香，看這燒殘異香尚未熄滅，來人決非在我到達以前來此，必是適才我們在西洞勾留之時到達。這人既知用異香向聖姑虔誠通白，再行啟關入內，必已盡知底細。只不知他是何派中人，道力如何。

「我本想在西洞打坐入定，運用神光，體會清了前因後果，方令爾等三人入洞取寶，雖然略延時日，你們卻知許多趨避。後來一想，你三人尚未回山覆命，加以盛會在即，難免思歸，佛奴明日便可復原，我也想早和峨嵋諸友相見，又不願你們得之太易，誰想還是被人捷足先登。事有前定，你們此時進去，難免與人爭執。來人如果有緣，必能懷寶而去，何必徒種惡因？如若無緣，他必被陷在內。不如還是多耽擱半日，由我參禪入定，察明了再進不遲。」

三人滿腔熱念，聞言不禁冷了一大半。先是面面相覷，不發一言。末後輕雲說道：「伯父之言，侄女怎敢違背？只是適才伯父說，聖姑遺偈明示洞中取寶限於女子，來人既焚香通白，決非前輩女仙。方今正邪兩派中，後起的女弟子，有名者並無幾個，異派中更少，只有一個許飛娘，是萬惡的根苗。寶物如為同派中人得去還好，萬一為此人得去，豈非如虎生翼，益發助長其惡焰？依侄女之見，莫如還是伯父施展佛法，開了這門，由侄女等進去，相機行事。來人如是妖邪一流，便將她除去；如是同道，侄女等也可藉此多一番經歷。伯父以為如何？」

李寧看了看三人面色，忽然閉目不語。一會睜眼說道：「這事很奇怪。此時洞中的人乃是一男一女，非敵非友，已經陷困在內。雖然時間短促，不及詳查他們的來歷，他們既然犯了聖姑之禁而來，必然自恃不是尋常人物。你們進洞，須要量力而為，有得即退，不可貪多，免蹈前人覆轍。等到功成退出之時，如見那被困之人，盡可助他們出險，不必再問姓名來歷，是敵是友。我已得有先機預兆，此事一個處置不善，必貽異日之悔。你們各自準備，待我行法，此門大開，急速一同飛入便了。」

說罷，便朝著中門相隔三丈站定，雙手向南，口宣佛咒。末後將手搓了兩搓，左手掐訣，右手一揚，隨手發出一股尺許粗細的祥光，逐漸放大，最前面光頭有五丈許方圓，正照在門的中心。那光好似一種絕大的推力，照上去約有半盞茶時，那門才漸漸露出一絲縫隙。接著便聽如萬木搖風，松濤怒吼之聲，從門內傳將出來，比起適才甬道所聞，勢益猛烈。轉眼間，又射出一條青光，門已漸啟。

這時已是到了緊要關頭，那門後也好似有一種絕大的推力，與光力兩相牴觸，雙方互有短長，各不相下。李寧站在當地，直似嶽峙山停的一般，右掌放光作出前進之勢，雙目神光如電，注視前面。眼看那門已被光力推開數寸，仍又重新合攏。似這樣時啟時閉了好幾次，有一次竟開有兩尺許寬窄。論理三人原可飛身衝入，偏生開得稍寬時，關閉起來也更速。李寧又囑咐須俟門大開時，始可入內。英瓊、輕雲自然尊重李寧之言，不敢造次。

易靜雖然未便獨行，這半日工夫，對於李寧，因白眉和尚名高望重，佛法無邊，李寧卻是成道未久，自己是個晚輩，恭敬之心則有，信仰之心卻不如周、李二人。及見李寧用祥光推門，半晌未曾大開。後來兩次，門已露有一二尺的空隙，還是不令進去，未免有些性急。心想：「門中厲害，未必盡如李伯父所言，何必這麼慎重？」不由又起了自恃之心。正在等得煩躁，忽見李寧虎目圓睜，猛地將手朝門用力一推，那股子祥光頓現異彩，發出萬朵金蓮，如潮水一般朝前衝去，一片狂聲。怒濤澎湃聲中，那門立時大開。三人俱是一雙慧目，也被光華射得眼花繚亂。

正在驚顧之際，耳聽李寧喝道：「你們還不入內，等待何時？」

易靜聞言，用手一拉周、李二人，首先飛入。二人也忙將身劍合一，疾同電掣，直往洞中衝去。三人身剛入內，雙門已合。輕雲稍許落後，幾乎擦著門邊而過，雖未碰著，已覺出門上那股子青光的力量迴異尋常。不禁咋舌，低囑英瓊：「洞內埋伏必定厲害，我們能力較弱，伯父那等叮囑，千萬不可逞強任性，不求有功，但求無過才好。」

英瓊自與老父重逢，喜出望外，進來並非所願，並且有好些孺慕之懷，未曾吐露，一心只想早些完事，好出去與老父相聚，對於洞中寶物，並未怎樣看重。只因這一念孝心，不起貪念，免卻許多磨難，此是後話不提。

且說女神嬰易靜幼蒙師父鍾愛，出生未久，便即得道，獨得師門秘授心法。後來奉命下山積修外功，縱橫宇內，從沒受過挫折，未免心驕氣盛，不把一干異派妖人放在眼底，遇上便隨意誅戮。終因在芒碭山用飛針刺傷了赤身教門下淫女隨精精，兩下裡結了仇怨。更因旁人一激，尋上門去，被赤身教主鳩盤婆用邪法困住，險些形神俱滅，萬劫不得超生。幸而遇救脫險，雖然經過一番重劫，除與鳩盤婆成了不解之仇外，平時盛氣仍未斂抑。等到苦心積慮，煉成滅魔七寶以後，益發有些自恃。

這次進了幻波池底南後洞後，暗忖：「周、李二人，只有那兩口寶劍無人能敵，如論道法，還差得遠。惟此次不准傷洞中景物，除卻遇險時防身而外，並無別的用處。」滿擬獨顯奇能，破了洞中埋伏，親自得到手中，再行分與二人，到了峨嵋，面上也有光彩。所以一進洞，便獨自當先。

三人到了裡面，見四壁空空，耳聽風雷水火之聲越發浩大，只是有聲無形，看它不見。這二層內比起外洞反而小得多。正面壁間，有一排大的樹木陰影，一閃即逝，隨生隨滅。與甬路所見相同，四外不見一點門戶痕跡。那裡困的兩個男女，也不知何往。易靜算計正面壁上必然藏有門戶和法術埋伏。細看了看形勢方位，想起此洞既按五行佈置，東方屬木，壁間又有這許多樹木陰影閃動，說不定用的是玄門先天五行無量遁法。且喜當年隨侍父親學習此法，深明其中妙用，何不試它一試？便請英、雲二人暫行按住遁光，略微退後。手捏靈訣，口誦法咒，暗中準備停當。然後將手一指，一道黃光朝前飛去。

剛一飛到正面壁上，果然觸動埋伏，立時狂風大作，牆壁忽然隱去，變作千百丈青光，夾著無數根樹木影子，如潮水一般湧到。

易靜見所料不差，心中大喜，喊一聲：「來得好！」兩手一合，再朝前一放，便有一片白光，帶起萬千把金刀朝前飛去。兩下才一接觸，轉眼之間化為一股青煙，一股白煙，同時消散。前面哪有牆壁，乃是一條極大的甬路。風濤之聲，已不復作。

那條甬路，竟長得看不到底。英、雲二人俱覺奇怪。易靜道：「以我三人的目力，少說點，也可看出數百里遠近。這條甬路，難道比紫雲宮還長麼？看前面空洞洞的，除微有一點雲氣氤氳外，不見一物，不是幻象，便是埋伏。好在頭一個主要難關已經度過，想來縱有法術埋伏，也不足為慮。」說罷，仍由易靜當先，往前飛進。

一進甬道，還沒多遠，忽然眼前一暗，轟隆之聲大作。輕雲見勢不佳，忙把天遁鏡取出，百丈金霞照向前面一看，甬路已經不見，前面一片甚是空曠，千百萬根大樹碧玉森森，重重疊疊，潮湧而來。被鏡光一照，前排的雖然止住，後排的仍是一味猛進不已，互相擠軋磨蕩，匯為怒嘯，聲勢驚人。再看易靜，手中持著一個刀刃密佈的金圈，正在禹步行法，臉上帶著愧容，倏地大喝一聲，朝前擲去。才一出手，那金圈便中斷開來，化成一個丈許長的半環金光，飛上前去，生剋妙用，果然稀奇。

那些樹木，看上去原是密密層層，無邊無際，及至這半環形的光華一迎上去，先是將最前面的樹木包住了些，接著環光的兩頭像雙龍出洞般分左右包圍上去。環徑並不甚大，頃刻之間，那麼多大樹，好似全被包住。一聲雷震，青煙四起，萬木全消，連那條長甬路也換了一種形狀。

三人存身之處，是一間數十丈長大的石室以內。只來路上的情景，沒有變動。最前面立著一座二十多丈長短的木屏風，時有縷縷青煙冒起，上面刻有林木景致，近前一看，不禁恍然大悟。

原來屏風上不但刻有成千成萬叢大樹，所有幻波池底，全洞的景物，無不畢具。每一景必有一些符咒附在上面。不過那些林木俱已折斷，生氣毫無。餘外也有好些殘破的所在，只西南、北中兩洞，俱都工細完好。

易靜知是全洞各處禁法埋伏的總匯，上面埋伏發動未完，僥倖發現，正可按圖索驥，揀那有害之處逐一破去，可省卻許多阻礙。便和英、雲二人說了，照木屏風所刻東洞全景仔細一查，凡是屬於東洞的埋伏，大都毀壞無遺。只那藏珍之處是一間寶庫，尚還完好。料是先來的一男一女所為。

易靜暗忖：「先來的人既有如此本領，將好些禁法埋伏破去，為何寶物尚未取走？這一路上又未見著一點蹤跡？」

正在詫異，忽聽輕雲手指東洞一角，「咦」了一聲。易靜、輕雲隨指處一看，東洞那片斷林入口處的前面，有一個坎卦的水池，下有青煙籠罩，大約尺許見方。屏風雖是立著，居然儲有一泓清水，並不下滴。

最奇怪的是，有兩個赤身男女在裡面游泳，身材才如豆大，浮沉上下，嬉樂方酣。女的生得和玉人相似，眉目如畫，彷彿甚美。男的鬚髯如戟，遍身虯筋裸露，奇醜非常。這兩個男女雖然生得極小，卻是具體而微，無一處不與生人相似。

英瓊問易靜道：「這裡埋伏俱在屏風上面，難道發動起來，連人也攝了上去麼？」

易靜道：「此法總名為大須彌障。適才那些成排大樹捲來，一個破不了它，便即被陷。此時我三人正好在屏風上樹林之中捉迷藏呢。當時不知它如此厲害，稍微疏忽了些，已經入伏，尚無警覺。若非周姊姊動手得快，那面天遁寶鏡先將它止住，怎得從容應付？否則能否免於失陷，正是難說呢。這一男一女，定是李師伯所說先來探洞之人，他們已將洞中好幾處埋伏破去，明明知道這裡雖是以木為本，暗中必藏有五行生剋，變化無窮，何以不能趨避，被這一泓之水所圍？」

易靜說時，英瓊、輕雲一面留神細看那池中小人，俱已聞得三人問答，醒悟過來，先將身化成兩道白光，打算凌空飛起。誰知那水竟和膠漆一般，任他們輾轉騰挪，只不能離開水面。這才惶急起來，互相還了原身，跪在水面上狂呼道：「何方道友至此，相助一臂，異日必有一報！」

小人那兩道光華，其細如絲，呼聲更是比蚊子還細，約略可辨，神態悲窘萬分，看去頗為可憐。

請續看《蜀山劍俠傳》十 古墓羈身

風雲武俠經典

蜀山劍俠傳【第一部】9 魔宮虛實

作者：還珠樓主
發行人：陳曉林
出版所：風雲時代出版股份有限公司
地址：10576台北市民生東路五段178號7樓之3
電話：(02) 2756-0949
傳真：(02) 2765-3799
執行主編：劉宇青
美術設計：吳宗潔
業務總監：張瑋鳳

出版日期：2025年10月
ISBN：978-626-7510-80-3
風雲書網：http://www.eastbooks.com.tw
官方部落格：http://eastbooks.pixnet.net/blog
Facebook：http://www.facebook.com/h7560949
E-mail：h7560949@ms15.hinet.net
劃撥帳號：12043291
戶名：風雲時代出版股份有限公司

風雲發行所：33373桃園市龜山區公西村2鄰復興街304巷96號
電話：(03) 318-1378
傳真：(03) 318-1378
法律顧問：永然法律事務所 李永然律師
北辰著作權事務所 蕭雄淋律師

行政院新聞局局版台業字第3595號 營利事業統一編號22759935

定價：340元

國家圖書館出版品預行編目資料

蜀山劍俠傳. 第一部 / 還珠樓主作. -- 臺北市：風雲時代出版股份有限公司, 2025.10
冊；　公分

ISBN 978-626-7510-80-3 (第9冊：平裝). --

857.9　　114002681